RENÉ MANZOR

L'OMBRE DES INNOCENTS

CALMANN
LÉVY
NOIR

COUVERTURE
Conception graphique : Axel Mahé
Photographie : © D-Keine/iStock photo

ISBN 978-2-7021-8862-0

À Marie, mon jardin secret…

Si tu veux savoir qui se cache sous mon passe-montagne,
prends un miroir et regarde-toi.

Sous-commandant Marcos

Prologue

Jungle
Colombie
2012

L'envol de dizaines d'oiseaux sauvages jusque-là invisibles résonna comme un coup de feu aux oreilles du paresseux. Il se figea, d'une part parce que sa nature indolente ne le poussait pas à la précipitation, d'autre part parce qu'il craignait d'alerter un éventuel prédateur.

Il retint son souffle.

L'air poisseux de la forêt tropicale formait des perles qui ruisselaient sur les algues recouvrant sa fourrure camouflage. Elles dégoulinaient sur son front vert d'eau, lui piquant les yeux. Il les essuya d'un geste lent mettant en évidence les trois griffes acérées qui équipaient ses pattes.

Accroché à son tronc d'arbre, le paresseux fixait la frondaison avec un mélange de tension et de colère. Le bruit sourd qui avait fait fuir les oiseaux n'était pas naturel. Il lui rappelait trop les humains. Ces créatures frénétiques qui s'immisçaient partout avec leurs machines infernales.

Le grondement s'intensifia. Le paresseux ferma légèrement les paupières pour aiguiser sa vision face aux rayons du soleil qui perçaient la canopée.

Quelque chose approchait.

Quelque chose d'énorme.

Une déflagration secoua le paysage et, sous les yeux béants du mammifère, les arbres se mirent à s'affaisser, comme arrachés par le souffle titanesque d'un cyclone. Un monstre métallique en surgit, une locomotive folle qui dévalait le ravin dans un vrombissement déchirant, entraînant derrière elle les cinq wagons qu'elle avait fait dérailler du viaduc. Certains se décrochèrent, emportés par leurs tonneaux, d'autres se soulevèrent, grimpant les uns sur les autres comme des mustangs qui se combattent. Les toitures s'arrachèrent en une débâcle informe de tôle déchirée et de débris de verre. De véritables missiles de fer et d'acier furent projetés à des dizaines de mètres dans les airs, s'abattant sans distinction sur tout ce qui entourait l'épave.

Le paresseux descendit de son perchoir aussi vite qu'il pouvait. Mais vite, pour lui, équivalait au ralenti pour tout autre mammifère. Une chute malencontreuse lui sauva la vie car un fragment de métal chaud le manqua de peu. Il effleura sa nuque et alla se planter juste derrière lui, tel un gigantesque hachoir à viande. Les yeux écarquillés par la peur, le paresseux se dégagea des branchages et découvrit l'atroce spectacle.

Tout ce qu'il restait du train, en contrebas du viaduc, était une masse fumante de métal déformé et de bois brûlé. Le déraillement n'avait duré que quelques secondes, mais des secondes pétrifiées, inoubliables.

Il y eut un bref moment de silence, puis la panique s'empara des quelques survivants. Ils se précipitèrent hors des wagons accidentés, brisant pour survivre tous les obstacles qu'ils rencontraient, se brûlant les mains sur des pièces de métal trop chaud, grimpant par-dessus les banquettes éventrées, piétinant ceux qui agonisaient au sol. Les gémissements de douleur ou de chagrin se perdaient dans le tumulte en hurlements inarticulés.

— Au secours ! Sauvez-moi !

Une haleine noire s'exhalait des wagons au ventre ouvert, tandis qu'ils dégueulaient leurs rares rescapés dans la jungle impénétrable. Leurs roues tordues en l'air accentuaient cette impression de Léviathan terrassé. Et, tandis que cette machine agonisante perdait ses entrailles, le paresseux se déplaçait lentement en direction des cris qui laissaient les fuyards indifférents.

La respiration du mammifère se fit plus difficile quand il pénétra dans l'épave. Il regarda autour de lui et ne vit que corps mutilés, chairs calcinées. Mais, au fond du wagon, il crut apercevoir une silhouette qui se découpait en ombre chinoise sur l'incendie. L'humain était à moitié nu, ses vêtements en lambeaux. Il avait l'air de bouger mais peut-être était-ce dû à la lumière vacillante qui dansait sur son dos ? Il se retourna et fixa le paresseux de ses yeux clairs, immenses et dépourvus de regard. La moitié de son visage présentait une plaie profonde sur la joue droite. Il n'en restait qu'une surface sanglante qui se mélangeait à ses larmes. À ses pieds, gisait le corps inerte de celle qu'il n'avait pas réussi à protéger.

1

Paris
De nos jours
JOUR 1

Marion Scriba se redressa et fixa la page qu'elle venait d'écrire. Puis elle soupira, frustrée, face à son écran. Elle revint en arrière, effaça la dernière phrase, puis la totalité du paragraphe. Elle n'était jamais satisfaite. Elle pouvait passer des heures sur la même page sans parvenir à la faire sonner comme elle voulait. Pourtant, elle savait bien que, le lendemain, il lui suffirait de relire le passage en question pour que les mots lui sortent des doigts sans effort. Mais il n'y aurait peut-être jamais de lendemain. Car elle était bloquée. Ce n'était même plus le syndrome de la page blanche, c'était celui de la page noire. La vérité était qu'elle n'arrivait pas à terminer ce putain de nouveau roman !

Elle étira les bras derrière sa nuque et fit craquer ses épaules engourdies.

On parle juste de l'épilogue ! songea-t-elle. *C'est quoi, le problème ?*

Elle massa son cou endolori, attrapa son mug « I Love Thrillers » et constata qu'il était vide. Remettant la caféine à plus tard, elle se pencha à nouveau sur son clavier quand le réveil de son téléphone sonna.

— Merde, les enfants ! s'écria-t-elle.

Elle bondit de sa chaise, resserra la ceinture de son peignoir et quitta la chambre en hurlant :

— Nathan, Lola, Timéo, tout le monde sur le pont !

— On est déjà sur le pont, m'man, rétorqua Nathan. Par contre, toi…

Le rire de deux autres enfants résonna dans l'appartement.

— On ne dit pas « par contre », Nat, quand on est fils de romancière. On dit « en revanche ».

— Ben en revanche, toi…

Nouvel éclat de rire.

Je sens que je vais avoir besoin d'un remontant…

En pressant le pas dans le couloir, Marion jeta un coup d'œil à son visage dans le miroir. Les dégâts de la quarantaine semblaient encore gérables. Pas de rides trop apparentes ni de cheveux blancs dans sa blondeur, mais c'était compter sans les futures tuiles qui guettaient les auteurs au tournant : redressement de l'IRCEC, retard du manuscrit, éditeur qui débande…

— Bon, on en est où, les gars ? demanda-t-elle en pénétrant dans la cuisine.

Les mains plongées dans l'évier, Nathan, dix ans, astiquait une montagne d'ustensiles sales.

— T'as oublié de lancer le lave-vaisselle en heures creuses, m'man ! Résultat ? J'suis obligé de gérer.

— Je sens que ça va encore me coûter un bras, ça, soupira Marion.

— Grave.

Elle sourit et actionna la machine à café en disant :

— Lola, c'est ton jour de poubelle, aujourd'hui.

— Ça fait deux jours que c'est mon jour de poubelle, maman. Demande à Timéo.

— J'suis trop p'tit, rétorqua le benjamin de sept ans.

— Trop p'tit quand ça t'arrange.

Lola, onze ans, quitta la table du petit déjeuner, ouvrit le lave-linge et constata que les vêtements étaient encore mouillés.

— Sérieux ? s'énerva-t-elle en claquant le hublot. Maman, t'as pas séché mon jean !

— Mets-en un autre.

— C'est le seul qui me va !

— Mets une robe.

— Plus aucune fille ne porte de robe, maman !

— Ben euh... mets ton pantalon de survêt. Il t'ira, lui.

Lola haussa les épaules et disparut en grommelant.

Marion soupira en songeant aux futures galères que l'adolescence de sa fille lui préparait. Si les gens pouvaient imaginer ce que leurs petits trésors deviennent quand les hormones font leur effet, personne ne voudrait en avoir.

Nathan s'approcha de sa mère, une casserole à la main.

— Tu veux que je gratte les restes de bolo au tournevis, m'man, ou on en achète une autre ?

— De l'eau chaude, Nat, ça ira très bien. Allez, on se bouge, les gars ! On va être en retard à l'école. Fringues et lavage de dents !

D'un geste tendre, elle entraîna ses boys hors de la cuisine.

Une fois habillée, la famille se regroupa autour du lavabo de la salle de bains pour des finitions en règle. Marion et Nathan se brossaient les dents, Lola se maquillait. Seul Timéo traînait devant la lunette des toilettes en mode Manneken Pis.

— Est-ce que papa va venir à mon match de foot, cet aprèm ? bredouilla Nathan, la bouche pleine de dentifrice.

— Il va essayer, mon grand. Mais son travail à la banque n'est pas aussi flexible que le mien, tu sais ? Alors, il y a des chances qu'il ne puisse pas.

— Mais il essaiera, hein ?

— Il viendra pas, comme d'hab ! trancha Lola en appliquant une ombre à paupières.

— Il essaiera, rectifia Marion, rassurante.

— Tu le défends toujours, papa, hein ? Sauf que lui, il fait pas pareil avec toi.

La cruauté de sa fille laissa Marion sans voix. Elle cracha son dentifrice, mais ne trouva rien à dire.

— Tu l'aimes encore, maman ? demanda Nathan.

Marion hésita avant de choisir sa réponse. Elle lui caressa le front et dit :

— J'aimerai toujours votre père, parce que... il m'a donné vous.

Nathan sourit tendrement et colla la main libre de sa mère contre sa joue.

— Je kiffe ta peau, m'man. Même mort, je la reconnaîtrais.

Lola leva les yeux au ciel.

— Arrête le sucre, Nat, c'est l'overdose, là.

— T'es vraiment une cassos, toi ! rétorqua Nathan.

— Ça veut dire quoi, « cassos », m'man ? fit Timéo.

Marion se tourna vers lui et se rendit compte qu'il attendait toujours l'inspiration devant la cuvette.

— Tu vas rester comme ça toute la journée, poussin ?

— J'peux pas pisser si on m'regarde.

Marion et ses enfants quittèrent l'immeuble en pressant le pas. Sur le boulevard Saint-Michel noir de monde, Marion fut frappée par la campagne d'affichage que son éditeur avait lancée pour promouvoir le livre d'une consœur : quatre par trois, flancs de bus, kiosques...

Impossible de passer à côté de la sortie de ce roman...

Les enfants se rendirent compte du coup de blues de leur mère. Avant que Lola ne fasse une réflexion, Nathan la fit taire d'un coup de coude.

— Faut juste que j'arrive à terminer le mien, murmura Marion comme pour s'en convaincre.

— Tu vas y arriver, m'man, décréta Nathan, t'es une super romancière. Bien meilleure que cette poufiasse d'Olga !

— Peut-être mais... moins belle, aussi...

— Mais plus sexy.

Marion éclata de rire à la remarque de Nathan et lui ébouriffa les cheveux tendrement.

— T'es un bon fils, toi, tu sais ?

— Attends de voir mon interro de maths, avant de dire ça.

— Et moi, j'suis pas un bon fils ? s'inquiéta Timéo.

— Bien sûr que si ! J'ai beaucoup de chance de vous avoir, tous les trois. Allez, on fait la course ?!

Sans attendre leur réponse, elle détala à travers la foule des piétons.

— Tricheuse ! hurlèrent les enfants en tentant de la rattraper.

2

Hauts plateaux du Vercors

Le parking de Gresse-en-Vercors était saturé de véhicules de police, de gendarmerie et de secours. Sous un ballet de gyrophares, l'hélicoptère de la sécurité civile enchaînait les navettes pour transporter personnel et équipement jusqu'à la scène de crime, située à mille cinq cents mètres d'altitude.

L'appareil s'approcha suffisamment près du sol pour que Nayla Kassar puisse descendre. Un jeune policier en tenue vint l'accueillir sous l'hélice, retenant avec peine sa casquette.

— Bienvenue, commandante ! cria-t-il pour lutter contre le bruit du rotor. Je pensais être capable de tout voir, mais… mon Dieu, comment peut-on faire une chose pareille ?

Insensible au souffle glacial des pales, la commandante le suivit sans répondre. D'origine libanaise, Nayla Kassar, cinquante ans, avait l'amour de la France chevillée au corps et avait très tôt voulu la défendre. Dans l'armée, d'abord, puis dans la police. Ambitieuse et politique dans tout ce qu'elle entreprenait, elle faisait partie de ces gens que l'on devine taillés pour la survie en eaux troubles, dès la naissance. Contrairement à sa vie professionnelle, sa vie familiale était un fiasco. Mère d'un garçon de vingt-deux ans, elle lui avait tout sacrifié, y compris son mariage. Et, aujourd'hui encore, elle était prête à tout plaquer quand il l'appelait à l'aide.

En franchissant le seuil du refuge, Kassar fut prise à la gorge par une odeur de chien mouillé et d'excréments. Les lieux ressemblaient plus à un chenil clandestin de mushers qu'à un refuge de randonneurs. Des officiers et des techniciens de l'identité judiciaire vaquaient déjà à leurs occupations. Les talkies et les flashes crépitaient. Le rituel des homicides suivait son cours.

— Où est-il ? demanda Kassar au jeune policier qui l'avait escortée.

— Au pire endroit, commandante, dit-il en désignant les cages.

Kassar se retourna et entrevit, à travers les barbelés, une petite silhouette adossée au mur en béton délabré. Autour de lui, des officiers de la police scientifique en combinaison blanche s'activaient, le visage fermé. La commandante s'avança, sachant que, tôt ou tard, il lui faudrait bien affronter la réalité.

Le vent glacial continuait de s'engouffrer par les ouvertures du bâtiment en ruine. La lumière halogène qui filtrait des carreaux éventrés conférait à la scène une ambiance sacrée qui ne parvenait pas à adoucir le spectacle cru que Kassar s'apprêtait à découvrir.

Là, entre les cages vides et rouillées, enchaîné au mur par le collier de chien qu'il portait autour du cou, gisait un petit garçon de sept ans à moitié nu, dans une posture improbable. Les lambeaux du pyjama qu'il portait au moment de son enlèvement, son visage et ses mains, étaient tuméfiés et sales. Du sang coulait de sa bouche et de son nez, mais c'était surtout la blessure ouverte au front qui était le plus impressionnant.

Kassar grimaça. Cette vision lui tordait les entrailles.

— Le tueur a été surpris par les hommes du RAID, annonça le jeune policier derrière elle. Et il a exécuté le p'tit à bout portant.

La commandante enfila des gants de latex et s'accroupit pour examiner l'enfant de plus près. Sa main se porta vers l'épaisse attache de cuir souple qui enserrait son cou. Elle en tritura la boucle, mais ne parvint pas à l'ouvrir. Un petit cadenas tout neuf le verrouillait à la chaîne qui était scellée au mur de parpaings.

En examinant le collier de plus près, Kassar y repéra une plaque métallique d'environ quatre centimètres. Celle où, en général, on grave le nom de son chien et parfois un numéro de téléphone pour être prévenu en cas de fugue. Elle passa son doigt dessus et sentit quelque chose. Elle emprunta la lampe torche du jeune policier et éclaira la lamelle.

Ce qu'elle put lire la figea sur place.

Le mot *« tres »* y était gravé.

Les flashes crépitèrent à nouveau dans son dos, éclaboussant la petite victime de leur lumière indécente. Prise d'un malaise, Kassar éprouva le besoin de quitter ce lieu fétide et nauséeux. Elle pressa le pas vers la porte arrière du refuge et sortit comme on remonte à la surface.

Elle jeta un coup d'œil autour d'elle pour s'assurer que personne ne pouvait la voir, puis elle vomit dans les broussailles. Muette et frissonnante, elle resta un moment le front appuyé contre le mur délabré du chenil.

— Commandante ? fit un officier équipé d'une torche. On a trouvé du matériel de wingsuit en bord de falaise.

Kassar essuya sa bouche sur la manche de son manteau et se retourna vers le policier.

— De wing quoi ?

— De wingsuit. Une combinaison ailée qui permet de sauter sans parachute. C'est comme ça que le tueur a échappé au RAID.

— Et il faut combien de temps pour… arriver en bas ?

— Moins d'une minute. Mais, dans la précipitation, il a perdu quelque chose.

Il brandit un sachet transparent contenant un revolver.

— Il reste cinq balles dans le barillet.

Nayla Kassar fronça les sourcils, perplexe.

3

Centre temporaire de demandeurs d'asile
Ter Apel, Pays-Bas

Situé dans le nord-est des Pays-Bas à trois kilomètres de l'Allemagne, le village de Ter Apel abritait un centre temporaire de demandeurs d'asile. Si l'opinion publique européenne restait traumatisée par la vague migratoire de 2015, cette dernière avait paradoxalement créé des emplois, ne serait-ce que pour la gérer. Certains habitants de la commune vivaient de l'humanitaire, plus ou moins directement.

Durant la guerre froide, le passage illégal des frontières concernait surtout des réfugiés politiques fuyant le totalitarisme. Au XXIe siècle, il s'était diversifié : trafic de drogue, migrants, réfugiés, commerce d'êtres humains… Si Lampedusa et la Grèce avaient constitué les principaux points d'entrée en Europe, la récente découverte de soixante et onze corps de migrants dans un camion frigorifique avait soudain mis en lumière ce que l'on appelait désormais « la route des Balkans ». Une clandestinité par voie de terre que les autorités avaient du mal à contenir.

Wim Haag s'était fait muter aux portes de cet enfer comme on choisit son purgatoire. Ancien directeur des opérations de la FAST belge (la Fugitive Active Search Team), cet agent néerlandais avait contribué, par ses méthodes, à l'arrestation de trois cent six fugitifs. En 2013, Europol lui avait confié la mise en place d'une structure identique mais au niveau européen. L'ENFAST était née, avec les succès que l'on sait.

Mais, depuis l'effroyable attentat du Trans-Jungle Express qui avait coûté la vie à son épouse en Colombie, Wim avait troqué sa vocation contre celle de Claire : l'humanitaire. Une façon comme une autre de continuer à faire vivre sa femme, de refuser sa mort. Il avait quitté Europol, vendu sa villa de La Haye, et s'était installé dans le petit studio qu'elle habitait pendant ses missions à Ter Apel. Pour combattre son absence, il s'était plongé dans les rapports qu'elle rédigeait. Ces destins, dont elle lui parlait souvent et auxquels il ne prêtait qu'une oreille distraite, avaient pris soudain une tout autre importance.

Pourquoi n'écoute-t-on pas les gens qu'on aime de leur vivant ?

Il avait tout fait pour se voir offrir ce job mal payé dans un trou perdu où personne ne le connaissait et où il ne connaissait personne. Le petit studio de Claire était resté figé dans le temps. Même après douze ans, il n'y avait ajouté aucune touche personnelle. Le Wim d'avant l'accident n'existait plus. L'ex-agent d'Europol ne fumait plus car Claire ne fumait pas. Il ne mangeait plus de viande car Claire était végétarienne. Il avait été jusqu'à coller une photo grandeur nature du visage de sa femme sur l'unique miroir du studio pour que la longue cicatrice qu'il portait à la joue droite cesse de lui rappeler qui il était vraiment.

Wim passait ses journées au centre de Ter Apel et une nuit sur deux à s'occuper des centaines de demandeurs d'asile qui dormaient dehors, faute de place. Il se noyait dans la misère humaine comme on s'anesthésie. Il ne parlait presque plus. Juste des « ne vous inquiétez pas, ça va s'arranger » adressés aux migrants dans toutes les langues qu'il pratiquait.

Il avait fêté ses quarante-six ans tout seul, mais le fraisier dont Claire raffolait était resté intact. Sa bougie avait fini par fondre à force d'attendre d'être soufflée. Le texto adressé à son père devait lui faire croire qu'il célébrait son anniversaire avec des amis imaginaires. Et une bonne cuite allait lui permettre de s'en convaincre.

Ce matin-là, alors qu'il terminait sa nuit de garde, le commentaire d'une journaliste à la télé de l'accueil attira son attention.

« … à mille cinq cents mètres d'altitude, dans un refuge du Vercors. Après l'Allemagne et la Belgique, c'est la France qui est touchée. L'enfant "tres" *est le troisième enfant de la communauté européenne à être exécuté de la sorte… »*

Wim s'avança lentement vers l'écran, le regard grave.

« … Des sources proches de la Commission européenne laissent entendre qu'Europol pourrait être dotée de pouvoirs opérationnels supplémentaires afin d'interpeller plus rapidement le ou les coupables. »

En quittant la tente blanche du centre, Wim aperçut immédiatement la BMW noire qui stationnait en face de l'entrée. Son premier sentiment fut l'agacement – il avait reconnu le logo sur le pare-brise. Un homme en costard se tenait devant la portière. Son visage neutre ne donnait rien à lire. L'agent d'Europol dans toute sa splendeur.

Wim se fraya un chemin à travers la centaine de migrants qui avaient dormi dehors la veille. Il échangea des saluts avec certains.

— Bonjour, lança l'agent en le suivant. Wim Haag ?

— Je ne travaille plus pour Europol, répondit-il, sans se retourner.

— Je vous ai appelé plusieurs fois et je vous ai laissé mon numéro, je ne voulais pas venir à l'improviste.

— Mais vous l'avez quand même fait.

L'agent ignora ce reproche et enchaîna :

— J'ai besoin de vous parler.

— C'est que… je suis pas mal occupé, comme vous pouvez le constater.

Il désigna de la main la foule bigarrée qui les entourait.

— Un troisième enfant a été assassiné. Un petit garçon, *tres*, vous avez dû en entendre parler ? Nous voudrions que vous supervisiez les polices nationales des différentes nations impliquées.

— Qui ça, « nous » ? s'étonna Wim.

— Le siège. Vous restez notre meilleur agent et cette hécatombe doit s'arrêter.

— Je travaille dans l'humanitaire, à présent. Plus sur des enquêtes criminelles.

— Il y a de grandes chances qu'on puisse identifier le tueur, cette fois. Au cours de sa fuite, il a perdu l'arme du crime : un revolver 1873 calibre 11.

Le type d'arme utilisé fit ralentir Wim, mais il ne s'arrêta pas pour autant.

— Des analyses ADN sont en cours, poursuivit l'agent. Elles permettront peut-être de nous fournir un profil génétique.

— Dites simplement à vos collègues que ça ne m'intéresse pas.

— La présidente Reynaert m'avait prévenu que vous refuseriez. Mais elle m'a demandé d'insister et…

Wim interrompit sa marche et se retourna.

— Vous lui direz que vous l'avez fait. Passez-lui le bonjour de ma part, vous voulez bien ?

À court d'arguments, l'agent regarda Wim Haag s'éloigner.

4

Paris
Deux jours plus tard

Marion se présenta devant le superbe immeuble de sa maison d'édition et hésita quelques secondes avant d'entrer. Elle poussa la porte tambour et se dirigea vers le comptoir de l'accueil.

— Marion Scriba, j'ai rendez-vous avec mon éditeur.

— Lequel ? demanda l'hôtesse.

— Comment ça, lequel? Le patron! M. Narcejac, bien sûr.

Pendant que la standardiste composait le numéro de téléphone, Marion repéra un salarié qui badgeait au tourniquet. Elle se glissa juste derrière et s'engouffra avec lui dans l'ascenseur. À l'expression irritée de l'employé, elle répondit par son plus beau sourire :

— C'est pour une surprise.

Arrivée à l'étage, elle traversa le couloir d'un pas alerte jusqu'au bureau du directeur. Sa secrétaire raccrocha et tenta de l'intercepter.

— Marion, il est en visioconférence et…

Trop tard, elle avait déjà fait irruption dans la pièce.

Robert Narcejac, la cinquantaine élégante, s'excusa auprès de ses interlocuteurs en ligne et coupa son micro momentanément.

— Marion, je ne peux pas te voir, là. Je suis avec les US et c'est important.

— Moi aussi, je suis importante.

L'éditeur soupira, agacé, puis ralluma son micro :

— *I'm sorry, I just need a five minutes break. I'll call you right back, OK? … Thank you so much.*

Il déconnecta la visio et leva les yeux vers son autrice.

— Tu fais des progrès, en anglais, Bob, ironisa-t-elle.

— C'est quoi, le problème, Marion ? rétorqua-t-il, fébrile.

— Ta campagne. Je croyais que les affiches ça ne faisait plus vendre de livres.

— Ça fait vendre quand on est déjà un gros vendeur, Marion, je te l'ai dit cent fois.

— Olga Exter est une grosse vendeuse ?

— Oui… Et Marion Scriba pas encore. On a fait quoi, la dernière fois, avec toi ? Mille exemplaires ?

— OK…

Vexée, elle tourna les talons et fit semblant de sortir.

— Attends, Marion, attends ! Pourquoi tu me pousses toujours à te dire des choses pareilles ?

Elle referma la porte et se mit à faire les cent pas dans la pièce, tandis que Narcejac tentait de reformuler sa phrase.

— Olga Exter vend 100 000 à 150 000 exemplaires à chaque sortie. C'est une marque dans le polar, Marion.

— J'écris cent fois mieux qu'elle.

— Ça n'est pas la question ! Ça va peut-être te dégoûter, mais la plupart des gens, dans ce métier, ne répugnent pas à gagner de l'argent.

— Moi non plus, qu'est-ce que tu crois ? J'ai trois mômes à nourrir et un mari banquier qui marchande sa putain de pension alimentaire, tu crois que je « répugne » à gagner de l'argent ?

— Vraiment ? *Palimpseste*, c'était pour gagner de l'argent, peut-être ?

— C'est mon plus beau roman, celui qui restera après ma mort.

— C'est maintenant que tu as besoin d'argent, Marion, pas après ! Tu passes ton temps à faire des pas de côté. Soi-disant pour surprendre tes lecteurs. Ben tu sais quoi, ils sont tellement surpris qu'ils ne t'achètent plus.

— J'ai eu plus de bonnes chroniques avec *Palimpseste* que pour l'ensemble de mes bouquins. Tu attribues ça à quoi, toi ?

— À un service de presse élargi. On a dû l'offrir à tous les blogueurs de France pour essayer d'avoir des chroniques, parce qu'aucun critique n'en voulait.

Marion eut l'air si médusée d'apprendre ça que Narcejac se radoucit.

— Olga Exter écrit toujours le même livre : celui que les gens aiment. Résultat pour le dernier ? 150 000 exemplaires. Ce que tu aurais fini par obtenir, Marion, si tu avais continué à creuser le même sillon au lieu de partir dans tous les sens.

— Tu es en train de me dire quoi, là, que je suis une has been, c'est ça ?

— Tu ne m'entraîneras pas sur ce terrain, OK ?

Un silence gêné s'installa. Narcejac chercha une autre approche.

— Tu es... comment dire? Tu es peut-être la plus belle plume de cette maison.

— Merci.

— Mais, si tu veux vendre, il y a certaines règles de marketing que tu dois accepter. Ceux qui aiment le Coca ne supporteraient pas qu'on change sa saveur tous les ans. Ils veulent retrouver le même putain de soda.

— Un livre, ce n'est pas un soda, merde!

— Non. Mais, quand on veut le vendre, ça y ressemble.

Un brouhaha provenant du couloir interrompit la conversation. La porte du bureau s'ouvrit sur la secrétaire escortée de six policiers.

— Qu'est-ce qui se passe, encore? s'agaça l'éditeur.

— Je suis désolée, monsieur, bredouilla la jeune femme, mais la police insiste pour...

— Vous êtes bien Marion Scriba? l'interrompit Kassar en présentant sa carte professionnelle.

— Oui, c'est moi, pourquoi?

— Commandante Nayla Kassar, brigade criminelle. Il est 15 h 30, votre garde à vue commence maintenant.

— Quoi? Et... et pour quelle raison?

— Vous êtes en état d'arrestation pour le meurtre d'un enfant de sept ans et peut-être pour deux autres.

Marion demeura quelques secondes abasourdie, tant ce qu'elle venait d'entendre lui paraissait surréaliste. Elle trouva juste la force de bredouiller:

— Attendez... vous plaisantez, là! C'est une caméra cachée, c'est ça?

— Vous avez le droit de garder le silence et de vous faire assister par un avocat…

Ces mots qu'elle avait écrits cent fois dans ses polars sans y prêter attention revêtaient soudain une tout autre importance. Un officier ganté la fouilla, lui prit son téléphone, ses papiers et les glissa dans un sachet plastique.

— Vos poignets, s'il vous plaît ? exigea une voix perdue dans un écho.

Marion se tourna vers Narcejac qui affichait la même expression d'effarement. Il se leva et tenta d'intervenir.

— Attendez, commandante, il y a sûrement une erreur, je peux voir ce mandat ?

— Vous êtes de sa famille, monsieur ?

— Non.

— Restez à distance, alors.

Un officier en tenue saisit les bras de Marion pour l'obliger à les présenter.

— Ne me touchez pas ! s'écria-t-elle.

Il verrouilla les menottes sur ses poignets et se fit aider d'un collègue pour emmener la prévenue de force.

— Ne me touchez pas, je vous dis ! rugit-elle en se débattant.

Elle jeta un regard par-dessus son épaule et lança à son éditeur :

— Appelle Vincent, il faut qu'il aille chercher les enfants à l'école et qu'il prévienne maître Silve, OK ?

Elle n'eut pas le temps d'en dire plus, les deux policiers l'entraînant sans ménagement.

— Je m'en occupe, Marion, ne t'inquiète pas ! rétorqua Narcejac, avant d'intercéder à nouveau en sa faveur.

— Enfin, commandante, on n'arrête pas les gens sans preuves !

— Son ADN est sur l'arme qui a tué un enfant, monsieur.

5

La voiture banalisée de la police démarra sans crissement de pneus, ce qui acheva de convaincre Marion qu'elle n'était ni dans un cauchemar, ni dans un de ses polars. Le conducteur n'actionna pas non plus la sirène, juste le gyrophare bleu sur le tableau de bord. Le silence qui régnait dans l'habitacle n'était rompu que par les annonces radio du central.

— Écoutez, commandante, dit Marion en essayant de recouvrer son sang-froid, je sais que… vous ne faites rien d'autre que votre métier, mais mon ADN ne peut pas être sur une arme. Je n'en possède pas et je n'ai jamais tiré de ma vie.

— Vous aurez tout le temps de vous expliquer au poste, répondit Kassar sans quitter la route des yeux.

— J'ai besoin de mon téléphone. Il faut que je prévienne mon mari de ce qui m'arrive.

— Désolée, c'est une pièce à conviction, maintenant.

— Alors passez-moi le vôtre ! J'ai le droit d'appeler un proche, je connais la procédure.

— Vous le ferez depuis nos bureaux.

— Gardez les mains sur vos genoux, madame, ou je les attache dans le dos, ordonna le conducteur dans le rétroviseur.

Marion obtempéra et chercha à en savoir plus.

— Il a été tué quand, cet enfant ?

— Dimanche dernier, rétorqua le chauffeur sur le ton de l'évidence.

— Tu ne lui parles pas, Luigi, compris ? s'agaça Kassar.

— Elle sait bien qu'elle a fait ça dimanche ! Je ne lui apprends rien.

— Et ça s'est passé où ?

— Elle est balèze, hein ? sourit le policier. On croirait vraiment qu'elle ne le sait pas. Vous êtes romancière ou actrice, madame ?

— Dimanche, j'étais chez moi. Vous vous êtes donné la peine de vérifier ?

— On sait où vous étiez, contesta Luigi : dans le Vercors.

— Tu vas la fermer, oui ? s'énerva Kassar.

Comme tous les innocents, Marion avait la naïveté de croire qu'il suffisait d'expliquer pour se défendre. Mais elle comprit très vite que cela ne changerait rien. Mieux valait se taire et faire comme les coupables : attendre les conseils d'un avocat pour parler.

La boxe avait toujours été, pour maître Pierre Silve, le meilleur moyen de se défouler après les joutes des prétoires. Et, si la brasserie Les Deux Palais avait eu raison de son tour de taille, à soixante-deux ans, il avait encore de beaux restes contre un sac de frappe. Petit, les cheveux blancs, Silve était le genre de poids plume macho qui aimait se mesurer aux grands gaillards. Lorsque son téléphone sonna, il retira un de ses gants avec les dents et prit sa voix la plus professionnelle pour prétendre :

— Cabinet de maître Silve, j'écoute ?

À l'autre bout de la ligne, Vincent Scriba, quarante-cinq ans, était garé en double file entre l'école Sainte-Marie et le collège Notre-Dame-de-Sion pour guetter la sortie de ses enfants.

— Pierre ? C'est Vincent. Les flics viennent d'arrêter Marion. Ils l'accusent d'avoir… tué un enfant.

C'était tellement énorme qu'il arrivait à peine à le dire.

— Attends, attends, d'avoir quoi ? répondit l'avocat en s'éloignant du ring où deux membres du club s'affrontaient.

— Ils accusent Marion de meurtre. Il faut que tu fasses quelque chose…

— Bien sûr que je vais le faire, assura-t-il en se dirigeant vers les vestiaires. Ils ont fait une grosse connerie et ils vont la payer cher, crois-moi. Où sont les enfants ?

— À l'école. Je suis garé devant, là. Je les attends. Qu'est-ce que je vais leur dire, moi, putain ?

— Vincent, faut déjà que tu te calmes.

— Je *suis* calme ! s'énerva-t-il.

Silve retira son tee-shirt et essuya sa transpiration avec.

— Tu as les clefs de chez Marion ?

Vincent hocha la tête comme si l'avocat pouvait le voir.

— Vincent ?

— Oui, j'te dis !

— Bon. Les flics vont sûrement perquisitionner. Donc va les attendre là-bas mais, avant, confie les mômes à quelqu'un, ils n'ont pas besoin de voir ça.

Silve attrapa une chemise dans son casier et l'enfila, le téléphone coincé entre la joue et l'épaule.

— Tu connais quelqu'un qui pourrait les garder un moment ?

— Ma mère.

— Parfait. Tu les files à mamie et après tu vas direct chez Marion. Si les flics sont déjà là, tu te fais remettre leur commission rogatoire, d'accord ?

— D'accord.

— Les enfants ont un téléphone ? demanda-t-il en glissant sa tête dans une cravate déjà nouée.

— Tous sauf Timéo.

— Ils l'ont sur eux ?

— Même pour dormir.

— S'ils veulent prendre ton téléphone ou celui des enfants, refuse. Vous n'êtes accusés de rien. Pour en faire la saisie, il faut qu'ils le justifient.

Vincent aperçut Nathan et Timéo dans le flot des écoliers qui rejoignaient les parents encombrant le trottoir.

— Autre chose, Vincent, si les flics te questionnent sur Marion, tu leur dis juste que ton avocat t'a conseillé de garder le silence, OK ?

— OK.

— Tu peux me le répéter ?

— Si les flics me questionnent sur Marion, je leur dis que mon avocat me conseille de garder le silence.

— Je file la rejoindre. Je vais arranger ça, vieux, promis.

— Merci, Pierre.

Vincent raccrocha et descendit accueillir ses enfants.

En l'apercevant, Timéo voulut traverser la rue en courant. Nathan l'attrapa de justesse par le col, le temps que la chaussée soit dégagée.

— Salut, p'pa ! s'écria Nathan en relâchant son frère. Qu'est-ce qui se passe ?

— Comment ça ?

— Pourquoi tu viens nous chercher ?

— Pour rien, bredouilla Vincent en prenant Timéo dans ses bras. Un père a besoin d'une raison pour venir chercher ses enfants ?

— Non, mais l'école et le collège sont à quinze minutes à pied et maman nous laisse rentrer seuls, à condition que je récupère Timéo devant son école.

— Je vous emmène chez mamie. Elle a une surprise pour vous.

— Quelle surprise ?

— Si je te le dis, ce sera plus une surprise. Où est ta sœur ?

— Elle se fait draguer, comme d'hab, cafta Timéo.

Vincent aperçut sa fille entre deux jeunes boutonneux et lui fit signe.

— On peut s'acheter des pains au chocolat, p'pa ? s'enquit Nathan.

— Bien sûr, répondit Vincent en sortant un billet de sa poche.

— Il y a un problème ?

— Pourquoi tu dis ça ?

— Parce que la dernière fois que t'as accepté aussi facilement de nous payer des pains au chocolat, on a divorcé.

Vincent poussa un long soupir et embrassa Lola qui les avait rejoints.

— Quelqu'un est mort ? demanda-t-elle.

— Grimpe, je vais vous expliquer.

6

Marion était attablée dans une pièce austère réservée aux interrogatoires. Sa main droite était menottée au sol, une position inconfortable destinée à la déstabiliser.

Derrière un miroir sans tain, Nayla Kassar observait cette mère de famille à des années-lumière de l'image que l'opinion publique se faisait du « Tueur aux chiffres », comme l'avaient surnommé les médias. Jamais, du reste, personne n'aurait pu imaginer qu'une femme ait pu commettre des infanticides aussi atroces. Même si la commandante était fière d'avoir interpellé la suspecte, elle ne parvenait pas à dissiper le malaise qu'elle ressentait à cause de la pression du parquet : « Nous ne pouvons pas patauger comme nos confrères allemands et belges », lui avait-on dit. « C'est l'image de la France qui est en jeu. »

Le Tueur aux chiffres était ce qu'on appelait une « affaire signalée », une de celles qui exigeaient une coopération plus grande entre police et justice. Et Kassar s'attendait à recevoir la visite du juge d'instruction d'un instant à l'autre, ce qui était tout à fait exceptionnel au cours d'une garde à vue.

De l'autre côté du miroir, sa prisonnière regardait autour d'elle, aussi nerveuse qu'un taureau avant d'entrer dans l'arène. Allait-elle s'inventer un alibi ? Une romancière pouvait imaginer toutes sortes de solutions pour se tirer d'embarras. Elle devait avoir l'habitude de le faire pour les personnages de ses polars.

Une porte s'ouvrit derrière Kassar.

— Bonsoir, commandante, déclara un jeune homme rigide en pénétrant dans la pièce.

— Monsieur le juge…, le salua-t-elle.

Il s'approcha directement du miroir pour examiner Marion.

— Alors, la voilà, notre « Tueuse aux chiffres » ! ironisa-t-il. On lui donnerait le bon Dieu sans confession, n'est-ce pas ?

Lorsqu'il instruisait, Maxime Petit, trente-deux ans, ne tenait compte ni des circonstances, ni de la personne. Impitoyable, il statuait sur la faute plus que sur le fautif. Froid et dénué d'humour, il était partisan de punir avec la peine maximum prévue par la loi. La compassion n'avait pas de place dans les affaires qu'il traitait. Un crime était un crime. La loi était dure mais c'était la loi.

Il ouvrit le dossier qu'il portait sous le bras et en sortit plusieurs feuillets qu'il remit à Kassar. Il y avait là l'extrait du fichier national des empreintes génétiques grâce auquel Marion Scriba avait été confondue.

— Figurez-vous que c'est lors du démontage du McDo de Millau par la Confédération paysanne en août 1999 que Marion Lacoste, nom de jeune fille de Scriba, a été fichée FNAEG. Or, comme vous le savez, la durée maximale de conservation des données est de vingt-cinq ans. À un an près, elle n'aurait pas été identifiée pour le meurtre de l'enfant *tres*. Vous vous rendez compte ?

— Kevin Giroud.

— Pardon ?

— C'est comme ça que s'appelle le petit qui a été tué. Et ici, on lui donne son vrai nom.

— L'ADN de sa meurtrière lui rendra justice.

— Quand nous l'aurons vérifié. Or elle refuse le prélèvement buccal.

— On le récupérera durant la perquisition sur son peigne, sa brosse à dents ou ses tampons usagés.

— Seul un échantillon prélevé ici fera foi, monsieur le juge. Vous le savez comme moi.

Maxime Petit la dévisagea longuement.

— Je ne vous savais pas aussi procédurière, commandante. Ne me dites pas que vous doutez de la culpabilité de notre tueuse en série.

— Pour Kevin, je ne doute pas, non. Mais, « en série », cela reste à prouver. Une enquête ne se mène pas au pas de charge, monsieur le juge. Mon mandat d'arrêt n'était même pas signé, ce matin, lors de l'interpellation.

— Je l'ai signé, rassurez-vous. Ma greffière a dû commettre une erreur. Et elle sera rappelée à l'ordre pour ça. En attendant, si nous allions rencontrer notre tueuse ?

La porte de la salle d'interrogatoire s'ouvrit sur Maxime Petit et Nayla Kassar. Marion s'était installée par terre pour éviter la position inconfortable qui la maintenait penchée vers sa main menottée.

— Bonjour, madame Scriba, je suis Maxime Petit, juge d'instruction. Vous pouvez reprendre votre place, s'il vous plaît ?

— Je le ferai quand je pourrai être assise normalement.

Le juge ignora la remarque, se carra sur son siège et ouvrit un dossier dont il tira quelques feuillets.

— Pour une mère de famille, vous avez un casier bien rempli : fauchage volontaire, soutien aux sans-papiers et même « guérilla écolo » contre la déforestation en Colombie ?

— Ce sont des infractions conscientes et intentionnelles, monsieur le juge. Ça s'appelle de la désobéissance civile. Avant d'être mère, j'étais militante et j'en suis fière. Et vous, avant d'être juge, vous étiez quoi ?

Kassar ne put réprimer un petit sourire. Elle se dirigea vers sa prisonnière et déverrouilla ses menottes. Elle voulut l'aider à se lever, mais Marion se dégagea.

— Ce ne sont pas des questions que nous attendons de vous, madame Scriba, mais des réponses, fit le juge, impassible.

— Vous perdez votre temps, répondit-elle en s'installant face à lui. Je ne répondrai qu'en présence de mon avocat. En revanche, ce que je peux vous dire, c'est que je vais vous foutre à tous les deux un procès au cul dont vous vous souviendrez longtemps. Et vos familles aussi.

— Je comprends que vous soyez remontée contre nous, dit le magistrat, mais nous ne faisons que défendre la famille du petit Kevin, qui se souviendra longtemps, elle aussi, de ce qui lui est arrivé. Le petit Kevin, vous vous rappelez ? L'enfant *tres* ?

Il glissa une photo sous ses yeux. Elle la retourna sans la regarder.

— Vous avez honte, n'est-ce pas ? Je comprends. Mais vos remords ne ramèneront pas le petit Kevin.

Le magistrat se tourna vers Kassar, qui était restée en retrait, adossée au mur.

— Vous avez confié à la commandante que vous étiez chez vous la nuit du crime, c'est ça ? Dans ce cas, comment expliquez-vous que votre ADN se soit retrouvé à six cents kilomètres de là, dans le Vercors ?

— Je ne répondrai qu'en présence de mon avocat, répéta-t-elle en massant lentement ses poignets rougis par les menottes.

— J'entends bien, mais si vous êtes innocente vous n'avez pas besoin d'avocat. Il ne s'agit peut-être que d'un simple malentendu que nous pouvons dissiper.

— Si ça se trouve, intervint Kassar, l'erreur provient du fichier FNAEG. Ils ont peut-être mal échantillonné le prélèvement en 99 après le démontage du McDo. Les techniques n'étaient pas aussi performantes à l'époque qu'aujourd'hui.

Marion s'affaissa sur son siège. Elle venait de comprendre à quoi elle devait son arrestation.

Kassar l'observait. Il n'y avait sur son visage aucune trace de culpabilité, plutôt de l'impatience et de la colère. Celles qu'éprouve quelqu'un accusé d'un crime qu'il n'a pas commis.

— Laissez-nous effectuer un prélèvement buccal, poursuivit la commandante. Votre ADN sera la meilleure façon de vous disculper. Si j'étais innocente, moi, je l'aurais même exigé.

— J'en discuterai avec mon avocat. Celui-là même qui vous mettra à la rue, tous les deux, pour ce que vous nous faites subir en ce moment, à moi, à mes enfants, à mon ex-mari et à ma carrière.

— Comme vous voudrez, soupira le juge d'instruction en ramassant son dossier.

Au même moment, Pierre Silve ouvrit la porte bruyamment. Mal fagoté, il n'avait clairement pas pris le temps de se doucher après l'entraînement. Mais il était prêt au combat.

— Allez dehors, jeunes gens ! s'exclama-t-il en posant sa sacoche en cuir sur la table. Laissez-moi m'entretenir avec ma cliente. Coupez-moi cette caméra, le micro et fermez le rideau du miroir sans tain. Tu tiens le coup, Marion ?

— Merci d'être venu, Pierre.

7

Ter Apel, Pays-Bas

Wim avait beau essayer de voler quelques heures de sommeil avant sa garde de nuit au centre, il n'y arrivait pas. Il ne cessait de penser à ces familles brisées par la mort de leur enfant. Quelle consolation pouvaient-elles espérer en dehors de l'arrestation de celui qui leur avait arraché la chair de leur chair ? Il savait exactement ce par quoi elles passaient. Si elles ne parvenaient pas à mettre un visage sur le coupable, elles ne feraient jamais leur deuil.

Lui n'avait pas pu.

Le déraillement du train, qui avait coûté la vie à Claire et à cent cinquante personnes en Colombie, n'était pas un accident. Les premiers soupçons avaient porté sur les Sans-Voix, la branche révolutionnaire zapatiste responsable d'autres attentats dans le passé, mais, depuis son désarmement, l'ex-guérilla était devenue un parti politique comme un autre. L'absence de revendications et de preuves substantielles avait laissé la police locale impuissante. Et, malgré l'accord de coopération entre Europol et la Colombie, Wim n'était pas parvenu à rendre justice à Claire et aux autres victimes.

Il quitta son lit, se prépara un café dans la cuisine et consulta Google Maps sur son ordinateur. Il lui faudrait deux heures quarante-cinq de voiture pour atteindre La Haye, puis une heure quinze d'avion pour Paris.

Paris… Il leva ses yeux clairs vers le frigo. Sur la porte, la photo de son père dans sa blouse de chirurgien semblait lui dire : « Tu vas quand même passer me voir, hein ? Debout, c'est quand même mieux qu'entre quatre planches ! »

Ils ne s'étaient pas vus depuis douze ans.

Douze ans… Tout s'était arrêté il y a douze ans.

Pour une raison qui lui échappait encore, les querelles entre son père et lui s'étaient apaisées depuis le décès de Claire. Non pas que beau-père et belle-fille aient eu de mauvais rapports, ils s'adoraient. Björn éprouvait-il de la pitié pour son fils ou était-ce de la compassion, qualités que Wim ne lui connaissait pas ? À moins que son absence prolongée ait embelli les souvenirs que son père avait de lui ?

Il rouvrit son ordinateur et lança une recherche pour glaner le maximum d'informations sur les meurtres des enfants *uno, dos* et *tres.* Une fillette et deux petits garçons. Aucun d'eux n'avait fait l'objet de demande de rançon. Aucun n'avait été violé. Ils avaient été enlevés pour être exécutés.

Avec un 1873, à bout portant. Ce revolver, qu'on surnommait « le Colonial », avait fait les deux Guerres mondiales, mais aussi l'Indochine et l'Algérie. L'Europe entière l'avait copié et on le retrouvait dans toutes les anciennes colonies.

Le mobile était-il politique ? Chaque infanticide avait eu lieu dans le pays d'origine des victimes, comme si la nationalité était plus importante que l'identité des enfants leur sexe ou même leur race. Car *uno* était caucasienne, *dos* noir et *tres* eurasien.

Wim ouvrit le placard de la chambre et tomba sur la tenue que Claire conservait pour lui en cas d'appel d'urgence : costume sombre, chemise blanche parfaitement repassée et cravate discrète. Un accoutrement taillé sur mesure qu'il n'avait pas enfilé depuis qu'il avait quitté l'agence mais dans lequel il pourrait encore entrer, grâce à son activité physique. Il glissa des sous-vêtements et des produits de toilette dans un vieux sac à bandoulière et y ajouta son ordi. Puis il sortit rejoindre sa voiture.

Tout en conduisant, il composa le numéro d'Europol.

— Mme Reynaert, s'il vous plaît… dites-lui que c'est Wim Haag, je pense qu'elle prendra l'appel…

Sa voiture passa devant le centre temporaire de demandeurs d'asile. Des centaines de migrants allaient encore dormir à même le sol, devant ses grilles. Et Wim ne put s'empêcher de tiquer sur le mot « temporaire ».

— Bonjour, madame la présidente. Wim Haag à l'appareil. Je dois me rendre à Paris pour voir mon père. Donc… si vous croyez toujours à mon utilité sur cette affaire, je peux faire un crochet par La Haye ?

Il écouta la réponse de son interlocutrice et proposa :

— Parfait. Dans ce cas, je devrais pouvoir être à l'agence vers 19 h 30, est-ce que cela vous convient ? … Très bien. À tout à l'heure, alors… Moi aussi, madame la présidente.

8

Maître Pierre Silve avait terminé son entretien privé avec Marion. Il ouvrit la porte et appela le juge d'instruction et la commandante pour qu'ils se joignent à eux.

— C'est bon, jeunes gens, la récré est terminée. Il est temps d'éclaircir ce merdier.

Maxime Petit et Nayla Kassar regagnèrent la salle d'interrogatoire et s'installèrent face à Marion. Silve attaqua d'entrée :

— Bon… vous allez m'expliquer en détail ce qui vous a permis d'arrêter ma cliente devant son éditeur, de ruiner sa réputation et de la livrer, elle et sa famille, à la vindicte populaire. Quelles sont les preuves irréfutables qui justifient cette arrestation et le lynchage qu'elle entraîne actuellement sur les réseaux sociaux et les médias, lesquels vont violer, chaque jour un peu plus, la présomption d'innocence de Marion Scriba ?

— La reine des preuves, répondit le juge. Son ADN sur l'arme du crime et sur le sac du wingsuit.

— Du quoi ? demanda Marion.

— Du wingsuit qui vous a servi à vous enfuir en sautant du haut de la falaise, expliqua Kassar.

— Moi, sauter d'une falaise ? Je n'arrive même pas à monter sur un manège avec mes enfants tellement j'ai le vertige.

— Ce ne serait pas la première fois que de l'ADN aurait été placé pour incriminer quelqu'un, déclara l'avocat.

— Placé ? réagit Kassar.

— Oui. Ma cliente a écrit suffisamment de polars pour savoir que le minimum, quand on veut tuer quelqu'un est de porter des gants.

— Vous voulez voir ce qu'elle a fait au petit Kevin ? proposa le juge.

— Ce que *quelqu'un* a fait, vous voulez dire ? rectifia l'avocat.

Pour toute réponse, Maxime Petit étala sous les yeux de Silve les photos du petit garçon exécuté. Et Silve eut du mal à ne pas en être ébranlé.

— Oh, mon Dieu…, soupira Marion, les larmes aux yeux. (Elle avait commis l'erreur de regarder, cette fois.) Vous croyez vraiment que j'aurais pu faire une chose pareille ?

Kassar observait sa prisonnière. Son expression trahissait plus l'épouvante que la culpabilité. Ce qui poussa la commandante à suggérer, d'un ton presque complice :

— Prouvez-nous le contraire, madame Scriba. On ne demande qu'à vous croire.

— C'est à vous de prouver que ma cliente a commis ce meurtre, jeunes gens, et non à elle de prouver son innocence.

— Vous étiez où dimanche soir ? poursuivit Kassar.

Marion se tourna vers son avocat qui hocha la tête.

— Chez moi, répondit-elle. J'écrivais.

— Toute la nuit ?

— Oui.

— Quelqu'un peut-il en témoigner ?

— Non. Mes enfants dormaient, mais… ils m'ont vue le lendemain au petit déjeuner, ainsi que la maîtresse de Timéo, à l'école, quand je les ai déposés.

— Vous auriez pu faire l'aller-retour dans la nuit, déclara le juge.

— Comment ? En wingsuit ? ironisa l'avocat. Il faut sept heures de voiture pour atteindre le Vercors depuis Paris. Et cela en empruntant les autoroutes A5 ou A6. Comment ma cliente aurait-elle pu faire l'aller-retour dans la nuit ? Sans compter qu'il lui fallait enlever le petit Kevin, avant. Bonne chance pour faire gober ça à un jury !

— J'ai mis deux heures trente à me rendre sur place, intervint la commandante, en prenant l'avion jusqu'à Lyon.

— Et vous vous êtes renseignée auprès des compagnies aériennes pour savoir si Marion Scriba était sur un de leurs vols ? Vous avez essayé de suivre ses déplacements sur les quatre mille caméras de surveillance que compte la capitale ? Vous avez tenté de localiser ma cliente grâce à l'utilisation de son portable ou de sa carte de crédit aux péages ? Je n'arrive pas à croire que vous n'ayez pas vérifié tout ça, avant de l'interpeller ! C'est votre boulot d'enquêteurs, quoi, merde !

Mal à l'aise, Kassar se tourna vers le juge. Les mots de Silve faisaient écho aux siens : « Une enquête ne se mène pas au pas de charge. »

— Nous ne voulions pas prendre le risque qu'elle nous échappe, dit simplement Maxime Petit.

Marion secoua la tête, dégoûtée. L'avocat contre-attaqua.

— Et cela justifiait-il que la presse soit avertie de l'heure et du lieu de l'interpellation ?

Kassar dévisagea le juge. Était-il à l'origine de la présence des médias sur place ?

Silve enfonça le clou :

— Un coup de fil anonyme que le détective avec lequel je travaille trace actuellement et dont l'un de vous deux aura à répondre. Car ma cliente a été prise en photo, les menottes aux poignets, ce qui, sans l'accord de l'intéressée, constitue une infraction passible de 15 000 euros d'amende. Loi du 15 janvier 2000, n'est-ce pas, monsieur le juge ?

Déstabilisé, le magistrat sentit ses joues s'enflammer. Il baissa la tête, la position idéale du taureau au moment de la mise à mort. Et, tel un matador, l'avocat s'immobilisa pour porter le coup de grâce.

— Alors ? Qu'est-ce qu'il vous reste, jeunes gens ? Ah oui, « la reine des preuves » ! ironisa Silve.

Il se leva et se mit à arpenter la salle d'interrogatoire comme s'il plaidait dans un prétoire.

— Février 2000. L'affaire fait la une des journaux britanniques. Un prélèvement ADN est retrouvé sur les lieux d'un cambriolage. La police est formelle : il s'agit du profil génétique de Raymond Easton. Problème ? Le gars est atteint de la maladie de Parkinson, il ne peut se déplacer. Et le cambriolage a eu lieu à trois cents kilomètres de chez lui. La probabilité d'erreur était infime, je vous l'accorde, mais le profil génétique de Raymond Easton était bien similaire à celui du cambrioleur.

Il fouilla dans sa sacoche en cuir et en sortit un document qu'il tendit au juge d'instruction en disant :

— La reine des preuves était mise en défaut pour la première fois.

Le magistrat parcourut le feuillet en diagonale et sourit, le genre de sourire qui vous file perpète.

— Gardez votre baratin pour le tribunal, maître. Depuis le Brexit, la jurisprudence britannique ne fait plus autorité en Europe.

Le meilleur argument de la défense venait d'être balayé d'un revers de manche. Ce qui fit perdre à Marion tout espoir.

— Bon, fit le juge en collectant ses affaires, si vous n'avez pas d'autres lapins à sortir de votre… sacoche, maître, ce sera tout en ce qui nous concerne. Mme Scriba va être conduite à la maison d'arrêt de Versailles, où elle sera écrouée jusqu'à lecture de l'acte d'accusation. Si elle persiste dans son refus d'un prélèvement ADN, elle ne fera que prolonger d'autant sa détention provisoire. Quand les résultats seront confirmés ou infirmés, elle bénéficiera soit d'un non-lieu, soit d'une incarcération dans l'attente de son procès.

Scriba s'effondra, la tête entre les mains.

— Ne t'inquiète pas, Marion. Je vais m'employer à dénoncer cette justice expéditive. En attendant, je te conseille de faire un prélèvement de salive. Dans moins de vingt-quatre heures, ton ADN achèvera de les couvrir de ridicule. Et quand tu seras libre ce seront eux qui devront faire face à la justice. Et ce sera la fin de leur carrière.

Dans le regard des accusateurs de Marion, le verdict était tout autre.

9

Siège d'Europol
La Haye, Pays-Bas

Le siège d'Europol était installé en plein cœur d'un quartier d'affaires de La Haye. Vue de l'extérieur, l'agence européenne la plus secrète et la mieux protégée était un immeuble gris et fonctionnel qui aurait pu abriter n'importe quel GAFAM. L'intérieur, lui, ressemblait à une ruche, mais une ruche blindée et criblée de caméras de surveillance. L'air et l'eau y étaient filtrés et l'identification biométrique équipait chacune de ses portes. Plus d'un millier de policiers, gendarmes ou experts informaticiens des États membres y travaillaient de concert.

L'aisance avec laquelle Wim se déplaçait d'un pas rapide dans les couloirs de cette organisation opaque indiquait aux fonctionnaires engagés récemment qu'il était un familier des lieux. Quant à ceux qui le connaissaient, ils le suivaient du regard, et pas toujours de manière amicale.

La présidente d'Europol sortit de son bureau, un dossier à la main, pour l'accueillir chaleureusement.

— Ça fait plaisir de vous voir, agent spécial Haag.

— Plaisir partagé, madame la présidente.

Elle prit une profonde inspiration et l'entraîna jusqu'à une salle de conférence dont elle ferma la porte derrière eux. Les bruits extérieurs furent aussitôt assourdis par les grilles antibruit fixées aux murs et au plafond.

La quarantaine grisonnante et les yeux noisette, la présidente Reynaert semblait trop bienveillante pour avoir gravi la hiérarchie aussi vite. Un tailleur de marque sur mesure et une chemise claire mettaient en valeur sa silhouette irréprochable. Élégante et perspicace, elle avait fait de son sourire sa meilleure arme. Il dissimulait une intelligence stratégique qui jouait fréquemment du billard à trois bandes.

Penché sur un ordinateur, Wim visionnait des images revendiquant les infanticides de manière anonyme.

— La vidéo provient d'un serveur russe, affirma-t-elle. Le site avait une adresse allemande, mais bien sûr nous l'avons fermé.

— Elle a été beaucoup visionnée ?

Reynaert laissa échapper un soupir.

— Pas mal, oui. Sur les réseaux sociaux, essentiellement. Nous avons alerté les gouvernements des États membres afin que leurs chaînes de télévision ne diffusent pas. Nous sommes face à une situation d'une extrême gravité, Haag, une nouvelle forme de terrorisme qui s'attaque à nos institutions par le biais de nos enfants.

Elle retira ses lunettes et en essuya les verres avec un mouchoir.

Wim se pencha vers l'écran pour visionner à nouveau la vidéo. On y voyait une carte d'Europe. Trois de ses États membres étaient rebaptisés par un chiffre. L'Allemagne s'appelait désormais *Uno*, la Belgique, *Dos* et la France,

Tres. Les pays où les infanticides avaient déjà eu lieu clignotaient en rouge. Les autres avaient encore leur nom et leur couleur bleue.

— J'imagine que les adresses fictives passent par des serveurs proxy ?

— Tout à fait. Le site web était celui d'une ligue complotiste du nom de Maelstrom.

— Vous avez tenté de tracer le propriétaire du domaine ?

— Sans succès, acquiesça-t-elle.

— Et les membres de Maelstrom ?

— Inconnus au bataillon. C'est peut-être le nom d'emprunt qu'une poignée d'anarchistes utilisent pour paraître plus gros qu'ils ne sont.

— D'après vous, la femme interpellée à Paris serait le membre français de Maelstrom ?

— C'est probable.

Elle ouvrit son dossier. Elle en tira une fiche de renseignements de la suspecte qu'elle tendit à Wim.

— Marion Scriba, romancière.

— À succès ?

— Même pas. Divorcée, trois enfants. Mère de famille, la meilleure des couvertures pour une ex-militante d'extrême gauche.

— Comment ça ?

— Avant son mariage, Scriba était une activiste. Militante anticapitaliste, zadiste, écoguerrière… En 2003, elle a même rejoint une « guérilla écolo » contre la déforestation en Colombie. Elle avait à peine dix-neuf ans.

— Et elle y est restée longtemps ?

— Difficile à dire. Elle a disparu dans la jungle en 2005. L'association écolo qui l'employait a déposé plainte pour enlèvement et séquestration, sans succès. Et sept ans plus tard, on retrouve sa trace en France. Elle épouse un banquier, lui fait trois enfants et se met à écrire des polars.

— On a des images de sa libération ?

— Rien n'a filtré. Ni les raisons de sa disparition, ni une éventuelle rançon qui aurait été versée par le gouvernement français. Et, tiens-toi bien, le dossier est classé secret-défense.

— Est-ce qu'on sait si elle était en contact avec les Sans-Voix, les guérilleros colombiens qui contrôlent les jungles ?

Reynaert parcourut ses documents.

— Rien ne permet de l'affirmer… ou de le contredire.

Wim se rendit compte que sa dernière réflexion avait plus à voir avec sa vendetta personnelle qu'avec l'affaire. Allait-il parvenir à séparer les deux ?

— En dehors de leur âge, poursuivit-il, est-ce que les enfants victimes ont d'autres points communs ? La profession de leurs parents, par exemple ?

Reynaert ne put refréner un sourire. Elle reconnaissait la sagacité de son meilleur agent. Elle tourna les pages du dossier et le retourna vers Wim.

— Le père de *uno* est homme politique, indiqua-t-elle. La mère de *dos*, journaliste et le père de *tres*, colonel.

Wim se plongea dans les documents avant de lever les yeux vers la présidente.

— Les trois ont arpenté les champs de bataille ou en sont responsables : homme politique, grand reporter et militaire. Ce qui voudrait dire que ces enfants auraient payé de leur vie l'engagement de leurs parents sur des zones de combat, c'est ça ?

— C'est l'hypothèse sur laquelle nous travaillons, acquiesça Reynaert. Une forme de représailles contre l'Union européenne pour les positions qu'elle prend sur la scène internationale. Les trois pays touchés font partie des six fondateurs de 1957. Ce qui laisse supposer que l'Italie, le Luxembourg et… les Pays-Bas pourraient connaître le même sort.

— Et peut-être d'autres États membres, ajouta Wim.

La présidente hocha la tête gravement, avant de soupirer.

— Je me rends compte que je ne vous ai même pas proposé un café.

— Ne vous donnez pas cette peine, madame la présidente. Claire ne supportait pas le café et, depuis douze ans, moi non plus.

Reynaert fixa Wim avec insistance.

— Vous tenez le coup, là-bas ?

Il mit quelques secondes à répondre.

— Pas tous les jours… Claire était plus forte que moi. Certains veulent détruire notre Europe et d'autres essaient désespérément d'y entrer.

Elle fit quelques pas vers la baie vitrée et ses yeux se perdirent dans le ciel enflammé.

— Comment arrêter cet holocauste, Haag ?

— Je ne suis pas devin, madame.

— Et moi, à peine présidente. C'est une fonction que le destin m'a confiée et j'essaie de la remplir du mieux que je peux. En commençant par choisir les gens les plus compétents. Si vous acceptez cette mission, vous aurez les agents les plus qualifiés à votre service. Et mon soutien le plus absolu dans les conflits qui vous opposeront sans doute aux polices locales.

Wim la rejoignit près de la baie vitrée.

— J'accepte à une condition, madame la présidente : je veux des infos sur les sept ans où Scriba est passée sous le radar.

— Ça risque d'être compliqué.

— Moins que la mission que vous me confiez. Faites jouer vos relations.

Elle réfléchit un moment et opina.

— Très bien. C'est une autre forme de guerre, Haag. Du terrorisme intérieur comme l'Europe en a connu dans les années de plomb avec Action directe, les Brigades rouges et la bande à Baader. S'il n'est pas traité, ce petit caillot peut provoquer une embolie dans les artères européennes et détruire ce que nous avons mis soixante-sept ans à construire.

10

La nuit était tombée sur le XVIe arrondissement de Paris. Voisine des ambassades et des hameaux privés, la rue Jouvenet s'étirait entre la bruyante avenue de Versailles et l'étroite rue Boileau. C'était un quartier résidentiel sans histoire, tout près de l'ancien village d'Auteuil, où Molière donnait ses soupers.

Tilda Scriba habitait au numéro 32. Son appartement au rez-de-chaussée donnait sur un jardin privatif dans lequel ses petits-enfants adoraient venir chasser les œufs à Pâques.

Vincent avait toujours veillé à ce qu'elle ne manque de rien. Sa situation de banquier lui permettait largement de couvrir les frais de sa mère. Non pas qu'elle fût dépensière mais, à quatre-vingt-cinq ans, cette Britannique excentrique avait décidé, une fois pour toutes, que les chiffres ne gouverneraient plus sa vie. Elle n'ouvrait plus le courrier, lequel s'entassait à l'entrée dans une corbeille. Son fils venait le relever de temps en temps et découvrait des factures d'électricité ou de téléphone impayées. Il les réglait discrètement, sans même le mentionner.

Tilda raffolait des thrillers de Marion. Elle les avait tous lus et lui reprochait souvent de ne pas être assez gore. Elle détestait le feel good et tous ces romans à l'eau de rose.

Elle aimait avoir peur en lisant et trouvait toujours des excuses aux méchants. Elle adorait jouer aux jeux vidéo avec ses petits-enfants, spécialement ceux où il y avait des zombies. Et, chaque fois qu'ils venaient la visiter, cela finissait invariablement autour de sa PS5.

Vincent avait tenté de cacher à sa mère l'arrestation de sa belle-fille mais, lorsque son portable sonna, la précipitation qu'il mit à répondre lui fit lever le nez de sa console et suivre son fils d'un regard soupçonneux.

— Qu'est-ce que tu fais, Granny ? s'écria Nathan. On est en train de se faire buter, là !

C'était bien Marion qui appelait et Vincent s'isola un moment pour lui parler.

— Pierre est avec toi ? s'inquiéta-t-il.

— Oui. Il a un plan d'attaque et… il est confiant, mais moi…

— Il leur a expliqué que tu ne pouvais pas être à la fois à Paris et à six cents kilomètres de là ?

— Il y a mon ADN sur la scène de crime, Vincent. Et je n'ai pas d'alibi.

— Mais comment c'est possible ?

— Je n'en sais rien.

— N'empêche que, pour les autres meurtres, tu as forcément un alibi ?

— Ça ne prouve rien. Les autres meurtres ont pu être commis par d'autres personnes.

— Et euh… il se passe quoi maintenant ?

— Détention provisoire à la maison d'arrêt de Versailles. C'est une prison pour femmes.

— Putain, mais c'est pas vrai…

Vincent essaya d'imaginer Marion là-bas. Allait-on lui passer une tenue de prisonnière comme dans les séries américaines ? Mangerait-elle à sa faim ? Aurait-elle à subir les sévices des autres détenues quand elles apprendraient par la télé le motif de son incarcération ?

— Comment vont les enfants ? demanda Marion, brisée mais calme.

— Ils vont bien. Ils t'attendent.

Il y eut un long soupir à l'autre bout du fil.

— Granny est au courant ?

— Pas encore mais, tu la connais, elle va vite comprendre.

Vincent jeta un œil par-dessus son épaule et vit que sa mère regardait dans sa direction.

— Ils comptent te relâcher quand ?

— Pas tout de suite. J'ai fait un prélèvement buccal et ils vont comparer les résultats.

Lola s'approcha et Vincent lui fit signe de rester à l'écart.

— Combien de temps ? insista-t-il.

— Ça dépend mais, étant donné la surmédiatisation, Pierre a obtenu que les échantillons soient analysés en priorité. On devrait très vite être fixés, peut-être même demain.

Il ne savait pas comment soulager son agacement.

— Et, en attendant, tu passes pour une meurtrière sur les chaînes d'info, c'est pas possible ! D'autant que l'ADN, ce n'est pas aussi fiable que dans *Les Experts*, hein ? J'ai été voir sur Internet. Il y a déjà eu plein d'erreurs.

— Je sais, dit Marion en souriant tristement.

La nervosité de Vincent l'attendrissait. C'était toujours comme ça, dans la vie. Il fallait un bon drame pour que les masques tombent. Les rôles que l'on jouait ne résistaient pas quand le destin rebattait les cartes.

— Tu ne dis rien ? demanda-t-il.

— Il y a juste un jour ou deux à tenir, Vincent. Faut que tu parles aux enfants et que tu leur expliques que c'est juste une erreur. Chiante mais… une erreur quand même. Il vaudrait mieux qu'ils n'aillent pas à l'école, le temps que ça se calme. Ça fera plaisir à Timéo. Et puis… il faut qu'ils évitent la télé, aussi, et les réseaux sociaux. Ça va être super dur pour Lola, mais… Appuie-toi sur Nathan. Il sait comment parler à sa sœur.

Vincent n'avait jamais vu Marion craquer. Même quand son père était mort, elle n'avait rien laissé passer. Tout chez elle restait verrouillé à l'intérieur. La peur comme les émotions. Les seuls sentiments auxquels elle accordait une permission de sortie de temps en temps étaient la colère et la rancune. Et elle les servait froides. Il était bien placé pour le savoir. Il n'y avait que dans ses romans que Marion était à fleur de peau.

— Je vais devoir te laisser, Vincent, expliqua-t-elle en voyant le policier lui faire signe. Je pars pour la prison, là.

— Tu veux parler aux enfants ?

Il y eut un long silence et Marion finit par dire :

— Non. Je crois que si j'entends leurs voix… je… tu sais ? J'essaierai peut-être demain. Embrasse-les pour moi, tu veux bien ?

— Bien sûr…

Vincent voulut ajouter quelque chose, mais les mots rassurants qui lui venaient si facilement autrefois, quand ils vivaient ensemble, étaient à sec. La séparation vous enlève bien plus que vous ne l'imaginez.

Créée en 1789, la prison pour femmes de Versailles recevait exclusivement des prévenues en attente de jugement ou des condamnées à des peines courtes. Située à proximité du château, sa capacité d'accueil était de cent trente-neuf places.

Marion y avait été transportée en fourgon. De nombreux journalistes et photographes se pressant devant le 36, rue du Bastion, elle s'était couchée sur la banquette pour ne pas être vue. Il fallait avoir vécu ce genre de situation pour comprendre à quel point elle faisait de vous un coupable, malgré vous. Il fallait entendre les cris d'une foule haineuse prête à vous lyncher pour saisir la honte que l'on ressentait, même innocent, face à une mise en pâture.

Photo face-profil, relevé d'empreintes, Marion Scriba passait à nouveau par la case prison. Pas pour fauchage d'OGM, cette fois, ni pour résistance à l'expulsion des sans-papiers, mais pour homicide volontaire sur mineur de moins de quinze ans.

On l'escorta vers une grande salle où les détenues entrantes attendaient que leur enregistrement soit terminé. Ce qu'avait fait Marion était déjà sur toutes les lèvres. Et, lorsqu'elle s'approcha, la dizaine de femmes présentes se turent et lui jetèrent des regards féroces à travers les barreaux.

Une fois la paperasse remplie, on lui fit traverser un long couloir au bout duquel l'attendaient deux officières en tenue.

— Déshabille-toi, lui ordonna l'une d'elles.

— C'est obligé, le tutoiement ? On n'a pas gardé les cochons ensemble.

— La cochonne, c'est toi, ici. Et quand tes codétenues apprendront ce que t'as fait, ce qui est sûr, c'est qu'elles te vouvoieront pas.

Marion déboutonna sa chemise en méditant les paroles de la policière. Elle aurait voulu ressentir de la colère, mais c'était la honte qui prenait le dessus, comme si elle était réellement coupable de ce dont on l'accusait.

— Tu vides tes poches, tu retires ton alliance, ta montre…

Marion prit soudain conscience qu'elle portait encore son alliance. Ni les engueulades avec Vincent, ni les calomnies de son avocate au moment du divorce ne l'avaient conduite à l'enlever. Était-ce pour prouver aux enfants que leur père était toujours leur père ?

— Retire les lacets de tes baskets, aussi.

Marion se surprit à obéir, elle qui ne supportait pas l'impératif.

— Enlève tes chaussettes. Allez, tu regardes le mur et tu baisses ta culotte…

Cette dernière instruction la fit hésiter.

— Quoi, tu fais ta pudique, maintenant ? ironisa la fonctionnaire en enfilant des gants de latex. Tu l'étais pas avec le petit Kevin, hein ? Baisse ta culotte, dépêche-toi ! J'ai pas que ça à foutre, moi !

Marion finit par obtempérer, masquant ses parties intimes avec ses mains.

— Tu t'accroupis et tu tousses bien fort. Ton cul à quinze centimètres du sol, pas plus, pas moins.

Au comble de l'humiliation, la prisonnière fit ce qu'on lui demandait.

— Plus fort, la toux ! (Elle obéit.) OK, c'est bon, tu peux te rhabiller.

Marion traversa à nouveau les couloirs entre deux gardiennes. On la poussa dans une cellule de neuf mètres carrés dont les murs étaient tagués et le sol taché d'excréments. Un banc en béton faisait office de couchette et des couvertures sales y traînaient. L'odeur d'urine était tellement forte qu'elle imprégnait jusqu'aux vêtements qu'elle portait.

Marion finit par s'asseoir sur le banc et, pour la première fois, laissa couler ses larmes.

11

Nour, soixante-quinze ans, fabriquait des bijoux de ses propres mains. Elle profitait de l'essor de l'e-commerce pour les vendre en ligne. Pas tant pour l'argent que cela générait que pour s'occuper. Elle ne supportait pas d'être veuve. Du reste, elle ne supportait pas grand-chose. À part peut-être son petit-fils, Walid, et sa meilleure amie, la radio, qui passait des chansons des années soixante-dix, l'époque où la France était encore la France, selon elle.

Un slow de Joe Dassin fit bientôt place à un bulletin d'information :

« *La romancière Marion Scriba est-elle le Tueur aux chiffres ? C'est en tout cas l'intime conviction du juge Petit, qui l'a placée aujourd'hui en détention provisoire. Soupçonnée d'avoir assassiné le petit Kevin, elle passera sa première nuit à la maison d'arrêt de Versailles. L'ADN retrouvé sur l'arme du crime matche avec celui de la romancière...* »

Nour éteignit la radio. Son petit-fils avait fait irruption dans le séjour, signe que Nayla allait rentrer. La maladie dont souffrait Walid boostait sa sensibilité aux basses fréquences. Et il reconnaissait le bruit du moteur de sa mère entre mille. Quand elle glissa la clé dans la serrure, il l'attendait dans l'entrée pour la prendre dans ses bras.

Ce corps fragile et familier était exactement ce qu'il fallait à Nayla Kassar après une journée éreintante au boulot.

— Tu m'as manqué, maman, murmura-t-il, le visage enfoui contre sa poitrine.

— Toi aussi, *habibi*, mentit-elle.

Ces quelques secondes de tendresse ne parvenaient pas à effacer les crises de délire de plus en plus fréquentes de son fils. Et les moments passés loin de sa maladie permettaient à Nayla de ne pas craquer. La vérité était que Walid était bien plus heureux avec sa grand-mère qu'avec elle. Non pas que Nayla Kassar soit une mauvaise mère. Elle n'avait simplement pas fait ce qu'il fallait pour en être une bonne.

L'adolescent se dégagea de ses bras aussi soudainement qu'il s'y était jeté. Et il courut s'enfermer dans sa chambre.

— Ça a été avec lui, aujourd'hui ?

— Il a besoin d'un homme à la maison, Nayla.

— Pas ce soir, maman, d'accord ?

Nour était une femme dure qui ne mâchait pas ses mots. Ses jugements étaient tranchés et sans appel.

— Il n'arrête pas de parler de son père, poursuivit-elle. Pourtant, il le connaît à peine.

— Oui, ben ce n'est pas une grande perte, répondit Nayla en se dirigeant vers la cuisine.

— Ton dîner est dans le micro-ondes.

— Vous avez déjà mangé ?

— Bien sûr, tu as vu l'heure ?

Nayla leva les yeux vers la pendule de la cuisine et soupira.

— Je suis désolée. J'ai hérité d'une affaire dont je me passerais bien.

Elle se servit un verre de vin. Sa mère la rejoignit.

— « Le Tueur aux chiffres » ?

— Ouais. C'est à l'échelle européenne et ça dépasse mes compétences. Je vais même avoir Europol sur le dos.

— Mais vous avez arrêté la coupable, non ?

— La présumée coupable. Il y a des tas de choses qui ne collent pas...

Elle prit une gorgée de vin comme si elle cherchait à s'y noyer.

— Oh... je n'aime pas te voir comme ça, ma fille. Est-ce qu'Europol peut prendre les commandes ?

— Si la sécurité de l'Europe est en jeu, oui.

— Et c'est aussi grave que ça ?

— Ça peut le devenir. Il y a déjà trois nations qui sont touchées et cela met en évidence notre incompétence et notre absence d'unité.

Nayla voulut mettre en marche le micro-ondes, mais son esprit était ailleurs.

— Laisse-moi faire, suggéra sa mère.

— Walid a pris ses médicaments ?

— Bien sûr. Tu me connais, je ne suis pas du genre à oublier.

— Oh non !

— Je sens un sous-entendu, là-dessous.

— C'est juste que les rancuniers ont une très bonne mémoire.

— Je ne suis pas rancunière, je suis pugnace.

— Aussi, oui.

— Et j'ai transmis ça à ma fille.

— C'est vrai.

Nour déposa le plat sur la table avec un jeu de couverts et une serviette. Elle s'assit face à Nayla, la regarda manger et se décida à aborder le sujet.

— Tu as pensé à ce qui se passerait pour Walid si je n'étais plus là ?

— Maman ? Tu ne me reparles pas de ton cercueil, d'accord ?

— D'accord. Parlons de toi, alors. Tu as créé ton profil Meetic ?

Pour Nour, une femme devait être mariée. À un chrétien, de préférence. Cela réduisait les options et stabilisait la libido.

— Pas eu le temps.

— Pas eu le cran, tu veux dire, soupira Nour. J'en étais sûre. Du coup, je l'ai créé pour toi. Il est en ligne.

Estomaquée, Nayla s'arrêta de manger.

— Quoi ? Tu as pas fait ça, maman ?

— Bien sûr que je l'ai fait. S'il fallait t'attendre, tu serais ménopausée avant le premier rendez-vous.

Nour alla chercher son ordinateur portable et le posa devant sa fille, site de rencontres ouvert.

— Tu as déjà vingt-cinq demandes. Il y en a qui sont mignons, hein ? Jette un coup d'œil, au moins ! Qu'est-ce que tu risques ?

Nayla leva les yeux vers l'écran et découvrit la description que sa mère avait faite d'elle.

— « Cultivée, sexy, 50 ans, plus cinq d'expérience », grimaça-t-elle. C'est quoi, ce pitch débile ?

— Débile… tu as quand même vingt-cinq demandes… Mais tu feras sûrement mieux, toi ! Et j'espère que l'heureux élu durera plus de deux ans dans ton lit.

— Bertrand m'avait frappée, maman !

— Oui… une fois.

— Et ce n'est pas suffisant ?

— Il était mignon.

— Et ça lui donne le droit de me frapper ?

— Il s'est excusé, Nayla. La vérité est que tu n'as pas su le garder. Un homme a besoin de se sentir désiré par une femme...

— Il m'a frappée, maman.

— Tu ne t'es jamais demandé si tu ne l'avais pas cherché ?

Nayla foudroya sa mère du regard et laissa éclater sa colère.

— Personne ne cherche à être frappé, maman. Personne ! Ni à mon époque, ni à la tienne. Ça s'appelle de la maltraitance, point barre.

La voix de Walid mit fin à l'échange.

— Maman ? Tu viens me raconter une histoire, s'te plaît ?

— J'arrive, *habibi*, j'arrive.

Elle se leva et abandonna Nour à ses remords. Les candidats Meetic parurent soudain anachroniques à la vieille dame. Elle ferma l'ordi brutalement.

12

Björn Haag, soixante ans, était un solitaire, dévoué à son métier de chirurgien. Son épouse, ne supportant plus ses horaires, avait plié bagage depuis longtemps. N'ayant personne à retrouver chez lui, il passait sa vie à l'hôpital Necker.

Wim aimait son père. Mais, après l'attentat qui avait coûté la vie à Claire, il l'avait fui comme il l'avait fait avec tous ceux qui la connaissaient. Il ne supportait pas le reflet de sa femme dans leurs yeux. De son côté, Björn avait vu, dans le drame qui touchait son fils, une occasion pour se rapprocher de lui, pour unir leurs solitudes. Il avait même parlé de s'installer dans le sous-sol de sa villa de Boulogne pour que son fils puisse profiter du confort de la maison quelque temps.

Tout le contraire de ce dont Wim avait besoin.

Cet endroit regorgeait de souvenirs, contrariants pour la plupart. Chaque objet, chaque meuble avait été choisi par sa mère. Et si Björn n'y prêtait pas plus d'attention aujourd'hui que lorsqu'elle les avait achetés, ils conservaient pour Wim une charge émotionnelle dont il ne pouvait se défaire.

— Je suis content que tu sois venu, lui dit Björn en le serrant dans ses bras. Tu restes combien de temps à Paris ?

— Cette nuit, déjà, si ça ne te dérange pas.

— Tu rigoles ! Ça me fait trop plaisir.

— Tu n'es pas de garde, papa ?

— Je suis de garde toutes les nuits alors, pour une fois, ils peuvent se passer de moi. Tu as mangé ?

— Non, mais ne te dérange pas, je n'ai pas très faim.

— Je vais cuisiner pour moi, j'en ferai juste un peu plus. Des carbonara, ça te va ?

— Si ce sont les tiennes, je ne peux pas refuser, mais… sans lardons, alors.

— Je n'en mets jamais. Moi c'est guanciale ou pancetta. Mais pourquoi, tu es végétarien, maintenant ?

— Depuis douze ans, ouais.

Le père lut la tristesse sur le visage de son fils et comprit ce que cette date sous-entendait. Il se dirigea vers la cuisine en se demandant comment il allait aborder le sujet.

— Tu m'as dit que… tu étais ici pour une mission… Ça veut dire que tu vas t'installer à Paris pour un bout de temps ?

— Pas vraiment. Comment ça se passe pour toi ?

— Tant que je sauve des vies, la mienne reste utile.

Un silence s'installa entre eux. Les mots du père avaient ramené le fils à son deuil. Le fracas de l'explosion revint le hanter, mais aussi le dernier regard que Claire lui avait jeté avant que le train n'aille s'écraser dans la jungle. Elle semblait lui dire « fais quelque chose »…

— Elle me manque tellement, tu sais, papa ? Je ferais… je ferais n'importe quoi pour… n'importe quoi…

Il soupira sans parvenir à terminer sa phrase. Björn posa une main tendre sur la nuque de son fils.

— Elle le sait, Wim.

— Tu crois ?

— J'en suis sûr.

Il se revit au cimetière avec son père devant la tombe de Claire. Björn y déposait des fleurs et Wim débarrassait la pierre tombale des feuilles mortes qui l'encombraient.

— Tu sais, papa, en tant qu'agent d'Europol j'ai rendu justice à des centaines de familles en mettant les coupables sous les verrous et ça me tue… ça me tue, papa, de…

— … de ne pas pouvoir en faire autant pour Claire ?

Wim hocha la tête, détruit.

— Et si j'ai quitté Europol, c'est parce que j'avais l'impression que l'injustice dont Claire avait été victime influençait mon jugement sur chaque affaire que je traitais, sur chaque décision que je prenais. Et maintenant, j'ai peur que ça recommence avec ces meurtres d'enfants.

— C'est pour ça que tu rempiles ?

— Je ne rempile pas, je leur donne juste un coup de main.

— Ben tu sais quoi ? Tu vas me donner un coup de main, à moi aussi, pour les carbo. À l'italienne, hein ? La vraie recette. Pas de crème, des œufs bien frais et le mélange qui tue : œufs entiers et jaune d'œuf qui permet d'obtenir une sauce plus fluide. Pas de gruyère non plus, mais du pecorino, et beaucoup, beaucoup de poivre.

13

Maison d'arrêt de Versailles
JOUR 4

Vincent affronta la pluie pour se présenter à la maison d'arrêt de Versailles dès 8 heures du matin. Il ne connaissait pas la procédure et il aurait souhaité ne jamais la connaître. Sa mallette dans le scanner avec le contenu de ses poches. Lui, sous le portique du détecteur de métaux. Fouille corporelle. Formulaire d'entrée. Carte d'identité déposée à l'accueil.

Une gardienne lui fit franchir une première grille, puis une seconde. Il y avait là des détenues qui s'injuriaient, d'autres qui le suivaient du regard avec des gestes provocants. Il avait l'impression d'être dévisagé à chaque pas.

Une fois les dernières herses passées, ils empruntèrent le couloir des visites, balisé de petits locaux. Dans lequel d'entre eux se trouvait-elle ?

Si Marion Scriba était une romancière talentueuse, une mère attentionnée, une femme qu'il avait aimée, aujourd'hui elle n'était plus qu'une prisonnière qui risquait trente ans de réclusion criminelle pour un homicide commis par un autre. Quelqu'un dont le profil génétique s'apparentait au sien.

Et, tandis que Vincent s'approchait de l'endroit où Marion l'attendait, une pensée atroce germa dans son esprit. Et si le vrai coupable n'était jamais découvert ? Si la mère de ses enfants purgeait la peine d'un meurtrier qui poursuivrait son carnage ailleurs ? La mort de quelqu'un d'autre pourrait-elle être utile à Marion ? Constituerait-elle un alibi pour elle ?

Timéo venait d'avoir sept ans et Nathan, dix. Des enfants de cet âge avaient besoin de leur mère. Et même si Lola et ses onze ans étaient en révolte permanente contre elle, elle était bien trop jeune pour pouvoir s'en passer. L'idée que Marion ne puisse jamais sortir l'ébranlait, lui aussi. Son amitié lui manquait. Leurs disputes lui manquaient. Et il se rendit compte à quel point elle comptait encore pour lui.

La gardienne s'arrêta devant une porte. Les fenêtres du couloir donnaient sur la cour de la prison. Des détenues y jouaient au football sous la pluie.

Quand on est en prison, on a tout sauf envie de rentrer.

Autour d'elles se dressaient des murs tellement hauts que le ballon lui-même était privé de sortie.

La surveillante fit jouer la serrure et Vincent retrouva Marion dans une petite pièce équipée d'une table toute simple, de deux chaises en plastique et d'un canapé-lit contre le mur. L'endroit sentait la transpiration et le sexe vite fait.

Marion portait toujours les mêmes vêtements.

Il s'avança vers elle, faillit la prendre dans ses bras, mais se retint au dernier moment. La force qui émanait du regard de son ex-femme le surprit. C'était celui d'une guerrière, prête à ne rien lâcher.

— Tim a fait des dessins pour toi, dit Vincent en luttant contre sa gorge sèche.

Il les sortit de son attaché-case et les étala sur la table. On y voyait un dragon, prisonnier d'une forteresse, mais qui crachait des flammes sur tous ceux qui l'entouraient. Marion sourit.

— Il me ressemble, tu ne trouves pas ?

Vincent hocha la tête et se contenta de la fixer de ses yeux perdus.

La pluie s'était mise à tomber plus fort et les joueuses dehors allaient sûrement être priées de rentrer.

— Qu'est-ce que tu as dit aux enfants ?

— La vérité. Il vaut mieux qu'ils l'apprennent par moi que par la télé ou par euh…

Il s'interrompit et s'en voulut de ce qu'il avait failli dire.

— Par quoi, Vincent ?

Il lui prit la main et comprit, dans son regard, qu'il n'y couperait pas.

— Des copains de Nathan l'ont appelé en groupe sur FaceTime et l'ont traité de « fils de serial killeuse ».

La colère qu'elle ressentait se chargea bientôt de culpabilité.

— Je suis désolée de vous imposer ça à tous.

— Ce n'est pas toi qui nous l'imposes.

— On va s'en sortir, je te le promets.

Il détourna la tête pour que Marion ne puisse pas lire le doute dans son regard. Mais elle le connaissait trop bien.

— Je vais sortir d'ici, Vincent. Cette histoire d'ADN, c'est juste une erreur de manip. Les gendarmes ne maîtrisaient pas les prélèvements en 99. Celui que j'ai fait hier me disculpera. Je n'ai jamais tenu ce flingue dans mes mains, il est donc impossible que mon ADN soit dessus. Et puis tu me vois sauter d'une falaise en wingsuit ?

Il s'efforça de sourire.

— Tout ira bien, affirma-t-elle. J'ai toujours tenu mes promesses, ce n'est pas aujourd'hui que je vais m'arrêter. Et, dans quelques jours, tu regretteras le bon vieux temps où tu ne m'avais plus dans les pattes.

Il se mit à rire tout en se demandant ce que pouvait bien valoir une promesse faite en prison. Marion s'en rendit compte et lui prit les mains.

— Regarde-moi, Vincent, et ne doute pas.

Celle qui soutenait son regard était la même femme qui l'avait fait craquer douze ans plus tôt, celle qui lui avait donné trois enfants aussi ovnis qu'elle, celle dont il avait divorcé dans la colère, mais surtout celle qu'il n'accepterait jamais de perdre.

Soudain, on toqua à la porte. La visite était terminée.

Le temps était passé si vite !

Vincent serra Marion dans ses bras et ce contact lui rappela combien elle lui manquait. En apercevant les yeux de sa geôlière par-dessus l'épaule de son ex-mari, Marion mit fin à l'étreinte. Elle regarda Vincent sortir, puis tendit ses poignets à la surveillante en disant :

— J'ai besoin de passer un coup de fil, je suis en droit de le faire.

— Pas en détention provisoire.

— S'il vous plaît. Ma mère est malade, et vu ce qu'on raconté à la télé, ça va la tuer tout ça.

La gardienne hésita longuement, puis hocha la tête et lui mit les menottes.

Le front collé contre le carrelage à la recherche d'un peu de fraîcheur, Marion s'accrochait au téléphone mural. Son ton était tout sauf amical, mais elle murmurait pour ne pas attirer l'attention de la gardienne restée à distance.

— Je suppose que tu es au courant de ce qui se passe, Catherine ?

— Marion, je...

— Bien sûr que tu es au courant. Ils m'ont arrêtée devant mon éditeur, c'était obligé, ça ? Et mon putain d'ADN sur la scène de crime, c'est quoi, cette histoire ?

— Ce n'est pas ce que tu crois.

— Oh, que si... Tu penses que je n'ai pas compris ce que tu magouilles ? Je sais *exactement* ce que tu magouilles.

— Tu as tort. Si des erreurs se sont produites, je vais...

— Des erreurs ? On me fouille le cul, Catherine ! Tu appelles ça comment, toi ? Un traitement VIP ?

— Calme-toi, Marion...

— Ne me dis pas de me calmer, OK ? J'ai l'impression d'être tombée dans un broyeur, là ! Tu m'avais promis que ça n'arriverait pas !

— On va arranger ça, t'inquiète pas...

— Arranger ? Tu étais *censée* tout arranger ! Comment tu comptes faire, maintenant, pour me sortir de taule, hein ?!

— Je vais trouver un moyen. Je t'ai sortie de bien pire, je te rappelle.

— Salazar, c'est *ta* croisade, Catherine, plus la mienne ! C'est toi qui as imaginé cette arnaque. Tu m'as demandé de t'aider et je te dois bien ça. Mais maintenant que ça merde, ça devrait être ton problème, pas le mien !

Marion raccrocha violemment le combiné.
La surveillante s'en rendit compte et approcha.
— Tout va bien, Scriba ?
— On ne peut mieux.
Elle se retourna et tendit ses poignets.

14

La Crim parisienne avait quitté le légendaire 36, quai des Orfèvres pour emménager au « Bastion », un bâtiment bleu ultramoderne de dix étages qui surplombait le périphérique. Mais une chose n'avait pas changé : ses policiers ne portaient pas dans leur cœur les agents d'Europol. Ils avaient été prévenus de l'arrivée de Wim Haag et, à en croire les regards glacials qu'il suscitait, sa tâche n'allait pas être facile.

— Capitaine Luigi Pietri, fit le bras droit de Kassar en le rejoignant aux ascenseurs, les bras chargés de dossiers.

— Agent spécial Haag, répondit-il en lui serrant la main.

Les yeux de Luigi s'attardèrent un moment sur la balafre qui barrait la joue de Wim.

— Vous êtes venu voir votre père, à ce qu'il paraît ? ironisa le policier.

— En autres, oui. Mais, surtout, mettre mes compétences à la disposition de la Crim française pour… coordonner ses efforts avec ceux des polices allemande et belge.

— Formidable ! On a besoin d'un traducteur, justement.

Il lui tendit deux épais dossiers que Wim refusa. La façon qu'avait cet homme de le rabaisser lui offrait un avant-goût de ce qui l'attendait.

— Pour l'instant, je souhaiterais m'entretenir avec la commandante Kassar.

— Bien sûr... Vous allez l'adorer. C'est par ici.

Luigi l'entraîna dans un dédale de couloirs qui menait à un bureau un peu plus grand que les autres.

— Commandante ? (Mimant un roulement de tambour.) La cavalerie de La Haye vient à notre secours...

Luigi se retira et Kassar se leva pour venir saluer Wim.

— Je vais être franche, agent spécial Haag. On ne m'a pas laissé d'autre choix que de collaborer.

— Ça nous fait déjà un point commun, répondit-il en lui serrant la main.

Elle sourit.

— Vos états de service parlent pour vous. Toutefois, je doute que votre présence soit encore utile car la meurtrière du petit Kevin est sous les verrous. Nous attendons les résultats des prélèvements ADN d'ici à demain pour confirmation.

— Reste à savoir si elle est responsable des deux autres meurtres. J'ai étudié attentivement le dossier. La pièce à conviction est accablante, mais...

— Mais ?

— Puis-je être franc ?

— Vous êtes ici pour ça, non ?

Elle lui indiqua un siège.

— Je ne pense pas qu'elle soit notre tueur, dit-il en s'asseyant.

Kassar se pinça les lèvres et laissa échapper un long soupir.

— Je peux me tromper, bien sûr, mais j'en doute.

— Qu'est-ce qui vous permet de l'affirmer ? demanda-t-elle en jouant nerveusement avec la croix qu'elle portait en pendentif.

— Si l'on met de côté l'ADN, rien d'autre ne fait sens. Marion Scriba affirme qu'elle a écrit toute la nuit chez elle.

— Il n'y a pas de témoins pour corroborer ses dires, objecta Kassar. Ses enfants dormaient.

— Mais il y a des témoins pour affirmer qu'elle les a bien emmenés à l'école le lendemain, argua Wim. Comment s'y est-elle prise pour faire six cents kilomètres dans la nuit, enlever le petit Kevin, l'emmener dans ce refuge sur les hauts plateaux du Vercors, puis refaire six cents kilomètres dans l'autre sens et arriver à temps pour… accompagner ses enfants à l'école ?

Il s'interrompit. De toute évidence, sa théorie contrariait Kassar, dont l'impatience grandissait à vue d'œil.

— Et son ADN sur l'arme du crime et sur le sac du wingsuit, vous en faites quoi ?

— Le wingsuit est un sport extrême. Franchement, je ne vois pas une mère de famille s'y adonner. Quant à l'ADN, quelqu'un a peut-être voulu la piéger en la faisant inculper à sa place.

— Pourquoi elle ?

— C'est peut-être lié à son passé d'activiste en Colombie ? Les chiffres qui désignent les victimes sont en espagnol.

Nayla Kassar le regardait fixement, les bras croisés.

— Bien sûr, ce ne sont que des extrapolations pour l'instant, ajouta-t-il.

Les sept ans de disparition de Marion Scriba dans la jungle colombienne mettaient en péril l'objectivité de Wim, mais c'était aussi pour cela qu'il avait accepté sa mission.

L'odeur de solvant des marqueurs pour tableaux Velleda était la première chose que l'on remarquait en pénétrant dans l'open space. Puis c'était la collection de photos sur le tableau d'affichage. L'enfant *tres* du refuge du Vercors avait rejoint les deux autres victimes : la petite *uno*, retrouvée dans les anciennes usines d'armement Krupp, et le garçonnet *dos*, enchaîné à une croix blanche du cimetière américain de Waregem. Sous le panneau, le médecin légiste qui avait pratiqué l'autopsie de Kevin finissait d'en faire le rapport.

— … la balle responsable de la mort du petit a bien été tirée par le 1873 retrouvé sur place.

— Des marques d'agression sexuelle ? demanda Kassar.

— Aucune. D'après les comptes rendus de mes confrères allemand et belge, c'était la même chose chez eux. Tout comme pour les traces d'isoflurane retrouvées dans les tissus.

— D'isoflurane ?

— Un anesthésique par inhalation, utilisé en médecine vétérinaire. Le tueur a dû s'en servir pour maîtriser les enfants.

— Et côté empreintes ?

— Aucune trace organique n'a été trouvée, comme dans les deux cas précédents. Ni empreinte, ni cheveux, ni sperme, ni salive, ni particules de peau, absolument rien. Et toujours une balle de calibre 11.

— Demandons-leur de repasser les corps à l'examen microscopique, millimètre par millimètre, suggéra Wim.

Les policiers se retournèrent pour dévisager l'intrus. Installé à l'écart devant un ordinateur, il croisait les informations des scènes de crime allemande et belge sur le site sécurisé d'Europol.

— Je vous présente l'agent spécial Haag d'Europol, annonça la commandante. Il vient de La Haye pour nous aider. Je vous demande de lui réserver le meilleur accueil.

— Ne le prenez pas mal, agent spécial Haag, enchaîna le légiste, mais je doute de l'utilité de cette démarche. Il suffit que les corps aient été déplacés ou qu'il y ait eu des courants d'air pour que les fibres s'envolent. De plus, les trois victimes étaient à moitié nues. Or, les vêtements retiennent mieux les empreintes que la peau.

— J'entends bien, docteur, mais c'est peut-être justement ce que se sont dit vos confrères. Parfois, l'expérience nous censure. Il faut toujours tenter.

— Je suis d'accord, approuva Kassar. On ne travaille pas de la même façon sur un corps quand on possède un indice. Or, nous avons l'ADN de Marion Scriba à leur fournir. Ils pourront le comparer à ce qu'ils trouveront.

— Je vais reprendre contact avec eux, commandante, acquiesça le légiste.

— Merci, docteur, fit Wim en le rejoignant. Si vous sentez une résistance quelconque de la part de vos collègues, faites-m'en part et j'arrangerai ça. Ça fait partie de mon job.

— Ça risque en effet d'être un peu délicat.

— N'hésitez pas. Mais, pour en revenir à Scriba, les jurés condamnent rarement quelqu'un sur la seule base d'un profil génétique. Donc, il nous faut des témoins qui l'aient aperçue cette nuit-là entre chez elle et le Vercors, même à cinquante kilomètres de la scène de crime.

— Vous savez ce que ça veut dire, les gars ? demanda Kassar à sa brigade. Vous allez retourner sur place et fouiller à nouveau la zone. Trouvez-moi d'autres caméras de surveillance, interrogez les habitants de Gresse-en-Vercors, quelqu'un a forcément vu quelque chose cette nuit-là. Quant à Scriba, elle ne s'est pas téléportée, bordel ! Elle a forcément pris l'avion ou l'hélico. Alors on contacte toutes les compagnies qui desservent les aéroports de Grenoble, Saint-Étienne, Lyon, mais aussi les héliports qui font des baptêmes de l'air en Isère. Allez, on remet ça !

Une rumeur de protestation parcourut les rangs. Les policiers se dispersèrent et Wim retourna à son ordinateur. Quant à Kassar, elle revint vers l'agent avec un badge et un Glock 9 mm dans un holster.

— Il va falloir vous balader avec ça, lui dit-elle. Pour vos petites affaires, Luigi vous assignera un casier.

Wim ne parvenait pas à détacher son regard du pistolet. Claire détestait les armes. Pour elle, les adopter, c'était en être victime.

— Par où voulez-vous commencer ? demanda la commandante.

— Par les parents de Kevin.

— Ils sont en Isère.

— Europol a mis un hélicoptère à notre disposition, porte de Sèvres.

15

Le parloir était aménagé dans une pièce ouverte aux allures de réfectoire. Chaque détenu y disposait d'une petite table, de trois chaises, mais d'aucune intimité. Les enfants criaient, les proches pleuraient, et dans ce brouhaha il fallait forcer la voix pour se faire entendre. Le fameux « j'irai t'apporter des oranges » ne passait plus le portique car la loi pénitentiaire de 2009 décrétait, sans s'encombrer de détails : « la réception d'objets de l'extérieur est interdite ». Même la nourriture était rejetée.

Quand Marion rejoignit la table où Pierre Silve l'attendait, elle sentit son cœur s'arrêter en apercevant le sourire de l'avocat. La gentillesse servait généralement de hors-d'œuvre aux mauvaises nouvelles.

— Alors ? C'est quoi, le résultat ? demanda-t-elle en s'asseyant.

Silve mit un certain temps à répondre. Il avait pourtant trouvé dans le métro la meilleure façon de le formuler.

— Je n'ai pas de bonnes nouvelles, Marion.

— Ça matche ?

— Oui. Sur le revolver.

Marion en avait le souffle coupé. Elle ne parvenait plus à réfléchir.

— Comment… comment tu expliques ça ? bredouilla-t-elle.

— Je ne l'explique pas.

— Et ?

— Et quoi ?

— Qu'est-ce que tu comptes faire, maintenant ?

— Raconter une histoire suffisamment crédible pour faire douter les jurés. Au final, ce sont eux qui décident quelle histoire ils préfèrent entre la nôtre et celle… de l'accusation.

— Qu'est-ce que tu veux dire par « raconter une histoire » ? On n'a rien besoin d'inventer, il y a juste la vérité !

— La vérité ? Tu veux tout, sauf être coincée avec la vérité, crois-moi. Mets-toi deux minutes à la place du jury. Qui a tué ce gamin ? Quelqu'un d'autre ? Ou la femme dont l'ADN se trouve sur l'arme du crime ? La vérité peut aller se faire foutre, Marion. Parce qu'elle ne t'aide pas vraiment, en ce moment.

— Je rêve ou tu ne me crois pas ?

— C'est sans importance.

— Pour moi, ça en a.

— Pour ton avocat, non. Tant qu'un jury ne t'a pas condamnée, tu n'as rien fait.

— Et pour mon ami ? Il m'a condamnée, mon ami, sans même m'en parler ?

Le visage pâle, Silve baissa les yeux. Il se devait de poser la question.

— Très bien. Il ne s'est vraiment rien passé, Marion ?

— Comment oses-tu penser ça, Pierre ? cria-t-elle en se levant si brusquement que sa chaise se renversa.

Les détenues et les familles présentes se turent aussitôt. La garde surveillant le parloir s'approcha de Marion et posa la main sur son épaule.

— On se calme, Scriba, OK ?

Marion la repoussa si violemment que la gardienne manqua tomber à terre.

— Enfin, Pierre, tu me connais, non ? poursuivit-elle comme si rien ne s'était passé. J'ai trois enfants que j'adore, je suis une mère de famille, pas une tueuse en série !

La surveillante avait suivi la procédure. Ne jamais intervenir seule. Elle avait donné l'alerte et deux collègues arrivèrent à la rescousse. Sans même paraître s'en rendre compte, Marion attrapa la chaise et la leur balança à la figure. Les occupants des tables voisines s'écartèrent, tandis que certaines détenues en profitaient pour se joindre au chaos.

Pierre Silve découvrait une tout autre femme que la cliente qu'il défendait. Des mains surgirent de tous côtés. Des coups de genou firent des dégâts, des coups de tête. On lui prit les jambes, on lui plaqua le visage contre le mur. Et, tandis qu'elle luttait pour se dégager, ses yeux fixaient l'avocat dont les mots stériles demeuraient inaudibles au-dessus du tumulte. Cette violence irrépressible avait surgi d'on ne savait où, au point que Marion semblait perdre le contrôle de ses actes. Les bras puissants de deux surveillants masculins arrivés en renfort extirpèrent Scriba de la pièce et elle eut beau hurler et se débattre, on la sortit du parloir.

Quelques minutes plus tard, on la clouait sur la table métallique d'une chambre d'isolement. Des lanières de cuir entravèrent son torse, ses chevilles et ses poignets.

Puis on lui injecta une piqûre de calmant dans l'épaule.

Les yeux de Marion luttèrent pour rester ouverts. Qu'allaient devenir Timéo, Nathan et Lola si elle restait enfermée ? Parviendrait-elle un jour à sortir de ce cauchemar pour les retrouver ?

Le neuroleptique fit son effet et Marion arrêta de s'acharner sur ses liens pour sombrer dans un monde où elle n'était plus prisonnière.

16

Par le hublot du cockpit, Nayla Kassar contemplait les vues aériennes de Paris qui défilaient sous l'hélicoptère. À ses côtés, Wim ne semblait pas s'y intéresser. Il était plongé dans les documents qu'Europol lui avait e-mailés sur le passé de guérillera de Marion Scriba. Kassar rabattit le microphone de son casque sur sa bouche et lui lança :

— Vu qu'on est amenés à cohabiter quelque temps, on pourrait peut-être échanger nos prénoms et se présenter vous ne trouvez pas ?

Elle tendit la main vers Haag au-dessus de son dossier.

— Nayla… Je travaille à la Crim depuis vingt-cinq ans. Ça m'a coûté mon mariage, mais… on s'entend mieux maintenant.

— Je n'ai pas très envie de…

— J'ai un fils de vingt-deux ans, déficient mentalement, qui occupe mes loisirs à plein temps. Je déteste le foot et j'adore manifester. Le seul problème, c'est quand je me fais gazer par les collègues. Et vous ?

— Wim…, répondit Haag en lui serrant la main à la hâte.

Elle ajusta les écouteurs de son casque et se tourna vers lui.

— C'est tout ?

— Pour le reste, il y a tous les ragots que vous voulez sur Internet.

— Je ne lis pas les ragots.

— Et moi, je ne les commente pas.

Sentant qu'il avait été trop cassant, il tenta d'arrondir les angles.

— Mais on peut parler manifs ou foot, si vous voulez.

Elle préféra ignorer la remarque et laissa les pales occuper le silence.

Varces abritait la Brigade d'infanterie de montagne depuis plus d'un siècle. Sa caserne était le centre névralgique de la municipalité, à tel point que la moitié des enfants qui fréquentaient ses crèches étaient issus de familles de militaires. La 27e BIM, comme on l'appelait, était une unité d'élite de l'armée de terre, capable de réaliser ses missions dans un relief escarpé et en conditions climatiques extrêmes. Parmi ses projections extérieures, on comptait le Liban, l'Afrique, le Kosovo, la Bosnie-Herzégovine et l'Afghanistan.

Le père du petit Kevin occupait le poste de colonel de la garnison. En frappant son fils, c'était l'armée française tout entière que l'on avait frappée.

Le taxi qui transportait Haag et Kassar mit quinze bonnes minutes à franchir les contrôles. L'intérieur de l'enceinte donnait le sentiment d'être dans un pays étranger, soumis à l'état de siège. Des véhicules militaires croisaient des soldats en formation qui défilaient sous la pluie.

Mais, lorsqu'ils arrivèrent au bureau du colonel Giroud, une surprise de taille les attendait. Le père de Kevin avait été transporté à l'infirmerie à la suite d'une tentative de suicide.

Le local avait été réaménagé de façon à pouvoir y accueillir le colonel dans un espace privé. Assis sur un lit d'hôpital, un pansement autour de la tête et le poignet droit plâtré, le père de Kevin pleura longtemps face à Wim et Kassar, avant de trouver la force de parler.

— Je suis désolé, je… je n'y arrive pas, gémit-il.

Il attrapa en tâtonnant un paquet de gauloises qui traînait sur la table de chevet et, de sa main gauche tremblante, alluma une cigarette. C'est alors que Wim et Kassar aperçurent les broches qui équipaient le plâtre.

— Nous avons arrêté l'assassin de Kevin, colonel, murmura Kassar. Mais, pour pouvoir faire un lien plus précis avec les deux autres affaires, nous avons besoin de passer en revue ce dont vous vous souvenez.

— J'ai déjà… tout raconté à la police, soupira-t-il.

— L'agent spécial Haag d'Europol a besoin de l'entendre à nouveau, colonel, au cas où un détail nous aurait échappé.

— Il faut rappeler le médecin, sanglota-t-il. J'ai besoin de quelque chose de plus fort.

— Je m'occupe de le joindre, colonel, déclara une infirmière avant de s'absenter.

Kassar se tourna vers Wim, qui lui fit signe de patienter. Le silence qu'ils acceptèrent de partager avec ce père en deuil les rapprocha d'une certaine façon. Et bientôt la fumée calma ses sanglots.

— J'avais emmené Kev faire le parcours du combattant, ce jour-là. Et il m'avait impressionné par cette faculté qu'il avait de… de se relever après chaque échec…

Il se remit à pleurer.

— Sa mère était comme ça… Pour récompenser Kev des… efforts qu'il avait fournis, je suis allé chercher des pizzas. Et, sur le chemin du retour, j'ai voulu faire le plein à la station. Si je ne m'étais pas arrêté, je serais arrivé à temps…

Les sanglots reprirent de plus belle. Et Wim intervint pour le maintenir sur la suite du récit :

— D'après ce que vous avez dit à mes collègues, le ravisseur était encore chez vous quand vous êtes arrivé ?

— Quand j'ai poussé la porte… mon cœur s'est mis à battre plus vite…

Il avait du mal à parler, comme s'il revivait les événements. Il se souvenait d'avoir trouvé la maison désespérément vide et atrocement silencieuse. Toutes les lumières étaient éteintes, alors qu'elles ne l'étaient pas quand il était parti. Il appela :

— Kevin ?

Il actionna l'interrupteur mais rien ne s'alluma. Le compteur électrique avait été coupé. S'efforçant de dissiper cette sensation oppressante de plus en plus intense, il s'avança vers l'escalier. Il monta les marches dans la pénombre, s'attendant à voir quelqu'un surgir des ténèbres à chaque pas…

La suite fut trop rapide pour qu'il puisse réagir, trop brusque pour qu'il comprenne ce qui se passait.

Un déplacement. Une silhouette floue. Deux mains gantées qui sortirent d'une porte entrouverte pour agripper son cou, avec une telle force qu'il ne parvint plus à respirer. Il n'eut même pas le temps d'avoir peur. Le violent boost d'adrénaline provoqua chez lui une réponse physique totalement incohérente. Il eut chaud, puis froid ; son cœur se mit à palpiter, envoyant dans ses veines un court-circuit qui bloqua ses muscles et anéantit tout raisonnement.

Il suffoqua et tenta désespérément de desserrer les mains gantées. Mais, privé d'oxygène, il ne voyait déjà presque plus rien. Redoublant d'efforts, il parvint à s'échapper et se rua vers la chambre de Kevin. Son fils était bâillonné et ligoté sur son lit. Ses yeux suppliaient son père de lui venir en aide. C'est alors qu'un violent coup à la nuque le cloua au sol.

Et quand il reprit ses esprits, sa main droite était menottée au radiateur.

— Mon Kev hurlait devant mes yeux, se rappela le colonel en sanglotant de nouveau. Il hurlait sous son bâillon… Et moi, j'étais incapable de l'aider…

— Est-ce que vous avez vu le visage de votre agresseur ?

— Il faisait trop sombre…

— C'était un homme ou une femme, d'après vous ?

— Je n'en sais rien, répondit le colonel en tripotant ses bandages. Un passe-montagne noir lui masquait le bas du visage. J'ai juste perçu son haleine…

— Son haleine ?

— Elle sentait la liqueur anisée.

Cette information parut avoir une signification particulière pour Wim, ce que nota Kassar. Le colonel écrasa sa cigarette et essuya ses yeux et son nez de sa main valide. Puis il toucha douloureusement son pansement à la tête et murmura :

— Il y a quelque chose d'autre que j'ai oublié de dire à vos collègues.

Kassar leva le nez du téléphone portable sur lequel elle prenait des notes.

— Pendant que je luttais à terre pour me libérer... il s'est assis sur le lit à côté de Kevin qui hurlait sous son bâillon... et il m'a pris en photo...

Le colonel se remit à pleurer.

— Et je suis resté là, comme un con, sans pouvoir me libérer de ces putains de menottes. Kevin m'appelait à l'aide... et moi, son père, son héros... j'étais incapable de faire quoi que ce soit pour lui.

— Ne dites pas ça, colonel, intervint Wim. J'ai vu votre dossier médical. Vous vous êtes fracturé le poignet en tentant d'atteindre Kevin.

— Impuissant ! hurla-t-il. Impuissant...

L'infirmière les rejoignit en annonçant l'arrivée du médecin. Elle demanda aux enquêteurs de les laisser.

Dans le taxi qui les ramenait jusqu'à l'hélicoptère, Wim s'était muré à nouveau dans un profond silence. Kassar avait tenté à plusieurs reprises d'entamer une conversation mais l'absence de réponse avait duré si longtemps qu'elle se demandait s'il l'avait entendue. De temps à autre, elle jetait des coups d'œil vers lui. Il présentait bien : calme, responsable, des qualités qui manquaient tellement au père de Walid. La cicatrice qui lui barrait la joue ne parvenait pas à atténuer la séduction que cet homme dégageait. Mais son intensité, son sérieux vous maintenaient à distance.

Kassar éprouva le besoin d'ouvrir la fenêtre. Les restes d'un kébab sur le siège jouxtant le conducteur empestaient l'habitacle et le désodorisant senteur vanille qui pendait au rétroviseur ne faisait qu'empirer les choses. Le courant d'air sembla sortir Wim de sa torpeur.

— Qu'est-ce qui ne va pas ? demanda-t-il en découvrant l'air renfrogné de sa coéquipière.

— Vous, rétorqua-t-elle. Vous ne partagez rien, alors que vous êtes censé nous seconder. Si j'avais su, je serais restée à Paris. Et, à cette heure, je cuisinerais pour mon fils.

— Désolé si le boulot contrarie votre vie familiale.

— Je n'ai pas l'habitude de compter mes heures, mais ma vie ne se résume pas à la police. Vous si ?

Il ne répondit pas.

— Je croyais que vous étiez venu à Paris voir votre père ?

— Je suis venu collaborer avec les polices locales.

— « Collaborer » s'entend dans les deux sens, je crois.

— Tout à fait.

— Eh bien, dans ce cas, vous pouvez peut-être répondre à ma question… J'ai noté votre changement d'expression tout à l'heure quand le père de Kevin a parlé de l'haleine « anisée » de son agresseur. Ça veut dire quoi, pour vous ?

— L'aguardiente est la liqueur favorite des guérilleros colombiens. Elle possède un fort arôme anisé.

— Quel rapport avec notre affaire ?

Il hésita. Les renseignements que lui avait transmis la présidente Reynaert étaient classifiés. Il ne pouvait pas se laisser embarquer sur ce terrain-là.

— Je n'en sais encore rien, commandante, se contenta-t-il de répondre.

17

Maison d'arrêt de Versailles
JOUR 5

Le lendemain matin, à la maison d'arrêt de Versailles, Vincent passait à nouveau les contrôles. En ce mois de novembre, la vague de chaleur qui s'abattait sur le pays était tout à fait exceptionnelle. Déjà insupportables en temps normal, les conditions de vie des prisonniers devenaient infernales en période de canicule.

— Ce n'est pas le meilleur moment pour lui rendre visite, monsieur Scriba, lui dit la gardienne qui l'escortait. Comme l'avocat de votre femme a dû vous l'expliquer, nous avons eu des soucis avec Marion, hier soir.

— Justement, c'est pour ça que je suis là, répondit-il. Maître Silve m'a demandé de venir la raisonner.

— Elle a créé une belle pagaille. Et la météo n'arrange rien. Le béton absorbe la chaleur le jour et nous la rebalance la nuit. Les détenues cuisent dans leur cellule. Et, entre les fenêtres obstruées par les caillebotis et les portes fermées, on ne peut même pas créer de courants d'air. Alors imaginez, par 40 degrés, c'est la double peine !

Ils traversèrent un long couloir, franchirent une énième grille et s'arrêtèrent devant la porte d'une cellule.

— Elle risque de vous paraître un peu groggy. On a dû lui administrer un calmant hier soir. Mais, ne vous inquiétez pas, le médecin est passé tôt ce matin et il l'a trouvée beaucoup mieux. Il nous a même autorisés à lui retirer ses entraves.

— Ses entraves ? s'inquiéta Vincent.

— C'est la procédure en cas de crise, pour que les détenus ne s'automutilent pas.

La surveillante ouvrit le petit volet métallique de la porte et Vincent découvrit la mère de ses enfants, de dos, assise sur la banquette. Elle fixait l'unique lucarne donnant sur l'extérieur.

— Je vous préviens, monsieur, si elle recommence à s'agiter, je devrai mettre un terme à l'entretien. Elle doit voir le juge, ce matin. Alors, ce serait bien qu'elle se tienne à carreau.

Vincent hocha la tête. La garde déverrouilla la porte.

Quand il pénétra dans la pièce exiguë, Marion se retourna vers lui et sourit tristement. Elle était en sueur.

— Je suis désolée, Vincent, soupira-t-elle. Je ne sais pas ce qui m'a pris, je... cette histoire d'ADN... Et que Pierre se mette à douter, ça m'a tuée.

— L'ADN ne peut pas correspondre, protesta Vincent. C'est impossible ! Ça ne peut être qu'un coup monté. Quelqu'un qui... qui a voulu te compromettre !

— Qui aurait fait ça, Vincent ? demanda-t-elle en haussant les épaules. Et comment il s'y serait pris ?

— J'en sais rien. Je sais que ça peut paraître parano, mais je ne vois pas d'autre explication à part une erreur. C'est déjà arrivé ! Aux États-Unis, on les compte par dizaines.

— Tu as fait tes devoirs, à ce que je vois.

— C'est mon côté bon élève, qu'est-ce que tu veux ? On va y arriver, Marion. Il faut juste que tu ne te comportes pas comme une délinquante. La scène que tu as faite hier soir ne peut pas se reproduire. Les enfants ont besoin de toi, OK ?

— Ça ne se reproduira pas, je te promets. Comment ils vont ?

— Bien. Ils veulent venir te voir.

Marion souriait. Elle avait l'air apaisée. Était-ce l'effet des calmants ?

— Chaque fois que tu es sur le point de craquer, c'est à eux que tu dois penser. Ils doivent être ta priorité. Il va nous falloir du temps pour te sortir de là. C'est un marathon. Il faut tenir la distance. Tu veux que je te trouve un autre avocat ?

Elle était ailleurs. Son regard, ses pensées n'étaient plus avec lui. Malgré tous les efforts déployés au fil des années, celle qu'elle avait été, celle que Vincent ne connaissait pas, s'était à nouveau manifestée.

— Marion ? Tu veux qu'on porte plainte contre tes conditions de détention ? C'est une fournaise, ici. S'il y a quelque chose que je peux faire, dis-le-moi.

Elle haussa les épaules.

— À part me faire sortir, je ne vois pas. Merci d'être venu, Vincent. Maintenant, j'ai besoin de me reposer avant de voir le juge.

— Il faut que tu sois calme avec lui.

— Je ferai de mon mieux.

— Que tu sois seulement la mère de tes enfants. Pas Super Marion. Et il finira par se rendre compte qu'il y a un bug et que cette histoire d'ADN ne tient pas.

Elle tendit la main pour lui caresser la joue et murmura :

— Comment va Élodie ?

— Ben… ça pourrait aller mieux. Les enfants ne lui font pas de cadeau, en ce moment, donc… c'est un peu tendu.

— Et Granny ?

— Si tu entendais ce qu'elle envoie au poste de télé quand on parle de toi… je ne voudrais pas être à la place du juge, si elle était ton avocate.

— J'aurais adoré la voir plaider.

L'arrivée au palais de justice, menottée entre deux policiers, fit ressurgir la honte chez Marion. Elle savait que, même si Silve parvenait à convaincre le juge d'instruction de la relaxer ou à persuader les jurés de son innocence, les calomnies lui colleraient à la peau. Elle serait remise en liberté avec des excuses, mais les regards des gens sur elle resteraient à jamais altérés. Et, s'ils ne l'étaient pas, sa façon à elle de les interpréter serait à jamais souillée.

Même son éditeur finirait par se débarrasser d'elle pour protéger l'image de sa maison d'édition. Car elle ne serait plus jamais entièrement innocente, ni aux yeux de ses lecteurs, ni à ceux de ses amis.

On la fuirait.

Elle serait toujours la femme qui avait été arrêtée pour infanticide. Ses enfants, eux aussi, seraient stigmatisés. Et, Vincent et elle auraient beau tout faire pour les protéger, il y aurait des moues hostiles à l'école, des murmures sur leur passage, du harcèlement sur les réseaux sociaux.

Un courant d'air frais parcourut le grand hall. Il constituait un véritable antidote à la chaleur qui avait assommé Marion durant son transport en fourgon. Assise dans la salle des pas perdus avec maître Silve, escortée par deux policiers, elle ne put s'empêcher de porter un regard de romancière sur les vies qui défilaient sous ses yeux. Combien d'entre elles allaient être affectées durablement par la décision de magistrats qui n'auraient comme boussole que leur intime conviction ? Étaient-ils encore conscients de la responsabilité qui était la leur ? Ou avait-elle été digérée par la monotonie de la vie quotidienne ? Quelles conséquences pouvaient avoir l'insomnie d'un juge ou un simple rhume sur le destin d'un prévenu ?

Les yeux insistants des passants accentuaient la gêne de Marion. L'avait-on reconnue en raison du matraquage médiatique qu'avait déclenché l'affaire ou était-ce juste sa parano qui était à l'œuvre ? Le paroxysme fut atteint lorsqu'un homme s'approcha d'elle, un sac de la librairie La Griffe Noire à la main. L'un des policiers chargés de la surveiller s'interposa :

— Veuillez circuler, monsieur.

— Vous pouvez me le dédicacer ? dit l'homme en tendant à Marion un de ses romans.

Estomaquée, elle ne savait comment répondre à cette demande. Était-ce la signature de la romancière que cet étranger voulait ou celle de la tueuse d'enfant ? Elle se tourna vers Silve qui lui tendit un stylo.

— Désolée, répondit-elle à l'homme, tant que je porte ces menottes, je ne me sens pas de dédicacer quoi que ce soit.

— Mais pour buter un môme, ça ne te dérangerait pas, hein ? rétorqua-t-il, plein de haine. Espèce de salope, va !

Il lui balança le roman au visage et, avant que le policier puisse intervenir, vola l'expression hostile de Marion sur son portable. Puis il détala en riant.

— Ne te laisse pas déconcentrer, Marion, commenta Silve. On a plus important à faire ce matin.

Installé au premier étage, le bureau du juge d'instruction était orienté au sud et la fenêtre ouverte derrière lui ne parvenait pas à rafraîchir la pièce. Encore une journée étouffante sans le moindre brin d'air.

Libérée de ses menottes, Marion massait ses poignets rougis pendant que le fourmillement de la vie ranimait ses mains engourdies. Silve terminait sa plaidoirie qui n'avait pas l'air de changer quoi que ce soit à l'opinion de Maxime Petit.

— Il n'y a aucune trace de ma cliente achetant un billet d'avion ou de tout autre moyen de transport pour se rendre à six cents kilomètres de son domicile, monsieur le juge ; aucune image d'elle entrant dans un aéroport, une station-service, passant un péage ou sortant de chez elle la nuit du meurtre.

Maxime Petit ouvrit un dossier, en sortit le revolver sous scellés, puis un petit paquet de fiches cartonnées qu'il aligna comme des cartes à jouer sur deux rangées.

— Voici l'ADN prélevé sur Marion Scriba à l'hôtel de police il y a deux jours et celui retrouvé sur l'arme du crime. Alors, qu'est-ce que vous en dites ?

Silve se pencha en avant pour les examiner.

— Ils correspondent, mais ça ne fait pas de ma cliente une coupable. Une étude conduite par le département de police scientifique de l'université de Dundee a évalué le taux d'erreur des laboratoires d'analyse d'ADN à 1 %. Ce qui voudrait dire qu'une personne sur cent pourrait être inculpée bien qu'innocente. Qui serait prêt à accorder une confiance aveugle au transport aérien si un avion sur cent s'écrasait ?

Maxime Petit ne put réprimer un sourire face au sophisme que l'avocat avait choisi comme angle de défense.

— Enfin, conclut Silve, j'ai ici les témoignages qui prouvent que ma cliente était bien devant l'école de ses enfants quelques heures après le meurtre du Vercors. La simple logique veut qu'elle ne puisse pas être à deux endroits en même temps.

— C'est déjà arrivé, dit Marion calmement : le 17 mars 1977 à Nice.

La chaleur était épouvantable dans la petite pièce. Marion se força à ne pas regarder la fenêtre ouverte derrière le juge. Pourtant, elle ne voyait qu'elle.

— Comment ça ? demanda le magistrat.

— Votre confrère Richard Bouazis instruisait l'affaire à l'époque, continua-t-elle.

Marion jeta un œil vers la greffière, en sueur, qui tapait le compte rendu d'une audition somme toute routinière. Et, dans les portes vitrées de l'armoire derrière elle, elle distingua le reflet du vieux gendarme qui étouffait à l'entrée. Les cheveux gris et la taille épaisse, il retira son képi pour essuyer la moiteur de son crâne.

— De quelle affaire parlez-vous ? reprit Maxime Petit.

Le pouls de Marion s'accéléra. Elle transpirait, elle aussi, mais plus de stress que de chaleur. Pourtant, le stress, elle savait le gérer dans sa vie d'avant. Il lui suffisait d'accepter de se laisser envahir.

— Vous êtes bien pâle tout d'un coup, Scriba.

— Une rage de dents, monsieur le juge, une rage de dents. Puis-je examiner ce profil génétique de plus près ?

— Bien sûr, répondit le magistrat, satisfait de cette soudaine volonté de collaboration.

Marion se leva lentement et se retrouva bientôt à côté de lui. Elle consulta le procès-verbal et acquiesça.

— L'ADN correspond, en effet.

— C'est déjà arrivé, disiez-vous ? insista Maxime Petit.

— Dans un livre. *Les Égouts du paradis*, d'Albert Spaggiari. Pas l'ADN, non, juste ce qui va se passer…

Elle fit mine de revenir vers sa chaise et, en un éclair, saisit le 1873, enjamba la fenêtre et sauta dans le vide.

18

Éberlués, le juge et l'avocat se précipitèrent à la fenêtre et regardèrent en bas. Le toit d'une camionnette de police, garée quai des Orfèvres, avait amorti la chute de Marion tout en foulant sa cheville gauche. Elle serra les dents sous l'effet de la douleur, mais roula sur elle-même et se remit sur pied.

Le vieux gendarme dégaina son pistolet et s'apprêtait à tirer quand Silve détourna son arme.

— Mais arrêtez, bon sang, elle est innocente !

— Les innocents ne s'enfuient pas, maître ! rétorqua le juge. Arrêtez-la ! hurla-t-il aux deux policiers qui sortaient de la camionnette au toit enfoncé.

Le temps de comprendre ce qui venait d'arriver, ils se lancèrent à la poursuite de la fugitive.

Sur fond de crissements de pneus et de coups de klaxon, Marion courait à perdre haleine sur la chaussée du pont Saint-Michel encombré de voitures. La poussée d'adrénaline était telle qu'elle ne sentait plus sa foulure.

Sans qu'elle le veuille, sa fuite provoqua un carambolage en chaîne. En passant d'une file à l'autre, Marion percuta un cycliste. Elle trébucha, à deux doigts de tomber, mais parvint à poursuivre sa course, galvanisée par l'instinct de conservation. Les poumons et les jambes brûlés par l'effort, elle manqua de se faire écraser par une voiture, traversa le quai Saint-Michel et disparut dans la bouche du métro.

Les deux policiers la suivirent à l'intérieur mais, une fois arrivés aux tourniquets, ils ne la virent nulle part. Il fallait faire un choix. Nord ou sud ?

— Prends Clignancourt, ordonna le plus gradé, je prends Bagneux.

Ils s'engouffrèrent dans les couloirs du métro, chacun couvrant une direction de la ligne 4. Quelques secondes plus tard, Marion sortit de la cabine de Photomaton dans laquelle elle avait trouvé refuge. Elle remonta les marches de la station en grimaçant et emprunta le boulevard Saint-Michel. Elle était dans son quartier, à deux pas de chez elle.

Exténuée, elle franchit le porche de son immeuble et sonna à la loge de la concierge. Elle s'adossa au mur et tenta, entre deux toux, de recouvrer son souffle. Un léger cliquetis de métal retint son attention. Ses doigts étaient toujours crispés sur le 1873. Elle le glissa rapidement dans sa poche.

— Madame Marion ! s'écria la gardienne en sortant sur le seuil. Je savais bien qu'ils finiraient par vous relâcher. Non mais c'est dingue, cette histoire ! On dirait un de vos romans !

— Ne m'en parlez pas, Hilda ! répondit-elle en se raclant la gorge. Ils ont même perdu mes clés, ces abrutis. Vous pourriez m'ouvrir ? Je dois aller chercher mes enfants et je ne peux pas me pointer dans cette tenue…

— Bien sûr, mais… la police a mis des scellés sur la porte ! Une perquisition, chez vous, non mais vous vous rendez compte ? J'ai été obligée de les laisser entrer.

(Elle récupéra le double et le lui remit.) Heureusement, monsieur Vincent est arrivé et il les a mis au pas. Quelle époque on vit, hein ? On arrête les mères de famille et on laisse les black blocs tout casser ? Non mais, j'vous jure…

Quelques instants plus tard, Marion déverrouillait la porte de son appartement et brisait les scellés. Elle pénétra chez elle et se déshabilla précipitamment. Elle fouilla les placards de ses enfants à la recherche de fringues qui modifieraient son apparence. Elle enfila le survêtement ample de Lola et emprunta la casquette et les lunettes noires de Nathan. Elle collecta tout le cash qu'elle avait planqué à divers endroits de la maison. Il fallait avoir un métier aussi précaire que celui d'autrice pour n'accorder qu'une confiance relative aux banques. Marion alla jusqu'à briser la tirelire de son plus jeune fils.

— Je t'en rachèterai une, Timéo, je te le promets, se dit-elle pour s'encourager. Et je doublerai la mise.

Dans un sac à dos Spiderman, elle fourra tout ce qu'elle estimait pouvoir lui être utile durant sa cavale : de la nourriture, des vêtements de rechange, le blouson d'aviateur que Vincent avait oublié chez elle, un chapeau, une bouteille d'eau, mais aussi des ciseaux et de quoi se teindre les cheveux. Enfin, un téléphone portable.

Un vif élancement à la cheville lui rappela qu'elle devait la soigner. Mais pas le temps de s'éterniser chez elle, c'était trop dangereux. Elle collecta des glaçons dans le frigo, les inséra dans sa chaussette contre l'enflure et dénicha des antalgiques dans la pharmacie familiale.

Cinq minutes plus tard, la silhouette méconnaissable de Marion s'enfonçait en boitillant dans l'anonymat du RER.

19

Haag et Kassar mirent vingt minutes pour arriver au palais de justice. Durant le transport, la commandante contacta le directeur général de la gendarmerie pour qu'il déclenche un plan Épervier. Huit escadrons furent mobilisés pour mettre en place des nœuds de circulation routière dans la Région Île-de-France et en grande périphérie parisienne. Des barrages et des patrouilles y furent installés. Les autoroutes, les gares et les aéroports parisiens allaient faire l'objet d'une surveillance accrue.

Durant toute cette phase, la police judiciaire était « force menante » et la gendarmerie, « force concourante ». Quant à Europol, elle apportait à l'opération en cours le soutien de ses moyens et les compétences de Wim Haag, créateur de l'ENFAST, spécialisée dans la traque des fugitifs.

Une fois dans le bureau du juge, Wim s'intéressa au compte rendu de la greffière, tandis que la commandante interrogeait le vieux brigadier chargé de surveiller Scriba.

— Nous n'avons jamais eu d'évasion par le passé, déclara-t-il. Je l'avais en ligne de mire, mais son avocat m'a empêché de tirer.

— Encore heureux, fit Wim en lui décochant un regard mauvais. Elle vous a prévenus, pourtant.

— De quoi ?

— De la façon dont elle allait s'évader. C'est écrit noir sur blanc dans le procès-verbal. Votre détenue a parlé de l'audience du 17 mars 1977 à Nice, au cours de laquelle Albert Spaggiari a sauté par la fenêtre du palais de justice. Il décrit tout en détail dans *Les Égouts du paradis*, y compris la rage de dents dont elle a parlé. Quand on dit que lire est une source d'évasion…

Kassar lui emprunta les feuillets et se mordit les lèvres en découvrant les propos échangés.

— On va la coincer, affirma-t-elle en quittant le bureau. Mes hommes sont déjà sur ses traces.

— C'est le plus sûr moyen d'arriver toujours après elle, rétorqua Wim en lui emboîtant le pas.

— Et ce serait quoi, votre solution ?

— Penser comme elle et anticiper. Écoutez, commandante, nous avons affaire à une fugitive à présent, et ça, c'est ma spécialité. Je vais donc prendre la main.

— Hors de question. Europol n'a aucun pouvoir exécutif. Vous ne pouvez agir qu'avec l'accord des autorités nationales.

— J'ai un mandat exécutoire de la Commission européenne. Et ce sur l'ensemble de l'espace Schengen. Ce n'est pas un des pays membres qui est attaqué, commandante, mais l'Europe elle-même. C'est pourquoi je vous suggère de ne pas entrer dans une guerre de polices dont vous ne vous remettriez pas.

Kassar le dévisagea un instant. Wim savait très bien ce qu'elle pensait. Il pouvait le lire dans ses yeux.

— Vous devrez partager vos infos en toute transparence, poursuivit-il, comme le font déjà les polices allemande et belge.

Un train fonçait dans les entrailles du RER, soulevant l'air chaud qui s'y était accumulé. À bord d'un des wagons, Marion tentait de repositionner les restes de glaçons contre sa cheville enflée. Mais la chaleur était telle qu'ils avaient fondu.

— C'est de l'argile verte qu'il vous faut, dit une vieille dame toute courbée qui la fixait.

— J'aimerais bien, mais...

Marion avait murmuré pour que sa féminité ne soit trahie par sa voix.

— Tenez, dit la bossue en lui tendant un pot. Je m'en sers pour mes rhumatismes. C'est très efficace.

— C'est gentil. Merci, madame.

— Il n'y a pas de quoi, jeune homme.

Marion sourit de cette expression et appliqua généreusement l'argile sur son articulation. Puis elle rabattit sa chaussette dessus et voulut rendre l'onguent.

— Non, gardez-le, fit la vieille dame, j'en ai plein chez moi.

Marion joignit les mains en signe de remerciement.

Elle descendit à la station Parc-de-Sceaux, son sac à dos Spiderman sur l'épaule. Le quai était bondé. Au milieu de la foule des passagers, sa silhouette était anonyme. Les lunettes noires et la casquette de Nathan doublée de la capuche du survêt de Lola constituaient un rempart efficace contre les caméras de surveillance des couloirs.

En passant devant la vitrine d'un Relay, Marion aperçut sa photo à la une de divers quotidiens et magazines. Elle eut un rictus amer en pensant à la campagne d'affichage qu'elle réclamait à son éditeur quelques jours auparavant. Tout avait tellement changé depuis !

Jeffrey Young... Il fallait qu'elle joigne Jeffrey Young.

Elle pressa le pas en grimaçant et laissa l'escalator prendre le relais jusqu'à l'air libre.

Une fois dehors, elle inspecta les alentours, comme une bête traquée. Chaque seconde augmentait sa panique. Elle inspira et souffla lentement. Elle devait se reprendre et se mettre à couvert. Elle aperçut la portion boisée qui bordait la voie de chemin de fer et s'y dirigea. Une maman équipée d'une poussette avait trouvé refuge dans son ombre pour protéger son bébé de la chaleur. À l'aide d'un brumisateur, elle le rafraîchissait et, de toute évidence, il appréciait.

Cette image, à des années-lumière de ce qu'elle vivait, la fit penser à ses enfants. Comment allaient-ils réagir en apprenant son évasion ? Les avait-elle condamnés à ne plus jamais la voir ? En prison, ils avaient au moins l'option des visites au parloir, mais en cavale, cela devenait impossible.

Marion alla s'isoler un peu plus loin et sortit le téléphone portable de son sac à dos. Il lui fallait faire vite car, dès qu'elle l'allumerait, elle serait localisable. Combien de fois avait-elle décrit cette situation dans ses romans ? Elle jeta des coups d'œil autour d'elle, mit le cellulaire en service et composa un numéro qu'elle connaissait par cœur.

— Allô, Jeff ?

— J'étais certain que tu allais m'appeler, ma belle, fit la voix d'un vieil homme à l'autre bout du fil.

Son français se teintait d'un délicieux accent américain.

— Je suis dans la merde.

— J'ai cru comprendre. Avec la guerre en Ukraine et le Proche-Orient, tu es le sujet favori des chaînes d'info en ce moment. C'est quoi, ce numéro ?

— Un vieux portable sur lequel ma fille joue aux Pokemons.

— Va falloir que tu la joues fine, ma belle. Tu n'as pas juste la police française sur le dos. Tu as Wim Haag, un ancien d'Europol spécialisé dans la traque des fugitifs.

— Merde...

— Que puis-je faire pour toi ?

Jeffrey Young, soixante-dix ans, n'était pas seulement un fidèle lecteur de Marion qui relisait ses manuscrits pour en vérifier la crédibilité. Ce gentleman farmer, à la crinière argentée et au visage buriné par le temps, était aussi un ex-agent de la CIA.

— J'ai besoin de savoir à qui appartenait le revolver que j'ai piqué, murmura-t-elle en contrôlant les secondes qui s'égrenaient sur l'appareil.

— Les armes, ce n'est pas comme les voitures, ma belle. Il n'y a pas de carte grise, elles passent de main en main, tu le sais.

— Peut-être mais je n'ai pas le choix, Jeff. Son dernier propriétaire est celui qui a exécuté le môme.

— C'est quoi, la marque ?

— 1873.

— Calibre 11. Une pièce de collection. Ça va nous aider. Il va me falloir le numéro de série.

Marion vérifia les alentours. Puis, à l'abri des regards, elle retira l'arme de son sac à dos et l'examina.

— Tu veux quoi, comme numéro ? s'enquit-elle. Il y en a des tas : sur le canon, la plaque de recouvrement, l'extérieur du pontet, le barillet…

— Tu sais à quel point la France adore le marquage. Il devrait y avoir une lettre, F, G, H ou J, suivie d'un numéro à cinq chiffres…

Elle examina l'arme sous toutes ses coutures et finit par murmurer :

— F 59104.

— Parfait. Je t'envoie un nom et une adresse par texto dans cinq minutes. Et t'inquiète, les messages sont stockés dans la mémoire du mobile, pas sur la carte SIM.

Elle raccrocha, jeta un coup d'œil vers la jeune mère et sa poussette, puis composa le 17. Une voix préenregistrée entama sa litanie : « Vous avez demandé la police, ne quittez pas… »

20

Des voitures de police stationnaient devant la villa de Vincent. Les gyrophares qui palpitaient avaient attiré les voisins, avides de ragots à colporter ou de selfies à poster sur les réseaux. Savaient-ils déjà pourquoi les forces de l'ordre avaient envahi ce quartier résidentiel de Neuilly-sur-Seine habituellement paisible ? Toujours est-il que les agents, talkie-walkie à la main, avaient dû mettre en place un périmètre de sécurité pour maintenir les badauds à distance.

Entourée de six officiers en tenue, Nayla Kassar traversa la pelouse de la propriété, sonna à la porte et patienta.

— Madame Scriba ? demanda-t-elle à la jolie rousse qui venait d'ouvrir.

— Non, répondit-elle en regardant, par-dessus l'épaule de l'enquêtrice, le dispositif déployé devant la maison.

— M. Scriba est là ?

— Je suis sa compagne, c'est pour quoi ?

La policière exhiba un document et déclara :

— Commandante Nayla Kassar, brigade criminelle. Cette commission rogatoire nous autorise à fouiller le domicile de M. Scriba.

Élodie, vingt-huit ans, lui arracha la feuille des mains et se mit à la parcourir, sans toutefois dégager le passage.

— Et qu'est-ce qui me prouve que c'est un vrai ?

— Ne nous obligez pas à utiliser la force, madame, dit simplement Kassar.

— Ouh là… je suis morte de trouille.

— Élodie, tu me laisses gérer, s'il te plaît ? intervint Vincent en lui empruntant le document. Je suis Vincent Scriba, vous êtes ?

— Commandante Nayla Kassar, brigade criminelle, répéta-t-elle. Cette commission rogatoire nous autorise à perquisitionner votre domicile, monsieur Scriba, et à saisir des affaires vous appartenant.

Il s'effaça pour libérer le passage. Les policiers s'engouffrèrent dans la maison, enfilèrent des gants de plastique et se mirent aussitôt à fouiller.

— Vous cherchez quoi exactement ? demanda Vincent.

— C'est laissé à notre discrétion, monsieur. Votre femme est…

— Ex-femme.

— Votre ex-femme est accusée de meurtres particulièrement épouvantables sur mineurs de moins de quinze ans. Elle s'est évadée du palais de justice ce matin et sa cavale nous fait craindre qu'elle puisse en commettre d'autres. Tout ce que vous pourrez faire pour la raisonner et l'inciter à se rendre lui évitera des ennuis supplémentaires.

— Je n'ai aucune idée de l'endroit où elle se trouve et je suis la dernière personne qu'elle appellerait.

— Donc elle ne vous a pas parlé ?

— Je viens de vous le dire.

— Je vais vous demander de me remettre votre portable, monsieur.

— Je ne suis pas obligé de vous le donner. Mon avocat me l'a dit.

— C'est vrai. Mais refuser de me le confier me laisse penser que votre ex-femme vous a téléphoné et fait donc de vous potentiellement le complice d'une fugitive, par ailleurs meurtrière.

— Maman est innocente ! s'écria Lola. Si elle s'est enfuie, c'est parce que personne la croit.

— C'est elle qui t'a dit ça ? rétorqua la commandante en s'approchant de la fillette.

Lola la toisa en silence. Kassar se retourna vers Vincent.

— Il va nous falloir une liste de ses amis, des endroits qu'elle aime fréquenter. Et je vous conseille de ne rien nous cacher car vous enfreindriez la loi, ce qui pourrait vous valoir de la prison, à vous aussi.

— Pendant que vous perdez du temps à chercher maman, s'écria Nathan, le vrai tueur s'attaque peut-être à un autre enfant ! Et ça, ça sera de votre faute.

— Elle est trop forte, maman, ajouta Timéo. Vous la trouverez jamais.

Soudain, un des policiers présents déboula dans la pièce.

— Elle a allumé un vieux Nokia, commandante. La ligne est à son nom mais plus active depuis trois ans. Un bornage est en cours. Apparemment, elle essayait de joindre Police Secours.

— Quoi ? fit Kassar abasourdie.

L'annonce de la rupture des scellés au domicile de Marion avait attisé la curiosité de Wim au point qu'il avait souhaité se rendre sur place. Qu'était-elle venue chercher chez elle ? Chaque détail de ce décor le renseignait un peu plus sur la personnalité de sa proie. Comment imaginer la guérillera des Sans-Voix sur cette photo de Marion avec ses trois enfants, les yeux tendrement rivés sur leur mère ? Une autre plus ancienne, Marion et son mari, faisait d'elle une femme amoureuse, quelques mois sans doute après avoir quitté sa clandestinité colombienne.

Elle avait conservé ce cliché malgré le divorce. Était-elle encore attachée à son ex-mari ou voulait-elle prouver à ses enfants que leur famille existait toujours ?

Wim fouilla les tiroirs de la pièce où elle travaillait. L'ordinateur de Marion avait été saisi lors de la perquisition et il ne restait sur la table que les Post-it que la romancière avait collés un peu partout, même à sa lampe de bureau. Sur le whiteboard autocollant qui occupait trois des quatre murs, le plan de son roman en cours d'écriture était tracé au feutre Velleda : une structure en trois actes où chaque chapitre était décrit en quelques mots. Si ce n'était la méticulosité avec laquelle tout était organisé, il n'y avait aucun indice qui pointait vers la tueuse en série qu'il allait devoir poursuivre.

Dans les placards, les vêtements étaient simples et fonctionnels. Aucune tendance obsessionnelle ou narcissique et rien d'ostentatoire.

La bibliothèque du séjour était impressionnante. Une rangée était occupée par les romans de Marion, éditions françaises et étrangères ; les autres, par des classiques du roman noir, thrillers et autres polars. Wim se fit la réflexion que leurs pages devaient être truffées de solutions pratiques permettant à leurs personnages de venir à bout des obstacles qu'ils rencontraient. Appliquées à la réalité, celles-ci pouvaient se révéler déconcertantes.

L'imagination de Marion avait été nourrie par ces lectures. S'il parvenait à comprendre comment elle fonctionnait, il arriverait peut-être à la devancer.

La lumière du soleil rasait les rayonnages. Wim remarqua quelque chose que seul un œil exercé comme le sien pouvait noter : l'absence de poussière sur les livres qu'elle avait consultés ou ajoutés récemment.

Il en préleva un de Stephen King qu'il feuilleta. Certains passages étaient surlignés. Il s'arrêta sur l'un d'eux :

Seuls les ennemis disent la vérité. Les amis, les amants mentent sans cesse, pris dans la toile du devoir.

Il releva les yeux, songeur. Scriba était-elle prise au piège dans sa peau de mère de famille ? Était-ce pour dire la vérité que la guérillera en elle s'était remise à tuer ?

Deux voitures de police freinèrent brusquement devant la station Parc-de-Sceaux. Kassar et ses hommes débarquèrent en force. Lourdement armés et équipés de gilets pare-balles, ils se déployèrent autour de la portion boisée en bord de rails où le signal GPS les avait conduits.

Tout en progressant à travers les allées, la commandante hésitait entre satisfaction du travail bien fait et légère déception. Dans un sens, elle aurait aimé que Scriba lui donne un peu plus de fil à retordre. Pourtant, elle était fière d'avoir damé le pion à Europol. C'était elle, et non l'agent spécial Haag, qui allait appréhender la fugitive. Elle n'avait plus qu'à espérer l'attraper vivante.

L'espace d'une seconde, celle qu'ils encerclèrent fut paralysée par la vision de cette horde de policiers qui approchaient de tous côtés, en la braquant.

Ce n'était pas Scriba, assise sur ce banc, mais la maman à la poussette qu'elle avait croisée. Terrifiée, elle eut le réflexe de protéger de son corps le bébé auquel elle donnait le sein.

— Relevez vos armes ! hurla Kassar à ses hommes.

Les officiers vérifièrent les alentours… il n'y avait personne d'autre.

Elle s'approcha du landau et découvrit à l'intérieur la carte SIM que la fugitive avait abandonnée pour la piéger.

— Désolée, madame, pour ce malentendu, dit Kassar en rengainant son pistolet.

21

Grâce à l'information que lui avait communiquée Jeffrey Young, Marion savait qu'elle devait se rendre à Marseille. Restait un problème de taille : comme tous les points stratégiques permettant de quitter la capitale, la gare de Lyon devait être surveillée. La meilleure option pour Marion était donc de reprendre le RER B, afin de fuir par la seule station de banlieue sud reliée au réseau TGV : Massy.

En raison des jeux Olympiques, Paris avait doublé le nombre de ses caméras de surveillance. Il était donc particulièrement difficile d'échapper à leur regard numérique. À moins de s'en servir pour mieux flouer ceux qui la traquaient. Pendant le trajet, elle changea de tenue. Elle enfila le blouson d'aviateur de Vincent sur son haut de survêtement, remplaça sa casquette par un chapeau et retourna le sac à dos Spiderman de façon que son visuel n'apparaisse plus.

Elle avait la sensation d'être en pilotage automatique, comme une somnambule qui enchaînerait les tâches avec assurance et efficacité sans être vraiment consciente de ce qu'elle fait.

Arrivée en gare de Massy, elle emprunta les couloirs en boitillant jusqu'à ce que la douleur lancinante de sa cheville la contraigne à s'arrêter. Elle s'assit à l'abri d'une enseigne publicitaire et inspecta son entorse. Le cataplasme d'argile avait un peu réduit l'inflammation et le paracétamol la douleur. Mais, tôt ou tard, elle allait devoir trouver de quoi se constituer une attelle, avant de ne plus pouvoir marcher.

Sur l'écran d'affichage, le prochain train pour Marseille partait à 14 h 26.

Il lui fallait un billet.

Impossible pour elle d'utiliser les distributeurs qui étaient pourtant à portée de main. Sa carte de crédit aurait aussitôt trahi sa position. Elle aperçut au loin les guichets de vente et une pharmacie. Deux policiers patrouillaient à proximité. La cherchaient-ils ou était-ce une simple surveillance de la gare ?

Cette sensation de bête pourchassée, elle l'avait expérimentée maintes fois dans ses lectures, notamment sous la plume d'Hugo, après l'évasion de Jean Valjean. Les mots lui revenaient vaguement en mémoire :

Si c'est être libre que d'être traqué, de tourner la tête à chaque instant, d'avoir peur de tout, du jour parce qu'on voit, de la nuit parce qu'on ne voit pas…

— Pardon, ma petite dame…

Marion se retourna brusquement et découvrit un SDF au sourire édenté qui brandissait *L'Itinérant.*

— Désolé, je ne voulais pas vous effrayer. Vous auriez pas 2 euros pour un peu de lecture ?

— J'ai mieux que ça, répondit Marion. Vous voyez le guichet là-bas et la pharmacie ? J'ai besoin d'acheter un billet de seconde pour Marseille et une attelle, je me suis foulé la cheville. Il y en a pour 100 euros environ. En voilà 120 au cas où. Si vous les achetez pour moi, vous gardez la monnaie. Ça vous va ?

— C'est la plus belle chose qui me soit arrivée cette semaine.

— Quoi donc, les 20 euros ?

— Non. La confiance que vous me faites.

Elle resta un moment à fixer les yeux clairs de cet homme qui ne la jugeaient pas et qui lui redonnaient, l'espace de quelques secondes, l'impression d'être quelqu'un de bien.

— Je vous attends ici, OK?

— Merci, madame.

Et elle le regarda s'éloigner vers le guichet. Avec un peu de chance, elle parviendrait à quitter l'Île-de-France avant qu'un plan Épervier ne la paralyse. Elle savait exactement comment la gendarmerie tissait ce genre de toile d'araignée car elle en avait étudié le processus pour l'un de ses romans. Les lourdeurs administratives étaient ses meilleures alliées ; se déplacer vite, sa seule planche de salut.

Quelques minutes plus tard, elle s'enfermait dans les toilettes d'un wagon TGV en route vers le Midi. Il ne lui restait plus qu'à soigner sa cheville et à changer d'apparence.

Une fois l'argile verte renouvelée et l'attelle posée, Marion s'attaqua sans scrupule à son look de mère de famille. Ses beaux cheveux blonds s'entassèrent dans l'évier métallique. Les ciseaux tranchaient ici et là de manière fonctionnelle, aboutissant rapidement à une coupe boyish plus proche du punk que d'un glamour de star. Puis, sous l'action de la teinture, son blond naturel laissa bientôt place à un brun ébène qui lui durcit le visage.

Elle avait presque fini quand on toqua à la porte. C'était le contrôleur qui souhaitait vérifier son titre de transport. Retenant son souffle, elle entrouvrit la porte et le lui tendit. Quelques secondes s'écoulèrent, interminables. L'avait-elle composté ? Dans la précipitation, elle avait peut-être oublié. À moins que le SDF l'ait fait pour elle ?

La main de l'employé réapparut avec le billet.

— Merci et bon voyage !

Le cœur battant, Marion referma la porte et la verrouilla. Elle nettoya l'évier, jeta les mèches dans la cuvette des WC et tira la chasse.

Elle quitta finalement les toilettes, ses lunettes noires sur le nez, et remonta le couloir jusqu'à sa place. Elle n'avait plus qu'à dormir jusqu'à Lyon Part-Dieu, sa correspondance.

22

Le centre de verbalisation des infractions routières, baptisé pompeusement DPSD (Direction de prévention de la sécurité et de la protection), s'était installé dans une ancienne caserne de la Garde républicaine, face à la mairie du IVe arrondissement. Et, s'il tournait à plein régime avec ses mille PV dressés par jour, ses quatre mille caméras avaient été mises à contribution pour tenter de repérer Marion Scriba.

Nayla Kassar et une dizaine de policiers avaient envahi l'immense salle du premier étage, équipée de dizaines d'ordinateurs. Sur un écran géant, ils tentaient de retracer le chemin parcouru par la fugitive depuis qu'elle était sortie Parc-de-Sceaux pour les piéger. Grâce aux caméras présentes sur place, la commandante avait pu identifier Marion. Elle l'avait vue téléphoner près de la jeune mère avant d'abandonner sa carte SIM dans la poussette.

Elle repéra sa silhouette sur le quai du RER B en direction de Massy, la vit pénétrer dans le train à la hauteur du troisième wagon, puis tenta de la localiser parmi les passagers qui sortaient aux stations suivantes : La Croix-de-Berny, Antony, Les Baconnets, Massy… Elle n'était pas descendue. La commandante revisionna les images plusieurs fois, en tentant de repérer le sac à dos Spiderman, sans plus de succès.

A-t-elle décidé de repartir incognito dans l'autre sens? songea la commandante. *Ou s'est-elle changée durant le transport?*

Pendant que Kassar s'énervait contre ses hommes qui ne repéraient pas Scriba assez vite, Wim s'occupait à construire le profil de la fugitive à partir des notes et passages surlignés dont elle parsemait ses lectures. Enfermé dans la chambre qu'il occupait chez son père, il avait épinglé au mur les photos des différentes scènes de crime, mais aussi les captures d'écran des vidéos de Maelstrom et les photos de Marion collectées chez elle ou transmises par Europol.

Parmi les romans à suspense qu'il avait récupérés dans sa bibliothèque, des passages surlignés dans *Les Trois Jours du Condor*, de James Grady, retinrent son attention :

– *Ils poursuivent Malcom comme un chasseur poursuit n'importe quel gibier. Malgré toute leur expérience de limiers, ils font une erreur.* [...] *Malcom n'a jamais reçu de formation d'agent professionnel. C'est un chercheur.* [...] *Tout ce que je peux dire, c'est qu'il improvisera à sa fantaisie.*

Wim leva les yeux vers la photo anthropométrique de Marion Scriba. Quelque chose, dans ce cliché, le perturbait. Quelque chose qu'il n'arrivait pas à comprendre. Au début, il avait cru que c'était lié au fait que Scriba était une femme, une mère de famille. Mais, depuis, il était persuadé que l'expression sur son visage n'avait rien à voir avec celle d'un tueur en série.

L'infanticide qu'on lui attribuait, son appartenance à une ligue complotiste comme celle de Maelstrom ne collaient pas avec ce regard...

Wim avait fréquenté des centaines de suspects, visionné des milliers de photos anthropométriques. Il savait reconnaître le regard d'un tueur, l'arrogance amusée qui s'y reflétait, la haine irrémédiable, et même parfois, pire, le vide et l'absence de remords.

Les yeux de Marion ne renvoyaient rien de tout cela. On y distinguait la colère, bien sûr, la rancune, aussi, mais il y avait quelque chose de bien plus dérangeant dans ce regard, quelque chose que Wim avait d'abord refusé d'identifier avant d'accepter de l'appeler par son nom.

La douleur.

Le sentiment d'être victime et non bourreau. Et pourtant…

Wim reporta à nouveau son attention sur les photos de Scriba épinglées au mur, notamment celle que lui avait fait parvenir la présidente Reynaert. On y voyait Marion au milieu d'un groupe de guérilleros en uniforme camouflage, un brassard aux couleurs du drapeau colombien sur l'épaule et une kalachnikov en main. Les Sans-Voix étaient formés pour survivre n'importe où et dans des conditions extrêmes ; pour ne jamais renoncer, quels que soient les obstacles. Scriba avait beau avoir lu autant que Condor, elle était tout sauf une amateure. Combien de victimes avait-elle faites avec ce fusil automatique ? Et quel rapport y avait-il entre le passé de cette mère de famille et l'exécution d'enfants européens ?

S'il existait une raison qui la poussait à tuer, Wim ferait en sorte qu'elle n'ait pas l'occasion de recommencer.

Le soleil se couchait lorsque Marion arriva à Marseille. Depuis l'esplanade de la gare Saint-Charles, la vue sur la cité phocéenne était à couper le souffle. À la fois plongeante sur le quartier Belzunce et remontant à l'horizon vers la splendide basilique Notre-Dame de la Garde. Un coup d'œil au bas de l'escalier monumental qui rejoignait le boulevard d'Athènes rassura Marion. Sa bonne étoile veillait sur elle. Il n'y avait aucune voiture de police à proximité. Elle se mêla à un groupe de touristes américains et entama avec eux la descente des cent quatre marches coupées par sept paliers. Ils s'arrêtèrent à mi-parcours à la hauteur des deux grands piliers qui encadraient l'escalier. Un plan de la ville dépassait de la poche d'un des vacanciers.

Exactement ce dont Marion avait besoin.

Un peu mal à l'aise, elle bouscula légèrement le vieil homme et s'excusa en subtilisant la brochure. Elle ne put s'empêcher de penser à l'absurdité de la situation ; en l'accusant injustement, on la poussait à enfreindre la loi à nouveau.

Elle quitta le groupe et poursuivit la descente en cherchant à repérer sur le plan la boutique où elle devait se rendre. Elle n'était qu'à cinq minutes de marche tout au plus. Elle emprunta le boulevard Voltaire, tourna à droite dans la rue Pierre-Bellot et repéra la petite armurerie. Elle était sur le point de traverser quand une voiture de police déboucha au bout de la rue, à quelques mètres d'elle et de sa liberté. Marion se tourna vers la pâtisserie-café qui faisait l'angle. En réflexion dans la vitrine, elle vit la patrouilleuse ralentir et s'arrêter. Le chauffeur se pencha à la fenêtre ouverte et ordonna d'une voix qui ne souffrait aucun refus :

— Eh, toi, là-bas ! Contrôle d'identité !

Marion se mit à trembler de manière incontrôlable. Chacun de ses muscles lui semblait palpiter.

Le propriétaire sortit de son café en levant les mains en l'air.

— Tu vas me la faire combien de fois, celle-là, Thomas ?

— Chaque fois que je passe, pardi ! Dis donc, t'aurais pas de quoi rafraîchir les forces de l'ordre ?

— Qu'est-ce que j'ai dans les poches, d'après toi ?

— Un calibre ?

Il en sortit deux sodas comme on dégaine des revolvers en disant :

— Allez, cassez-vous, les poulets, vous faites fuir les clients !

Les policiers partagèrent un rire franc et s'éloignèrent.

Le cœur de Marion battait à tout rompre. Elle appuya son front fiévreux contre le carreau frais de la vitrine et tenta de recouvrer son sang-froid.

— Difficile de choisir entre mes pâtisseries, hein ? murmura le tenancier du bar derrière son dos. (Marion se retourna, surprise.) Je peux même vous faire un prix, on va fermer.

— Non merci, monsieur, soupira-t-elle en s'éloignant.

Intrigué, le propriétaire la regarda traverser la rue en boitillant et pénétrer dans l'armurerie. Il était persuadé d'avoir déjà vu ce visage quelque part.

23

La boutique était déserte. Marion referma la porte derrière elle et profita du fort niveau sonore de la musique pour la verrouiller discrètement. En s'avançant vers le comptoir, elle vérifia du coin de l'œil l'emplacement des caméras de surveillance. Il y en avait deux : une à l'entrée et une au-dessus du comptoir. Elle repositionna son chapeau et continua d'avancer. L'armurier était au téléphone. Un homme d'une vingtaine d'années au physique de conscrit.

— On va fermer, monsieur !

Pour toute réponse, elle braqua le revolver d'ordonnance sur le vendeur et lui arracha le portable des doigts. Elle coupa la communication et jeta l'appareil derrière elle.

— En l'air, les mains, là où je peux les voir ! ordonna-t-elle en faisant des efforts pour ne pas trembler.

Il obtempéra.

— Vous reconnaissez cette arme ?

— Un Colonial 1873. Mon père en avait un en magasin il y a une vingtaine d'années.

— C'est celui-là. Ce serait d'autant plus con que je vous fasse du mal avec, hein ?

— C'est pour quoi, une réclamation ? Vous voulez que je vous rembourse ?

— Non. Je veux voir vos comptes de 2005.

— C'est que… à cette époque, c'était mon père et… lui et l'informatique, ça faisait deux.

— Encore mieux. Filez-moi son registre. Et surtout on ne touche pas l'arme qui est sous le comptoir.

— Comment vous savez que…

— Je lis beaucoup.

L'armurier poussa un long soupir et se tourna vers ses étagères qui montaient jusqu'au plafond. Elles étaient encadrées de fusils.

— Pas de blague, hein ? conseilla-t-elle. À cette distance, même du calibre 11, ça fait des dégâts.

L'armurier monta sur un escabeau et se hissa sur la pointe des pieds pour attraper un vieil ouvrage en cuir, couvert de toiles d'araignées. Il vérifia la date et redescendit avec. Ensuite, il le déposa lourdement sur le comptoir.

— Ouvrez-le à octobre 2005, ordonna-t-elle.

Le jeune homme feuilleta rapidement le registre et le pivota vers Marion. Toutes les transactions y étaient inventoriées avec soin. Les numéros de série, les modèles et les noms des clients étaient inscrits à la plume Sergent Major. Tout en continuant de braquer l'armurier, Marion arracha deux pages et les glissa dans son blouson.

— Maintenant, filez-moi le fric que vous avez en caisse.

— J'ai pas grand-chose… les clients payent par carte aujourd'hui, vous savez ?

— Grouillez-vous ! aboya-t-elle.

Il ouvrit le tiroir et lui tendit les quelques billets qui s'y trouvaient.

Nouvelle infraction à la loi. Et ce n'était pas la dernière.

— Votre voiture, elle est garée où ?

— J'ai pas de voiture, je…

— Et ça, c'est quoi ? rétorqua-t-elle en ramassant des clés dans un cendrier.

— Le 4 × 4 de ma mère, elle va me tuer.

— Vaut mieux que ce soit elle que moi. Il est garé où ?

— Sur le parking à l'arrière.

Marion s'en serait presque voulu si elle en avait eu le temps.

Elle attrapa des menottes métal sur un présentoir et les lança à l'armurier en disant :

— Attachez-vous au radiateur.

— C'est pas la peine, je… je vous laisse partir.

— Au radiateur, ordonna-t-elle en armant le chien.

— OK, OK…

L'employé se verrouilla au tuyau de fonte et dévisagea celle qui le menaçait tandis qu'elle contournait le comptoir pour sortir par l'arrière-boutique.

— C'est vous qui avez tué ces enfants, c'est ça ?

— Qu'on *accuse* d'avoir tué ces enfants, rectifia-t-elle en désarmant le chien. Je laisserai les clés des menottes au bas de la porte. Désolée pour le 4 × 4 de votre mère, j'en prendrai soin.

Une fois sur le parking, Marion actionna l'ouverture d'un Dacia Duster flambant neuf et s'installa au volant. Elle avait quelques centaines d'euros et un réservoir d'essence à moitié plein. Mais surtout les pages arrachées du registre lui fournissaient une précieuse adresse.

24

Nathan s'était battu au collège. Un autre gamin avait dit du mal de sa mère et il lui avait fracturé le nez d'un coup de tête. Ce qui lui avait valu une exclusion provisoire.

Autour de la table du dîner, les visages de Timéo et de Lola trahissaient la tension qui régnait. On n'entendait que le bruit des couverts. Élodie, elle, ne mangeait pas. Elle se demandait comment Vincent et elle allaient gérer leurs plannings professionnels respectifs avec un enfant en crise à la maison.

Nathan traversa la salle à manger sans un regard pour la compagne de son père. Il attrapa la barquette métallique de lasagnes qui traînait sur la table et pénétra dans la cuisine.

— Quelqu'un d'entre vous sait où se trouve Vincent ? demanda Élodie.

— Sûrement en train de faire ses bagages, fit Nathan, vu l'ambiance qui règne ici.

Il actionna le micro-ondes. Des éclairs se produisirent et les lasagnes prirent feu.

— Pas de métal dans le micro-ondes ! s'énerva Élodie en se précipitant vers la cuisine. Combien de fois il faut te le répéter ? Va t'asseoir à table et prends mon assiette, je ne l'ai pas touchée.

— Elle sera froide, elle aussi.

Élodie retira la barquette et la passa sous l'eau en disant :

— Apporte-la-moi, je vais te la réchauffer au four.

— Non merci, trancha-t-il, amer.

— Ce qui s'est passé à l'école ne te suffit pas ? Faut que tu ramènes ton agressivité à la maison, aussi ?

— T'aurais fait quoi à ma place, quand il a traité maman de « sale tueuse d'enfants » ? Tu te serais écrasée ? Ou t'aurais applaudi, peut-être ?

Vincent ouvrit la porte, les bras chargés de sacs de Burger King.

Un silence suspect remplaça les cris.

— T'aurais pu me dire que tu ramenais à dîner, réprouva Élodie.

— Qu'est-ce qui se passe, ici ? demanda Vincent en fixant tour à tour ses enfants.

— Rien, p'pa! ironisa Lola. Tout baigne en ce moment, non?

— J'en ai marre de vivre ici ! sanglota Nathan. Je veux retourner chez nous !

— Mais tu es chez toi, ici, Nathan, intervint Élodie.

— Non ! Je suis chez *toi* ! hurla-t-il. Ça t'a pas suffi de nous prendre notre père, faut que tu nous prennes notre maison aussi ?

Élodie voulut réagir, mais Vincent lui fit signe de le laisser gérer. Ce qu'il fit, calmement.

— Élodie n'a rien pris à personne, Nat. C'est moi qui ai quitté votre mère. Et moi seul. Et si vous êtes contraints de vivre ici en ce moment, c'est parce que maman est en cavale. C'est ça, la vérité. Alors on va tous se calmer maintenant et on va essayer d'effacer de notre mémoire ce qui vient d'être dit parce que ça ne correspond pas du tout à la réalité. Mais alors pas du tout. Je comprends que tu sois excédé, Nat. Tu sais pourquoi ? Parce qu'on l'est tous. Je comprends aussi que ta mère te manque, comme elle manque à ton frère et à ta sœur. Et à moi aussi, figure-toi. Quant à ton « chez-toi », comme tu dis, je peux t'y emmener de temps en temps, si tu veux.

— Je pourrai dormir là-bas ? murmura-t-il, les yeux rougis.

— Bien sûr. De temps en temps. Je te demande juste de prendre un peu plus sur toi pour qu'on arrive tous à tenir, le temps qu'il faudra. Tu veux bien essayer ?

Nathan laissa couler ses larmes et hocha la tête.

Puis il courut s'isoler dans sa chambre.

25

De retour dans l'open space du Bastion, Wim photographiait sur son iPad divers documents récupérés chez le juge d'instruction. Autour de lui, les policiers étaient en liaison avec les gendarmes du plan Épervier. À l'instar de fourmis travailleuses, ils allaient et venaient, chacun porteur de bribes de données. Ils vérifiaient les appels de ceux qui prétendaient avoir vu la fugitive et ces localisations insolites finissaient épinglées en couleur sur l'immense carte de France qui recouvrait tout un pan de mur.

Kassar était au téléphone. La main sur une oreille, elle tentait d'atténuer le brouhaha autour d'elle.

— Il est avec vous, là ? ... Vous pouvez me le passer, s'il vous plaît ? Merci, capitaine.

Elle se tourna vers Wim et lui lança :

— Elle a braqué une armurerie à Marseille et a volé la voiture du proprio. Allez savoir où elle est, maintenant…

Wim contourna son bureau pour rejoindre la policière. Luigi s'approcha de la carte et entoura le mot Marseille d'un gros trait rouge.

— Bonjour, monsieur. Commandante Nayla Kassar, brigade criminelle de Paris. J'ai juste deux ou trois questions à vous poser, ça ne sera pas long… je sais, monsieur, mais c'est toujours comme ça avec les flics, vous savez bien… Elle a volé des armes ?

— Vous pouvez mettre le haut-parleur, s'il vous plaît ? demanda Wim.

— Pas même des munitions ? poursuivit-elle en l'enclenchant.

— Non, juste le listing des ventes de 2005, grésilla la voix du vendeur sur le téléphone fixe.

Kassar leva des yeux médusés vers Wim, avant de poursuivre.

— Vous pouvez nous e-mailer ce listing ?

— Plus maintenant.

— Comment ça ?

— À l'époque, c'était mon père qui tenait le magasin et il détestait l'informatique. Il notait tout à la main sur un registre. Elle a arraché les feuilles d'octobre 2005.

— À quoi ça lui sert, bordel ? pesta Kassar pour elle-même.

— À retrouver l'adresse du premier acheteur de l'arme, déduisit Wim en affichant un document sur sa tablette.

— Bonjour, monsieur. Agent spécial Haag d'Europol.

— Europol ? Putain on est dans un film, là !

— Malheureusement non, monsieur. D'après le fichier AGRIPPA, qui répertorie les armes, ce revolver 1873 est sorti de la Manufacture d'armes de Saint-Étienne en 2004 pour être livré chez vous. Or, aucun acheteur n'est répertorié. Vous expliquez ça comment ?

À l'autre bout du fil, il y eut un silence gêné.

Kassar leva le pouce. Elle avait compris où voulait en venir son collègue. Wim poursuivit :

— Le 1873 était classé en 8e catégorie à l'époque, arme de collection. À ce titre, il pouvait être vendu à toute personne majeure sans autorisation, mais son identité devait être enregistrée. Où sont les papiers ?

— Si j'ai repris la boutique, c'est parce que mon père avait alzheimer. En dehors de son registre, au niveau paperasse cette année-là, c'était un cauchemar.

— Donc, vous n'avez aucun autre document que ce fameux registre pour identifier ce client ?

— C'est bien ça, monsieur.

— Combien de caméras de surveillance avez-vous ?

— Deux.

— Qui sont placées ?

— Une à l'entrée et une derrière le comptoir.

— Orientée vers les clients, c'est ça ?

— Absolument.

Kassar hocha la tête et reprit la main.

— Merci de votre collaboration, monsieur. Vous pouvez me repasser le capitaine ?

Wim dégaina son portable et composa un numéro en s'approchant de la baie vitrée.

— Helifirst ? Ici l'agent spécial Haag d'Europol. J'ai besoin de me rendre à Marseille... Dans une demi-heure.

Il se tourna vers Kassar, qui répondit d'un hochement de tête.

— On sera deux passagers, conclut-il.

26

Le soleil se couchait sur Marseille. C'était une Marion aux aguets qui conduisait la Duster le long de l'avenue du Général-Leclerc. Pour éviter de se faire remarquer, elle roulait à une allure raisonnable tout en gardant un œil sur le GPS.

« … après son évasion spectaculaire du palais de justice de Paris. La romancière reste introuvable, malgré les importants moyens de recherche déployés. Présentée comme très intelligente, la fugitive apparaît désormais sur la liste des criminels les plus recherchés par Europol. »

Absorbée par ce qu'elle venait d'entendre, Marion manqua d'emboutir la voiture devant elle. Elle écrasa la pédale de frein, provoquant la colère des automobilistes qui la suivaient. Son moteur avait calé. Des klaxons hurlèrent. Elle s'excusa d'un geste dans le rétroviseur, coupa la radio et ferma les yeux pour calmer son stress.

On la dépassa et on l'injuria vertement.

Elle redémarra et se trouva bientôt au cœur du Panier. Situé sur la rive nord du Vieux-Port, ce quartier était le plus ancien non seulement de Marseille, mais d'Europe. Son lacis de ruelles étroites et ses volées d'escalier en faisaient un véritable village dans la ville. Ses maisons aux façades colorées, son linge séchant aux fenêtres évoquaient des villes méditerranéennes comme Naples et ses façades tout en hauteur.

Marion fut bientôt contrainte de se garer car la rue devenait piétonne. Le nom qui figurait sur les pages du registre était « Toni Vurchio ». Et, à l'adresse indiquée, se dressait un petit hôtel aux couleurs délavées.

Un jeune homme en sortit en courant, un tiroir-caisse à la main. Il était poursuivi par un individu plus âgé. Marion n'eut pas le temps de s'écarter. L'impact la projeta à terre avec le voleur et son butin. Il se redressa, frustré, et donna un violent coup de pied à la responsable de sa chute avant de prendre la fuite, bredouille.

— Merci, madame, dit le propriétaire essoufflé, en aidant Marion à se relever. Si tout le monde était comme vous…

Son accent méridional soulignait sa gentillesse.

— Je m'en serais bien passée, grimaça-t-elle, la lèvre en sang.

Une jeune employée sortit de l'hôtel et les rejoignit.

— Tout va bien, monsieur Vurchio ?

— Moi, oui… c'est madame qui a tout pris. Tu peux ramasser les thunes, s'te plaît, Maha ? Il vous a bien esquintée, madame. Venez à l'intérieur, on va soigner ça.

— Vurchio, euh… Toni Vurchio ? bredouilla Marion entre ses dents.

— Oui, pourquoi ?

— C'est vous que je venais voir, justement.

À bord de l'hélicoptère qui survolait la Provence sous un ciel de sang, Haag et Kassar visionnaient les images de surveillance de l'armurerie.

— Vous avez vraiment arrêté trois cents fugitifs avec l'ENFAST ? lança la commandante en remettant son microphone en place.

— Mmmm, confirma Wim en ajustant son casque. Ils commettent tous une erreur à un moment donné, vous savez ? En général, dans les premières soixante-douze heures. Scriba aura besoin de cash, elle sera tentée d'appeler ses proches, devra faire confiance à quelqu'un ou sera reconnue quelque part. La plupart du temps, ce n'est pas nous qui les arrêtons, ce sont eux qui se font arrêter.

Un détail retint son attention sur l'enregistrement de la caméra du comptoir. Il fit défiler l'image en arrière, la figea, puis l'agrandit.

— Oh, là là… Elle est très forte, mais nous aussi.

La page du registre que Marion consultait se reflétait dans ses lunettes de soleil. Wim composa un numéro sur son portable, ce qui fit réagir Kassar.

— Attendez, vous n'allez quand même pas me dire que…

— Si ! l'interrompit-il en souriant. Allô, Lisa ?

Il souleva un des écouteurs de son casque pour y glisser son téléphone et parla fort pour couvrir le rugissement du rotor.

— C'est Wim à l'appareil… Je suis toujours vivant, oui. (Il laissa échapper un rire en se tournant vers Kassar.) … Écoute, j'ai un petit défi à relever pour toi. Un reflet à extraire dans des lunettes de soleil. … Comment ça pour quand ? Pour tout de suite… Écoute, ça fait un bout de temps que je te fous la paix, Lisa, alors me dis pas que je te harcèle ! … OK, t'es un amour, je t'envoie ça tout de suite.

L'hélicoptère s'inclina et se dirigea vers le soleil de Marseille qui désertait le ciel.

Accoudée au bar de l'hôtel, un pack de glace sur les lèvres, Marion écoutait Toni lui expliquer pourquoi il s'était procuré le 1873.

— J'ai acheté ce revolver il y a dix-neuf ans, quand je me suis installé ici. Le Panier avait mauvaise réputation et l'armurier m'a dit que je n'avais pas besoin de permis parce que c'était une arme de collection. Mais, au bout de dix ans, j'ai fini par m'en servir et j'ai blessé quelqu'un. J'ai détesté ça et j'ai préféré m'en débarrasser.

— Vous en avez fait quoi ?

— Je l'ai vendu à un Sicilien de passage que sa femme trompait.

— Vous vous souvenez comment il s'appelait ?

— Non, mais il habitait Gênes. En cherchant bien, je dois pouvoir retrouver la facture des nuits qu'il a passées ici.

— Ce serait formidable.

— Je peux vous demander pourquoi vous vous intéressez à…

— Je ne préfère pas vous le dire. Je serais obligée de vous mentir et ma présence ici risque déjà de vous mettre dans l'embarras.

— Pourquoi ?

Elle désigna du menton le poste de télé allumé au-dessus du comptoir.

— Vous ne regardez pas les infos ?

— À quoi bon ? Il n'y a que des mauvaises nouvelles. Comme dit ma mère : « Plus on a peur, plus on regarde. Et plus on regarde, plus ils font de fric avec leurs pubs à la con. » Il y a bien longtemps que les infos ne servent plus à informer.

— Si seulement tout le monde pensait comme vous… Vous me laisseriez utiliser votre téléphone ?

Sous les yeux sidérés des touristes venus profiter de la fraîcheur nocturne sur le Vieux-Port, l'hélicoptère transportant Haag et Kassar se posa à l'échangeur du carénage, là où une œuvre d'art moderne reproduisait justement l'hélistation du circuit Paul-Ricard.

Sur la chaussée voisine, une voiture de police attendait. Les éclats bleus de ses gyrophares illuminaient par intermittence les visages anonymes. Les enquêteurs descendirent de l'appareil et se dirigèrent tête baissée vers le véhicule.

Tout en s'installant sur la banquette arrière au tissu déchiré, Wim ne quittait pas des yeux l'image qui se téléchargeait sur son iPad. Lisa avait réussi à agrandir le reflet dans les lunettes noires de Marion et avait floppé l'image pour la remettre à l'endroit. L'une des adresses correspondait bien à la vente d'un revolver 1873. Et le propriétaire était un certain Toni Vurchio, 12 bis, rue du Petit-Puits.

Quand Vincent reçut le coup de fil de son ex-femme, il était à la fois soulagé et terriblement inquiet.

— Putain, Marion, merci d'appeler… qu'est-ce que je peux faire pour t'aider ?

— Ne pas m'en vouloir pour l'enfer que je vous fais vivre, répondit-elle. Et tenter de rassurer les enfants. Je retrouverai celui qui a fait ça, Vincent. Et tout ça s'arrêtera, je te le promets.

— Les flics sont venus fouiller chez moi. Ils voulaient que je les aide à t'arrêter sans violence.

— C'est mal connaître mon ex, répondit Marion avec tendresse. Dis aux enfants que je les aime.

Et elle s'empressa de raccrocher.

— J'ai retrouvé la facture, dit Toni en rejoignant Marion. Le type s'appelait Massimo Ponzano. Il y a son adresse à Gênes.

Soudain, Toni s'immobilisa. Sur le poste de télé au-dessus du comptoir, s'affichait le visage de Marion en blonde. Il se tourna vers elle et Marion retira ses lunettes noires. Tandis qu'ils se dévisageaient en silence, le commentaire du journaliste la décrivait comme une meurtrière en fuite.

Le rugissement d'une sirène de police paralysa Marion davantage. Jamais elle n'aurait le temps d'atteindre le Duster de l'armurier garé beaucoup trop loin !

— Par ici ! cria Toni. Vite !

Marion ramassa son sac à dos Spiderman et le suivit en boitillant.

À l'extérieur, une voiture de police déboucha au bout de la rue piétonne, gyrophare fendant la nuit.

La sortie de secours de l'hôtel donnait sur la rue de la Charité. La petite Yaris GR Sport de Toni y était garée. Toni déverrouilla les portières et ils grimpèrent à bord.

— Ne vous inquiétez pas, madame. Je connais ma ville. Ceinture !

Marion obéit. Toni démarra sur les chapeaux de roues. Le crissement de pneus de la Yaris qui débouchait au bout de la rue attira l'attention des policiers qui venaient de s'arrêter devant le petit hôtel.

— Là-bas ! hurla Kassar au chauffeur.

La voiture de police bondit comme un cheval de course et prit en chasse les fuyards. Elle vira à gauche, évitant de peu un scooter qui surgissait sur sa droite.

Marion se retourna et aperçut, à travers le pare-brise arrière, le véhicule de police, gyrophare allumé et sirène hurlante.

— Ils nous ont repérés ! s'écria-t-elle, paniquée.

— Nous repérer, c'est facile, ricana Toni. Nous suivre, c'est autre chose.

La Yaris fit une embardée et prit une rue à contresens. Marion pâlit en apercevant la Jeep qui arrivait en face. Toni écrasa le frein et tourna le volant. Hurlements de pneus, klaxon, injures. La Yaris grimpa sur le trottoir et poursuivit sa course.

Derrière, la voiture de police l'avait suivie. Mais les véhicules arrêtés et leurs conducteurs descendus étaient autant d'obstacles qui retardaient sa progression.

— Avancez, bordel de merde ! hurla Kassar au chauffeur.

L'inspecteur se contenta de jeter un œil dans le rétro. Le léger acquiescement de l'agent d'Europol valait consentement. Ses mains moites se cramponnèrent un peu plus fort sur le volant et, dans un jaillissement d'étincelles, il arracha l'aile d'une Mercedes en stationnement.

— Pute borgne ! Ils vous veulent vraiment, hein ! ? s'exclama Toni en jetant un œil dans le miroir latéral.

Surgissant sur sa droite, une camionnette de livraison percuta l'arrière de la Yaris, l'entraînant dans un tête-à-queue de 180 degrés. Les fugitifs voyaient à présent, face à eux, la voiture de police qui, d'une seconde à l'autre, allait les rejoindre. La rue était trop étroite pour réaliser un demi-tour. Et, tandis que le livreur descendait pour faire un constat, Toni se retourna et entama une marche arrière endiablée.

La voiture de police braqua pour contourner la camionnette et mordit le trottoir, évitant de justesse un groupe de piétons.

Kassar s'énervait de plus en plus contre le chauffeur.

— Si vous n'allez pas plus vite, je vous fous dehors et je prends le volant !

Le pire, dans cette marche arrière effrénée, était que les fugitifs pouvaient voir la distance entre les véhicules se réduire.

Marion se retourna sur son siège à l'affût d'un danger qui pouvait surgir de l'arrière à chaque instant. Quand elle fit volte-face, elle eut la vision surréaliste de Kassar qui la mettait en joue, penchée à sa fenêtre ouverte.

Le coup de feu éclata le pare-brise.

Dans un élan désespéré, Marion se jeta sur le côté, mais cela n'empêcha pas la balle de déchirer son flanc gauche. La douleur fulgurante lui fit pousser un cri.

Un crissement de pneus prit le relais. Toni effectua un demi-tour en pleine course qui repositionna le véhicule en marche avant. Il violenta les vitesses et défonça les garde-fous de l'avenue Robert-Schumann qui se plièrent comme du fer-blanc. L'instant d'après, la Yaris plongeait dans un immense escalier.

Attablés à l'extérieur, les clients du bistrot qui faisait l'angle eurent à peine le temps de s'écarter que la voiture de police s'engouffrait à son tour dans les deux volées de quarante marches.

Toni lutta contre le volant et vira à droite pour éviter le camion poubelle qui débouchait. Sur le siège passager, Marion faisait de son mieux pour stopper l'hémorragie en pressant les mains sur son flanc. Restait que le sang suintait entre ses doigts.

La voiture de police tenta de suivre la Yaris, mais le poids lourd bouchait déjà totalement la rue.

Le policier sauta sur les freins. Après un long dérapage, son véhicule vint percuter la benne à ordures ménagères.

Kassar bondit à l'extérieur, pistolet au poing, trop tard. La Yaris avait disparu à l'angle de la rue. Elle reprit sa respiration tandis que Wim la rejoignait. La lumière de la lune se reflétait sur les carrosseries et faisait briller le Glock dans ses mains.

— Vous ne pouvez pas prendre ce genre de risques, commandante.

— Dites ça aux parents des enfants exécutés, rétorqua-t-elle. PR-879-RM13, c'est leur immatriculation.

— On aurait pu blesser quelqu'un pendant cette poursuite.

— On a blessé quelqu'un. On va mettre les hôpitaux et les cliniques de la région sous surveillance. Ou elle accepte d'y faire un tour, ou elle meurt.

27

L'écho de la poursuite résonnait encore à leurs oreilles. Tout en conduisant, Toni dégageait les derniers morceaux de pare-brise gênant sa vision. L'air nocturne qui s'engouffrait dans l'habitacle aida Marion à rester alerte, mais elle n'en menait pas large. Pressant la main contre son flanc, elle sentait la chaleur de son sang à travers les vêtements de sa fille. Elle avait eu de la chance. Un peu plus haut et la blessure aurait été fatale. Sa main gauche s'aventura vers le bas de son dos à la recherche d'une plaie qu'elle trouva. La balle était ressortie, mais toute la zone était à vif.

Marion songea à la facilité avec laquelle les héros de ses romans surmontaient la douleur de leurs blessures. Sa vie quotidienne de mère de famille lui avait fait oublier la violence de la jungle colombienne et ce coup de feu sonnait comme une piqûre de rappel. Les policiers qui la poursuivaient n'avaient pas hésité à tirer en pleine rue. Qu'est-ce qui motivait chez eux pareil acharnement ? L'hypothèse qui germa dans sa tête la fit frissonner. Elle savait beaucoup trop de choses. Cherchait-on à l'éliminer ?

— Ça va aller ? lui demanda Toni en jetant un œil sur sa blessure.

— Pas vraiment, grimaça-t-elle. Je suis désolée pour votre voiture, je…

— J'ai toujours rêvé d'une décapotable. Et par la chaleur qu'il fait, c'était le bon moment.

Marion n'en revenait pas de l'optimisme de son bon Samaritain.

— Il faut que vous me déposiez quelque part, monsieur Vurchio, vous n'aurez que des emmerdes avec moi.

— Je ne peux pas vous lâcher comme ça dans la nature, je vous emmène aux urgences.

— C'est la pire chose que vous puissiez faire ! pouffa-t-elle. Les hostos doivent signaler immédiatement certains types de blessure. Ils me retrouveraient tout de suite.

La douleur était extrême, constante, et toutes les deux minutes elle grimpait à une telle intensité que Marion manquait chaque fois de s'évanouir.

— Je suis accusée de meurtre, monsieur Vurchio.

— Toni, rectifia-t-il.

— Écoutez, Toni… je me suis évadée, OK ? L'aide que vous m'apportez vous rend complice de ma cavale. Entrave à la justice, recel de criminel, ça vaut trois ans de taule !

— Comment vous savez tout ça ? Vous êtes avocate ?

— Non. Je lis beaucoup. Et j'écris, aussi.

— Genre quoi, comme bouquins ?

— Des polars.

— Des polars ? Ma mère adore les polars. Elle vous a peut-être lue ? Vous êtes connue ?

— Malheureusement oui… mais pour autre chose que mes romans. La police pense que j'ai tué un gamin. Et même si c'est faux, tout prouve que c'est moi.

— Pour l'instant, vous pissez le sang. Si je ne fais rien c'est pour non-assistance à personne en danger que je serai condamné. Alors maintenez la pression sur cette plaie et ma mère va s'occuper de vous recoudre. Elle est très douée en chirurgie.

La Yaris toute cabossée franchit le panneau de La Penne-sur-Huveaune et grimpa le long de ses collines. Le chant paisible des cigales du pays d'Aubagne contrastait avec la violence dont la carrosserie portait encore les marques.

Quelques minutes plus tard, la lumière chaude des phares illuminait la cour d'un mas provençal au pied duquel s'étendaient des vignes et des champs d'oliviers. Toni descendit de voiture et la contourna pour porter secours à sa passagère.

Une vieille femme, sèche comme une datte, sortit sur le perron. Son visage racontait la Provence. Grillé par le soleil, fouetté par le mistral, mordu par le sel.

— Oh Toni, qu'est-ce que tu nous fais, fils ? Tu massacres ta voiture toute neuve ! reprocha-t-elle en découvrant l'épave.

— Y a plus grave comme problème, maman.

Toni aida une Marion à demi consciente à s'extirper du véhicule. Sa plaie au flanc saignait abondamment.

— Oh, fan de chichoune ! Où est-ce que vous vous êtes viandés ?

— Trop long à t'expliquer. Viens me donner la main plutôt que de tchatcher, là.

— C'est qui, cette bombasse ?

— Elle est poursuivie pour une drôle d'affaire.

La vieille dame aida son fils à soutenir Marion qui tenait à peine debout. En apercevant son visage, elle s'écria :

— Marion Scriba ?

— La fugitive, ouais, je sais…

— Non, la romancière ! C'est d'elle que je te parle sans arrêt, j'ai lu tous ses bouquins !

— Ben, si tu veux qu'elle en écrive d'autres, va falloir que tu te surpasses.

La mère examina la blessure et grimaça, mais c'était surtout la pâleur impressionnante de sa future patiente qui l'inquiétait.

— Amène-la à l'intérieur. Il faut l'opérer de suite. Tu connais son groupe sanguin ?

— Et comment je le connaîtrais ? Tu demandes ça aux gens que tu rencontres, toi ?

— AB positif, bredouilla Marion entre deux gémissements.

— Comme moi ! fit Toni.

— Ben tant mieux, parce que je vais devoir la transfuser. Vous avez beaucoup de talent, vous savez, Marion Scriba ? Même si je vous préfère en blonde.

— Merci, madame.

— Pas madame, Fanny.

L'intérieur du vieux mas avait tout du style provençal avec son séjour terracotta et le vert rustique de sa cuisine. La pierre s'y conjuguait avec l'osier, les tomettes et le lin. Sous les poutres apparentes du plafond, la salle à manger avait été transformée en bloc opératoire. La table était recouverte d'un drap et Marion y était allongée. Autour d'elle, Toni et sa mère s'activaient. Fanny avait mis en place une transfusion directe de bras à bras, méthode que l'on pratiquait en cas d'urgence sur les champs de bataille. Après quelques minutes incertaines, le sang de Toni redonnait des forces à Marion.

— Qu'est-ce qui s'est passé ? demanda Fanny en nettoyant la plaie.

— La police nous a tiré dessus. La balle a traversé le pare-brise…

— Et elle a eu la bonne idée de ressortir. Où est la morphine ?

— Derrière toi, maman.

Elle se retourna, attrapa le flacon d'analgésique sur la commode et en remplit une seringue.

— Est-ce que… je vais m'en sortir, docteur ? grimaça Marion.

Fanny injecta le produit autour de la blessure en disant :

— Quand je vais dire aux copines du club de lecture que j'ai opéré l'auteure de *L'Enfer vert*…

— Docteur… est-ce que je vais… m'en sortir ? insista Marion.

— C'est pas évident, ma belle, mais je vais faire mon possible.

— Comment ça, « pas évident » ? Vous… vous avez déjà opéré ?

— Bien sûr ! Je suis vétérinaire.

Marion se tourna vers Toni qui avait omis d'évoquer ce détail.

— Aucun patient ne s'est plaint, jusque-là.

28

Kassar avait établi un camp de base dans le petit hôtel du Panier. Les collègues de la DTPJ de Marseille, arrivés en renfort, y procédaient à une perquisition. La commandante avait contacté le juge Petit qui l'avait autorisée de manière anticipée.

Wim, lui, s'imprégnait des lieux. Ce décor modeste en disait long sur son propriétaire. Rien dans ce que l'agent voyait n'évoquait la délinquance ou le blanchiment d'argent. Toni Vurchio était un petit hôtelier qui faisait le moins de réparations possibles pour maximiser ses marges. Il exploitait la position géographique avantageuse de son commerce dans un quartier rendu populaire par les séries télévisées. Sa clientèle allait sûrement de la classe moyenne aux retraités.

Wim rejoignit Kassar qui auditionnait Maha, la frêle et jolie secrétaire de Vurchio. D'origine tunisienne, elle avait grandi à Marseille, à en croire son accent. C'était la première fois qu'elle répondait à un interrogatoire de police et le tremblement de sa voix trahissait le stress qui la tenaillait. Le départ précipité de son patron lui avait laissé la charge de gérer la crise, ce qui était largement au-dessus de ses compétences.

Elle escorta Wim et Kassar jusqu'au bureau qu'occupait Vurchio. Une table de travail, quelques effets personnels, mais aucun indice évoquant une vie privée.

— La femme de M. Vurchio est morte récemment, commenta Maha depuis l'entrée, comme si elle s'interdisait de violer l'intimité de son employeur.

Wim ouvrit la porte d'un placard. Des vêtements, des baskets, le portrait d'une belle femme. Wim se tourna vers Maha, une question dans le regard.

— C'est Mme Vurchio, confirma la jeune fille. Elle était si gentille !

— Savez-vous où votre employeur aurait pu aller ? demanda Kassar. En dehors de son domicile, je veux dire. Des parents, un meilleur ami ?

— M. Vurchio est très discret, vous savez. Il ne confie pas ce genre de chose à son personnel.

— Vous n'avez pas reconnu Marion Scriba quand vous l'avez vue ? s'enquit Wim.

Elle secoua la tête.

— Pourtant son visage fait la une des médias en ce moment.

— Elle ne ressemblait pas à la photo qu'on nous montre à la télé. Elle était brune, cheveux courts, habillée comme un garçon, elle portait des lunettes noires… je ne pouvais pas la reconnaître. M. Vurchio non plus, d'ailleurs.

Wim se dirigea vers la table de travail et voulut en inspecter le tiroir.

Il était verrouillé.

— Vous avez un double de la clé, mademoiselle ?

— Non, sourit-elle, ce sont les affaires de M. Vurchio, et du reste je ne viens jamais dans cette pièce.

Sans le moindre scrupule, Wim se saisit d'un coupe-papier et força la serrure. Choquée, Maha se tourna vers Kassar, qui soupira avant d'enchaîner :

— Est-ce qu'ils se connaissaient, tous les deux ?

— Non. Mais elle venait voir M. Vurchio, en tout cas.

— Vous savez ce qu'ils se sont dit ?

Maha réfléchit un moment avant de répondre.

— Je n'ai pas entendu, mais… j'ai vu de loin qu'elle avait une arme.

Dans le tiroir du bureau, Wim découvrit un agenda. Et, tandis qu'il le feuilletait, une carte de visite glissa entre deux pages. L'agent d'Europol la prit entre ses doigts.

Mireille Vurchio
Clinique vétérinaire de La Penne

Il se retourna vers Maha et lui montra la carte en attendant une réponse. La jeune femme baissa la tête et murmura :

— C'est sa mère.

Wim releva les yeux, songeur. Il pensait à Scriba, aux risques que cette ex-guérillera en liberté représentait pour les gens qu'elle croisait. Qu'était devenu cet hôtelier qu'elle avait pris en otage et entraîné dans une course folle ? Allait-elle se débarrasser de lui et de sa mère vétérinaire après qu'elle l'aurait soignée ?

29

La Penne-sur-Huveaune, Pays d'Aubagne
JOUR 6

Couchée sur le dos, un oreiller sur le visage, Marion se réveilla. Elle avait entendu des voix.

C'est la police, paniqua-t-elle. *Ils sont venus m'arrêter.*

Elle voulut se lever, mais sa blessure au flanc la rappela à l'ordre. Il lui fallut un moment pour se remémorer les événements de la veille. Mais, en entendant la voix de cette vieille femme à l'accent chantant, la mémoire lui revint.

Elle était chez Fanny, la vétérinaire qui l'avait opérée.

Elle jeta un coup d'œil à la chambre : un décor rustique, tapis tressé, meubles peints et porte en chêne massif. Des piles de livres tapissaient les murs jusqu'à une hauteur de deux mètres environ et, sur la table de chevet, se trouvaient ses romans.

Le réveil affichait 6 h 10. Il fallait qu'elle parte. La police l'avait peut-être déjà repérée. Marion se redressa prudemment sur un coude, grimaçant sous l'effet de la douleur. Elle examina le bandage qu'elle portait autour du ventre. Il était légèrement taché de sang.

Du travail bien fait, songea-t-elle.

Elle voulut se mettre debout trop vite et, perdant l'équilibre, fit tomber la carafe d'eau qui se trouvait sur la table de nuit.

Le bruit attira l'attention de Fanny qui entra avec un plateau.

— Je rêve ou ma romancière préférée s'est réveillée ? Un bon petit déjeuner provençal, ça va vous faire du bien.

— Écoutez, Fanny, c'est vraiment adorable mais je dois m'en aller.

— Vous ne pouvez pas, Marion Scriba, vous êtes encore trop ensuquée.

— Je préfère être « ensuquée » et dehors qu'alerte et en prison.

— Vous êtes aussi têtue que votre héroïne, vous, hein ?

— Mais moins que ma fille…, dit-elle avec nostalgie.

— Vous avez combien de pitchouns ?

— Trois : Lola, Nathan et Timéo…

Un voile de tristesse envahit les yeux de Marion. Refusant de le laisser s'installer, elle se pencha pour ramasser la carafe.

— Laissez ça, malheureuse, vous allez ruiner mon travail de couture.

Fanny l'attrapa et la reposa sur la table de nuit, près des romans.

— Vous allez me faire une petite dédicace, Marion Scriba ?

— Bien sûr.

Fanny lui tendit un stylo-plume et son exemplaire de *L'Enfer vert*.

— Je suis désolée pour les ennuis que ma présence va vous causer, à vous et à votre fils.

— Toni m'a fait un beau cadeau en vous amenant jusqu'ici, répondit Fanny en se délectant des mots que Marion écrivait sur la page de garde.

Elle récupéra livre et stylo et lut à voix haute :

— « À Fanny qui m'a sauvé la vie, Marion Scriba. » C'est magnifique !

— Il ne faut pas que Toni reste ici, dit Marion en se levant avec difficulté. Sa voiture est facilement reconnaissable dans l'état où elle est.

— Ne vous inquiétez pas, il est parti tôt ce matin. Son oncle est garagiste, il va lui rafistoler sa voiture en moins de deux. Et même lui changer la couleur.

— Son immatriculation… ils ont sûrement eu le temps de la relever.

— Il va en changer aussi. Comme Melody Kaplan dans *Narcos*. Je l'adore, celui-là. Quelle imagination ! Ça n'arrête pas !

Marion ne put s'empêcher de sourire.

— Vous êtes très aimable.

— Et vous, très talentueuse.

Elle balaya modestement le compliment et se força à marcher pour voir si la douleur était supportable.

— Doucement, doucement, conseilla Fanny.

— Ne vous inquiétez pas, je me sens bien, grimaça-t-elle.

— Vous n'avez pas l'air.

— J'ai des réserves secrètes.

— Moi aussi, dit-elle en lui tendant un comprimé et un verre de jus d'orange. Ibuprofène 400, un toutes les six heures. J'ai réduit votre entorse et remplacé l'attelle. Ça devrait aller maintenant.

Elle avala la pilule sans rechigner, puis s'approcha de la fenêtre. Le soleil se levait sur les champs d'oliviers. Il y avait, dans le regard de Marion, cette appréhension qu'ont les gens pourchassés.

— Ils vont venir ici, n'est-ce pas ? demanda Fanny.

— Probablement. L'agent d'Europol qui me poursuit est redoutable. C'est comme s'il était dans ma tête, comme s'il devinait ce que je pense avant même que j'en aie conscience. Il trouvera le moyen d'arriver jusqu'ici.

— Vous voulez que je lui dise quoi ?

— Ce que vous voulez, Fanny. Ou ce que vous pouvez. Dites-lui que je vous ai menacée avec mon arme, comme j'ai fait avec Toni.

— Elle n'est même pas chargée.

— Il faut que je prenne la route de Nice. Vous savez s'il y a un bus qui peut m'y amener ?

— Un bus ? Oubliez l'affaire, ils vont vous reconnaître ! C'est que vous êtes encore plus célèbre, maintenant. Non, voilà ce qu'on va faire. Vous allez emprunter ma vieille Opel. Je dois me rendre à Nice demain par le train, je la récupérerai. Il vous suffit de la laisser au parking de la gare et de glisser les clefs et le ticket de stationnement dans la boîte à gants.

Marion hésitait à accepter. Fanny et Toni avaient déjà trop fait pour elle. De plus, elle pouvait être interpellée sur la route à tout moment.

— Ou si vous préférez, poursuivit Fanny, vous attendez tranquillou ici jusqu'à demain et je vous dépose à Nice.

— Je ne peux pas attendre, soupira Marion. Ils vont se pointer, je le sens. D'ailleurs… j'ai besoin de passer un coup de fil. Est-ce que je peux ?

Fanny fouilla dans la table de nuit et sortit un portable en disant :

— Prenez ça, c'est un téléphone à carte. Comme c'est si bien expliqué dans vos romans, ils ne pourront pas vous repérer avec. C'est Toni qui me l'a offert. Il y a souvent des pannes de courant sur les collines et il s'inquiétait de me savoir isolée.

— Attendez, je ne peux pas vous…

— Bien sûr que vous pouvez. Vous *devez*, même ! C'est que je tiens à lire vos prochains polars, moi ! Attendez voir…

Elle l'alluma pour vérifier qu'il était chargé et hocha la tête.

— La prise allume-cigare est dans la boîte à gants.

30

À la lueur du soleil levant, les paysages vallonnés du pays d'Aubagne se teintaient de rouge et d'or. Étourdi par le vacarme du rotor que son casque atténuait avec peine, Wim contemplait les vignes et les champs d'oliviers que l'hélicoptère survolait. Assis à côté du pilote, il surveillait du coin de l'œil le point lumineux qui glissait sur la carte 3D. Les coordonnées de longitude et de latitude s'affichaient en temps réel. Selon l'ordinateur de bord, la clinique de La Penne se trouvait à moins de cinq kilomètres devant eux.

Wim se tourna vers Kassar et les deux policiers de Marseille assis derrière lui. Il leur donna ses dernières instructions au micro.

— Il nous la faut vivante, alors personne ne joue au cow-boy, OK ?

La commandante et les inspecteurs acquiescèrent. Wim se pencha vers le pilote et pointa du doigt une portion de l'écran.

— Le mas se trouve au sommet de la colline qui surplombe le village.

L'appareil s'inclina et suivit la vallée de l'Huveaune en direction de La Penne. Bientôt, la bâtisse apparut à l'horizon.

Dans un nuage de poussière, l'hélicoptère se posa au beau milieu de la cour. Attirée par le bruit, Fanny sortit sur le perron. Les bourrasques étaient tellement fortes qu'elle dut placer sa main en visière pour se protéger les yeux.

La puissance de l'air déplacé écrasa Haag et Kassar quand ils descendirent. Ils s'éloignèrent de l'appareil, courbés en deux, suivis des policiers, tandis que le pilote coupait le moteur.

— Vous êtes en train de ruiner mes rosiers avec votre machin, là ! hurla Fanny. Dites à ce mange-merde d'arrêter sa tondeuse.

— Il vient de le faire, madame, mais ça ne s'arrête pas aussi vite qu'une tondeuse ! Commandante Kassar, brigade criminelle de Paris ! cria-t-elle en montrant sa carte de police. Et voici l'agent spécial Haag d'Europol. Pouvons-nous entrer cinq minutes ? Nous avons quelques questions à vous poser.

— Cinq minutes, alors, hein ? Je vous préviens, j'ai une montre et elle marche mieux que moi. Vous n'auriez pas pu venir en voiture, comme tout le monde ? Le bilan carbone, vous en faites quoi ?

Kassar se tourna vers les deux policiers et leur fit signe d'inspecter les alentours. Puis elle suivit Fanny et Wim à l'intérieur.

La vieille dame referma la porte derrière eux et le vacarme diminua.

— On n'a pas le droit, comme ça, d'atterrir n'importe où avec un hélicoptère, s'agaça Fanny. Il faut une autorisation écrite délivrée par le propriétaire ou le maire. Vous l'avez ?

— Et vous, madame ? intervint Wim. Vous aviez l'autorisation d'opérer une fugitive, recherchée par toutes les polices de France ?

— Un soignant n'a pas besoin d'autorisation pour soulager des blessés.

— Mais il a le devoir de signaler aux autorités les blessures par balle, précisa Kassar. Vous l'avez fait ?

— Ça, ce sont les toubibs qui ont ce devoir, madame, je suis vétérinaire. Et mon serment n'est pas celui d'Hippocrate mais de Bourgelat. Dénoncer son prochain n'en fait pas partie. En revanche, il y est dit clairement que la fortune, je cite, « consiste moins dans le bien que l'on a que dans celui que l'on peut faire ». J'ai fait mon possible.

Il y avait quelque chose d'intraitable dans les yeux de cette vieille dame et dans cette manière qu'elle avait de vous renvoyer dans les cordes.

— Arrêtons de jouer, intervint Wim à nouveau. Où est votre fils ?

— En vadrouille. C'est là que sont les minots, en général.

— En cavale, vous voulez dire ? Votre fils a aidé une fugitive à s'enfuir.

— Vous ne l'auriez pas fait, monsieur, avec une arme pointée sur vous ?

— Une arme ? rétorqua Wim en s'efforçant de sourire. Pour réduire la peine que vous encourez, madame, on va dire qu'il vous a menti.

Il ouvrit un dossier sur son iPad.

— J'ai ici la caméra de surveillance de la rue de la Charité, qui porte bien son nom, en l'occurrence. La prise d'otage à laquelle on assiste est pour le moins surprenante.

Il enclencha la lecture et Fanny put voir Toni et Marion s'enfuir ensemble. Ils grimpèrent dans la Yaris sans que l'hôtelier ne soit à aucun moment menacé par elle.

Le rictus insolent de la vieille dame laissa place à une inquiétude de maman.

— Vous connaissez les risques qu'encourt votre fils, madame, pour avoir aidé une fugitive à s'évader ? Trois ans de prison ferme et 45 000 euros d'amende. Article 434-6 du Code pénal : recel de criminel. Sans compter, bien sûr, les dommages et intérêts que les parents des victimes de Scriba pourraient réclamer pour préjudice moral.

— Rien ne dit que Marion Scriba soit une criminelle ! protesta Fanny. Pour cela, il faudrait qu'elle soit jugée et reconnue coupable. Pour l'instant, elle est présumée innocente. Donc, si mon fils a aidé quelqu'un, il a aidé une innocente.

La commandante reprit la main.

— Pour l'instant, madame, votre fils et vous-même, par votre silence, protégez une tueuse d'enfant dont l'ADN a été retrouvé sur l'arme du crime. Je pourrais vous arrêter maintenant pour obstruction à la justice. Et officialiser le statut de fugitif de votre fils.

Fanny se mit à douter. Alors Wim enfonça le clou.

— Je vais vous donner un conseil, madame Vurchio. Le même conseil que j'aurais donné à ma mère si elle s'était retrouvée dans cette situation. Pensez à vous. À vous et à votre fils, car personne ne purgera vos peines à votre place. Vous êtes habitués, tous les deux, à une vie au grand air. Et ni vous ni votre fils ne pouvez savoir dans quelle prison ni avec quel compagnon de cellule vous serez enfermés. Et ce qui est sûr, c'est que vous ne partagerez pas la même. Vous ne vous verrez plus pendant trois ans ou plus.

Ses jambes ne répondant plus, Fanny fut contrainte de s'asseoir.

— La bonne nouvelle, poursuivit Wim, c'est que je veux vraiment coincer Scriba. Pour ça, je suis prêt à négocier. Donnez-moi l'endroit où elle se rend et je ferme les yeux sur le rôle que vous et votre fils avez joué dans sa fuite.

— C'est une personne bien, répondit la vieille dame. Une mère de famille. Elle est incapable de faire du mal à un enfant. À fortiori trois.

— Ce n'est pas à nous d'en juger, madame Vurchio, conclut Wim.

31

Vincent avait passé toute la nuit assis dans son bureau à regarder la télévision, zappant d'une chaîne d'info à une autre.

« … pour le braquage d'un armurier à Marseille, disait la journaliste, *elle lui a volé 250 euros, sa voiture, mais n'a dérobé ni arme ni munitions. »*

Les images de son arrestation, menottes aux poignets, passaient en boucle, de même que sa photo anthropométrique.

« Reste à savoir si la course-poursuite qui a eu lieu hier soir dans le quartier du Panier est liée ou non à la cavale de la romancière. »

Élodie vint s'installer à ses côtés, sur l'accoudoir du divan. La seule lumière de la pièce était celle de l'écran.

— Elle est obligée de piquer de l'argent, l'excusa Vincent. Comment veux-tu qu'elle s'en sorte, sinon ? Si elle utilise sa carte bleue, elle va se faire repérer.

Élodie poussa un long soupir.

— Tu ne veux pas aller dormir un peu ? J'amènerai Lola et Timéo à l'école et…

— Au « collège ». Ne dis pas « école » avec Lola, ça va la vexer.

— Promis. Allez, va te coucher, maintenant…

— Le tueur du gamin s'est enfui en wingsuit, l'interrompit-il. Un saut de mille cinq cents mètres d'altitude. Tu veux m'expliquer comment Marion pourrait faire un truc pareil ? Même le télésiège lui file le vertige. Elle passe son temps la tête dans les bouquins !

Un fossé se creusait dans leur couple. Un véritable gouffre qu'Élodie ne parvenait pas à combler. Ses mains douces tentèrent une approche, mais Vincent se raidit.

— Écoute, dit-elle calmement. Tu ne crois pas qu'on pourrait partir deux jours à la montagne avec les enfants ? Ça leur changerait les idées.

Sidéré, Vincent se tourna vers elle, offusqué.

— Tu entends ce que tu me proposes, là ?

— Oui, j'entends ! s'écria-t-elle, à bout. Les enfants ne peuvent pas faire deux pas dans la rue sans que des paparazzis les assaillent. Ils voient leur mère partout, à la télé, dans les journaux, les autres gosses leur en parlent à l'école ! Et toi, pendant ce temps, tu revis ça, H24, vissé à ton écran ! Même Granny s'inquiète de ta façon de gérer cette crise !

— Laisse ma mère en dehors de ça, tu veux bien ?

— Moi, je veux bien. C'est elle qui ne veut pas. Elle est à côté, là.

— Quoi ?

Vincent plongea la tête entre ses mains.

Élodie s'empara de la télécommande et éteignit le poste. Les bruits en provenance de la salle à manger surgirent aussitôt dans le silence. Et notamment l'accent anglais de Granny. Vincent prit sur lui pour formuler :

— Tu penses vraiment que je suis d'humeur à aller passer des vacances à la montagne ?

— Toi, non, mais... les enfants peut-être. Propose-leur, tu verras bien. Je vais aérer un peu ici, d'accord ?

Il inspira profondément et hocha la tête.

En approchant de la salle à manger, Vincent surprit un échange entre sa mère et Lola qui préparaient le petit déjeuner.

— Je sais que tu essaies de nous aider, Granny, mais il faut que tu trouves un moyen d'être plus cool avec papa. On doit tous, d'ailleurs.

Vincent s'immobilisa et resta caché pour épier la suite.

— Plus « cool » ? s'irrita Granny. Je suis la plus cool des mères possessives, en ce moment. Seulement, j'ai l'impression que rien de ce que j'essaie de faire pour lui ne fonctionne. Ce n'est pas moi qui suis responsable de cette situation, c'est votre mère.

La vieille dame leva les yeux au ciel, le visage crispé. Elle avait du mal à contenir sa rage.

— Je pourrais la tuer, en ce moment.

— Dis pas ça, Granny.

— Je le jure devant Dieu, je pourrais.

Vincent toucha soudain du doigt le chaos que la cavale de Marion créait au sein de sa famille. Un bruit de pas derrière lui attira son attention. Il se retourna.

C'était Élodie qui le rejoignait. Elle put lire l'expression désemparée de Vincent. Pas besoin de mots. Il avait compris.

[illegible] sa tisane et Zoé qui préparaient le petit-déjeuner.

— Je sais que [illegible], mais il [illegible]

[illegible]

— [illegible] Granny. Je suis la plus [illegible]

[illegible]

32

Marion avait décidé d'éviter les autoroutes et les grands axes routiers où la police avait dû dresser des barrages. Elle leur avait préféré les routes communales sur lesquelles elle progressait en respectant les limites de vitesse.

Elle repensa à tout ce que ses lectures lui avaient appris sur les fugitifs et notamment aux règles de la cavale : ne pas sortir après 20 heures pour ne pas se retrouver à découvert ; traverser les frontières, ne jamais se poser quelque part pour éviter d'être repérée ; et surtout se procurer du cash, mais pas auprès des gens de sa famille car leurs comptes étaient surveillés. Bientôt, le signal sonore d'un passage à niveau la ramena à la réalité.

Les barrières se fermèrent avant que la vieille Opel Rekord ne puisse l'atteindre. Marion était nerveuse à l'idée de rester bloquée sur cette route, même quelques minutes. Elle regarda autour d'elle, à l'affût de ce qui pouvait représenter un danger… Mais l'endroit était désert.

Elle attrapa le portable de Fanny et composa le numéro de son éditeur, qu'elle connaissait par cœur.

— Bob, c'est Marion.

Quelques secondes de silence puis le murmure de Narcejac.

— Marion… tu es… incroyable. J'ai toujours dit que tu avais le sens du retournement, mais alors là… tu as fait fort. Tu tiens le coup ?

— D'après toi ?

— C'est délirant, cette histoire ! Tu m'aurais écrit ça dans un roman, je t'aurais dit que…

— … c'était pas crédible. Je sais. Moi-même, je n'arrive pas à y croire. J'ai besoin d'argent, Bob.

Un silence gênant s'ensuivit. Quand Narcejac parla à nouveau, son ton était celui d'un homme politique, cherchant à ménager la chèvre et le chou.

— Marion, tu me demandes de devenir complice d'une criminelle évadée, là. Je ne peux pas t'envoyer du cash. En revanche, je peux te verser un gros à-valoir sur ton compte, parce que… tes ventes décollent.

— Quoi ? Les ventes duquel ?

— De *Frontera*, mais les titres d'avant, aussi. Il y a un coefficient multiplicateur de folie. Amazon et la Fnac sont en rupture. Sur Datalib, tes titres sont déjà dans le top 100 du polar. On a un réassort tous circuits. Alors on réimprime comme des malades pour faire face à la demande et ce n'est pas évident la semaine où les prix littéraires sont remis. Tu es toujours là ?

— Oui, oui, je… (Elle soupira, dégoûtée.) S'il faut tuer des gosses pour vendre des livres maintenant.

— Tu ne les as pas tués, ces mômes ?

— T'es dingue ou quoi ?

— Ben tu n'as aucun scrupule à avoir, alors ! Ce qui t'arrive, c'est mieux que des dommages et intérêts, crois-moi.

— Putain, les gens sont fous…

— Ben, qu'ils le restent au moins jusqu'à Noël. On a évidemment prévenu nos réseaux, nos acheteurs, nos représ. L'idée, maintenant, c'est d'activer la force de vente pour qu'elle mobilise les libraires, histoire de pousser *Frontera* dans les bons de réassort de fin d'année en le mettant direct meilleure vente. Marion… on ne pouvait pas prévoir ce qui se passe, là, mais maintenant on peut. Alors tu sais quoi ? Tu me finis ton nouveau roman, c'est le mieux que tu puisses faire en cavale.

— Je n'ai pas mon ordi, Bob.

— Écris à la main ou récupère ton manuscrit sur le cloud.

— Je n'arrive pas à écrire la fin. Et ce n'est pas sur la route que je vais trouver.

— On s'en fout, de la fin, Marion. Boucle-moi cette histoire et on la sort pour les fêtes. Faut profiter de la vague, là. Même *Palimpseste* est en train de cartonner. On n'a jamais autant parlé de toi.

— Ouais… comme tueuse d'enfants ?

— *Pour l'instant* comme « tueuse d'enfants » mais, bientôt, comme victime d'une erreur judiciaire. Tu ne les as pas tués, ces mômes. Donc maintenant, tu te planques quelque part et tu laisses notre attachée de presse s'occuper du reste. Jean Valjean. C'est ça, l'angle. Tu sais combien il a vendu d'exemplaires des *Misérables,* Hugo, à travers le monde, avec une putain d'erreur judiciaire ? Des millions.

Soudain, dans son rétroviseur, Marion aperçut une voiture de gendarmerie qui s'approchait. Elle avait surgi de nulle part et s'apprêtait à se ranger juste derrière elle en attendant que les barrières se réouvrent. Elle fouilla son sac à dos Spiderman à la recherche des lunettes de soleil de Nathan.

— Je dois te laisser, Bob.

— Pas de problème. Tu ne craques pas, tu me torches cette fin et…

Elle raccrocha et chausse ses lunettes. Son cœur battait la chamade. Le gendarme l'observait-il ? Elle ne parvenait pas à distinguer son visage en raison de la réverbération sur le pare-brise. Allait-il descendre et lui demander ses papiers ?

Les secondes s'écoulaient, interminables.

Un train de marchandises finit par passer. Les barrières se relevèrent et Marion put enfin démarrer. Mais elle le fit un peu trop nerveusement. Dans son rétroviseur, le véhicule de gendarmerie la prit en chasse, gyrophare et sirène à l'appui. Marion n'avait pas le choix. Elle finit par se rabattre sur le côté.

Le gendarme descendit et la rejoignit lentement. Elle baissa sa vitre et demanda, un peu trop poliment :

— Un problème, monsieur l'agent ?

— Coupez le contact, répondit-il. Vous savez pourquoi je vous contrôle ?

Marion évita de le regarder dans les yeux et proposa :

— La vitesse ?

— Permis de conduire et carte grise, s'il vous plaît.

— Désolée, je… je n'ai pas mon permis sur moi.

— La carte grise fera l'affaire.

Elle fouilla dans la boîte à gants et lui tendit les papiers qu'elle put trouver. Le gendarme les étudia attentivement.

— Vous êtes content de votre voiture… monsieur Vurchio ? ironisa-t-il.

Marion sourit nerveusement et improvisa.

— Monsieur Vurchio, c'est mon père et… il ne me prêtera plus jamais sa voiture si vous m'alignez.

— Ben dites-lui que ses feux stop sont en panne. Retirez vos lunettes, s'il vous plaît.

Elle obtempéra à contrecœur et ils se regardèrent fixement

— Je reviens tout de suite.

Il retourna vers son véhicule avec les papiers. Marion ferma les yeux et pria pour que le gendarme ne l'ait pas reconnue. Elle hésitait entre attendre d'être verbalisée au risque que sa plaque d'immatriculation ne la trahisse ou se faire repérer en s'enfuyant. Dans son rétroviseur, elle vit le gendarme appeler le central sur sa radio.

*

Alors que les enquêteurs quittaient le mas de La Penne, la commandante reçut un appel sur son portable.

— Kassar, j'écoute… Où ça ?

Le bruit généré par les pales du rotor obligea la policière à s'éloigner de l'hélicoptère en se bouchant une oreille. Elle écouta son interlocuteur tout en cherchant Wim du regard. Il s'en rendit compte et la rejoignit.

— Un gendarme croit avoir identifié Marion Scriba, lui confia-t-elle en haussant la voix. Il est en train de la verbaliser à hauteur du Luc sur la DN7.

— Dites-lui de l'interpeller et de nous attendre, répliqua Wim.

— Major, vous m'entendez ? Il faut que votre collègue l'arrête immédiatement. Je répète, il faut l'arrêter. Et surtout, prévenez-le qu'elle est armée. Qu'il n'hésite pas à tirer au moindre faux mouvement.

Cette dernière instruction poussa Wim à arracher le téléphone des mains de Kassar et à rectifier :

— Allô, major ? Ici l'agent spécial Haag d'Europol. Ne tenez pas compte de cette dernière remarque, vous m'avez compris ? Qu'il se contente de lui passer les menottes et de nous attendre. Nous la voulons en détention et pas dans un sac mortuaire, c'est bien clair ?

Wim avait prononcé ces paroles en dévisageant la commandante.

— Nous serons sur place dans une quinzaine de minutes, nous comptons sur vous.

Il raccrocha, lança le téléphone à Kassar et la laissa ruminer son humiliation, tandis qu'il se dirigeait vers l'hélicoptère.

*

Marion s'inquiétait du temps que passait le gendarme sur sa radio. Elle hésitait de plus en plus sur l'attitude à adopter. Devant elle, un troupeau de moutons s'apprêtait à traverser la route.

Dans son rétro latéral, elle vit le gendarme raccrocher et s'avancer vers elle, tout en mettant la main sur son arme. Il n'en fallut pas plus pour que Marion comprenne ce qui l'attendait. Elle démarra en trombe et contourna le troupeau qui commençait à envahir la chaussée.

Le gendarme dégaina son pistolet et visa les roues. Sa balle alla se ficher dans la carrosserie arrière de la vieille Opel.

Désolée, Fanny, songea Marion en accélérant.

Affolés par le coup de feu, les moutons paniquèrent. Le berger ne parvenait plus à les contrôler. Il retourna sa colère contre le gendarme. Le temps que ce dernier remonte dans sa voiture, les moutons bloquaient la route.

33

Gênes, Italie

Son avion avait atterri à l'aéroport de Gênes en fin de matinée. Il avait dormi durant les quatre-vingt-dix minutes de vol, une habitude héritée de l'époque où il travaillait pour la CIA. « Dormez chaque fois que vous en avez la possibilité ; vous ignorez combien de temps vous devrez rester éveillé. »

Une fois dans l'aérogare, ce gentleman en gabardine au visage partiellement dissimulé par un fédora paraissait inoffensif au milieu des passagers. Pourtant, à y regarder de plus près, quelque chose dans ses yeux trahissait qu'il était loin de l'être. La coupe militaire de son manteau et sa sacoche en cuir multifonction ajoutaient une touche martiale à sa démarche distinguée.

Jeffrey Young inspecta les alentours et s'arrêta devant un présentoir de journaux. Même en Italie, Marion faisait la une de la plupart d'entre eux. Il acheta différents titres et se dirigea vers la sortie.

Dans le taxi qui l'amenait en ville, il lut les articles consacrés à Scriba. Ses sourcils broussailleux se haussèrent et il murmura :

— Tu t'es mise dans une sacrée merde, ma belle !

— *Mi scusi ?* demanda le chauffeur.

— *No, niente*, répondit le vieil homme en souriant.

*

L'hélicoptère affrété par Europol atterrit en bord de DN7 à hauteur du Luc. Wim et Kassar en descendirent et interrogèrent le gendarme qui avait tenté d'interpeller Scriba. La soixantaine, chauve, la taille épaisse, il semblait se délecter d'avoir participé à une traque nationale, tout en surestimant largement l'importance de sa contribution.

— J'ai bien essayé de la courser, mais elle avait pris trop d'avance sur moi.

Wim pouvait flairer l'incompétence à des milliers de kilomètres. Ce fonctionnaire était tellement dans l'autopromotion qu'il regrettait presque de ne pas avoir fait un selfie avec la fugitive.

— Vous avez dit que vous avez contrôlé ses papiers ? demanda Wim, le regard froid comme le marbre.

— Sa carte grise, dit-il, doucereux. Elle n'avait pas de permis sur elle.

— C'est la carte qui m'intéresse. Le numéro d'immatriculation. Je peux l'avoir ?

— Bien sûr.

Le vieux gendarme se rendit à sa voiture. Wim se tourna vers Kassar.

— Toujours pas de trace de Vurchio ?

— Toujours pas, fit la commandante. Pourquoi ?

— Le 1873. Vurchio l'a forcément vendu à quelqu'un. C'est à cette adresse qu'elle va.

*

Marion avait troqué les routes communales où elle avait été repérée pour l'autoroute. Mais, arrivée en vue du péage de Nice, elle se rendit compte qu'un barrage filtrait les véhicules. S'engager dans la queue l'amènerait tout droit dans la gueule du loup. Faire demi-tour la ferait remarquer. Et, surtout, elle se retrouverait à contresens sur l'autoroute.

Son instinct de conservation était en panne. Son imagination devait prendre le dessus.

Que ferait un de mes personnages dans une situation pareille ? songea-t-elle.

La réponse lui vint aussitôt. Elle enclencha ses warnings et se rabattit sur la bande d'arrêt d'urgence comme si elle était en panne. Elle abandonna l'Opel et se faufila, courbée en deux, entre les voitures qui formaient déjà un bouchon. Tout en progressant vers les bornes de péage, elle étudiait les passagers de chaque véhicule. Son choix se porta sur une vieille berline familiale dont la banquette arrière était occupée par un Maxi-Cosi. Elle en ouvrit la portière et se glissa à l'intérieur, à côté du bébé. Quand les parents se retournèrent vers elle, paniqués, le canon du Colonial était pointé vers eux.

— Désolée de faire irruption comme ça, expliqua-t-elle, je ne vous veux aucun mal. J'ai juste besoin de passer le péage sans que les flics me voient.

Elle tendit un billet de 50 euros à la femme et ajouta :

— Tenez ! Le péage, pour m'excuser du dérangement.

La femme se tourna vers son mari qui dévisageait Marion.

— Vous êtes la Tueuse aux chiffres, c'est ça ?

— Ce n'est pas moi qui ai assassiné ces enfants.

— Ce n'est pas mon problème ! Descendez de ma voiture immédiatement !

Les conducteurs, derrière eux, se mirent à klaxonner car leur véhicule à l'arrêt bloquait toute la file. Marion ne savait plus quoi faire car le bruit risquait d'attirer l'attention des policiers.

— Sortez, je vous dis ! hurla le mari.

Contre toute attente, Marion braqua son revolver sur le nouveau-né et son visage se fit menaçant au point d'être méconnaissable.

— Ne m'obligez pas à…

— Avance, Pascal ! ordonna la femme, paniquée. Ne pointez pas votre arme vers mon bébé, s'il vous plaît…

— Qu'il arrête ses conneries alors et qu'il avance !

— Pascal !

À contrecœur, le mari démarra et combla son retard dans la file. Les klaxons cessèrent et Marion donna ses instructions.

— Je vais me glisser sous ce plaid entre les sièges. Mais j'aurai mon arme braquée sur votre bébé. Si votre mari fait quoi que ce soit pour prévenir les flics, je leur donnerai une bonne raison de m'arrêter, cette fois. C'est compris ?

— Oui, gémit la femme, terrifiée.

— Dites-le-lui ! rugit Marion.

— Je t'en supplie, Pascal, ne fais rien, OK ?

— OK.

La femme vit Marion s'allonger aux pieds de son fils, son revolver pointé sur lui. Le bébé se pencha vers elle, intrigué, tandis qu'elle se cachait sous la couverture.

— Reste bien dans ton siège, amour, d'accord ? fit la mère.

Le bébé se mit à rire.

Le passage des bornes de péage prit une éternité.

Plus la berline approchait du portique, plus Marion percevait les voix des policiers. Les arrêts successifs faisaient monter sa tension. Elle entendait les portières claquer, les coffres s'ouvrir. Autant d'actions qui pourraient la mettre en danger si elles étaient pratiquées sur leur véhicule. Elle fut soudain consciente de sa vulnérabilité. Le conducteur allait-il tenir sa langue ou la dénoncer ? Et, s'il le faisait, quelles seraient ses options ?

Le bruit de la barrière se soulevant et se rabaissant lui signala qu'ils étaient tout près. Elle risqua un œil hors de la couverture et entrevit, par la fenêtre au-dessus d'elle, des galons d'uniforme et des casquettes.

Le mari baissa sa vitre et demanda :

— Qu'est-ce qui se passe, messieurs ?

— Une fugitive a été signalée dans la région.

Le mari se tourna vers sa femme pour souligner le risque inconsidéré qu'ils prenaient.

— Descendez, monsieur, s'il vous plaît, exigea le gendarme.

— Pourquoi ?

— Contrôle de routine. Vous pouvez m'ouvrir le coffre, s'il vous plaît ?

— Je peux le faire d'ici.

— Fais ce qu'il te demande, Pascal, s'il te plaît ! Excusez-le, monsieur l'agent, c'est plus fort que lui, il est tellement contrariant !

Marion entendit le mari descendre et la femme murmura en tremblant :

— Ne vous inquiétez pas, il... il ne dira rien.

Pendant d'horribles secondes, Marion crut que le gendarme allait revenir, mais il s'écria :

— Allez, circulez, messieurs dames ! Bonne route !

Le mari remonta à bord, présenta son smartphone devant le lecteur de la borne et la barrière s'ouvrit. Il démarra en trombe et prit la bretelle de Nice centre.

34

Le soleil couchant faisait briller les chromes de la vieille Opel Rekord de Fanny abandonnée sur la bande d'arrêt d'urgence. Sa plaque d'immatriculation, ses phares avant et sa grille de ventilation se mirent soudain en mouvement. Ses roues se soulevèrent et bientôt sa carrosserie fut hissée sur la plateforme d'une dépanneuse.

Wim devait se rendre à l'évidence. Scriba était passée à travers les mailles du filet. Le couple qu'elle avait menacé pour lui faire franchir le barrage l'avait formellement identifiée. Il l'avait déposée à la sortie de la bretelle Nice centre et avait alerté la police.

Les gendarmes du plan Épervier parlaient à présent de réduire leurs effectifs pour la nuit, essentiellement pour des questions de budget. Et Wim eut beau argumenter qu'Europol prendrait en charge les dépassements que généreraient des patrouilles en ville, cela n'eut aucun effet.

— Bienvenue en France, commenta Kassar en le rejoignant. Les gens normaux ont une vie de famille, vous savez?

— Les gens normaux ont surtout le droit de garder leurs enfants vivants, répliqua-t-il.

— À propos… le légiste vient d'avoir ses collègues allemand et belge. Ils ont trouvé des traces partielles de l'ADN de Scriba sur les deux premiers corps.

Wim hocha la tête, songeur.

— L'hélicoptère va vous ramener à Paris. Moi, je reste ici afin de poursuivre les recherches.

Kassar éprouvait un curieux mélange d'antipathie et d'admiration pour cet homme entièrement dédié à sa tâche.

— Je reste aussi, déclara-t-elle. Je meurs de faim et je sens qu'Europol va m'inviter à dîner.

Surpris de cette solidarité inattendue, Wim dévisagea sa partenaire et acquiesça. Il allait se diriger vers le pilote pour lui donner congé quand la commandante ajouta :

— On peut peut-être garder l'hélico, du coup. J'ai vu qu'il peut se poser au CHU Pasteur, pas loin du centre.

— Vous y prenez goût, hein ?

— Un peu, avoua-t-elle en laissant échapper un rire. Survoler la Côte d'Azur à cette heure-là, ça doit être top, non ?

Une heure plus tard, ils étaient attablés dans un restaurant, en bord de mer. Wim n'avait pas pipé mot durant le transport en hélicoptère et, même après, dans le taxi qui les avait déposés sur la promenade des Anglais. Il avait passé son temps à pianoter sur son ordinateur. Kassar se doutait que la seule façon de faire sortir cet ours de sa coquille serait de le lancer sur l'affaire. Alors elle s'y résolut.

— Vous avez une idée de l'endroit où Scriba pourrait être maintenant ?

Le sésame fonctionna.

— L'Italie.

— Pourquoi l'Italie ?

— Gênes est à deux heures de bus d'ici. J'ai récupéré les images de surveillance de la gare routière à l'aéroport de Nice.

— C'est ça que vous faisiez pendant le vol ?

— *Mm mm*. Vous voulez voir ?

— Quoi ? s'extasia-t-elle, sidérée. Vous l'avez repérée ?

Wim cliqua sur une icône et retourna l'écran vers sa collègue. Kassar n'en revenait pas. Dans la queue des passagers d'un autocar Flixbus, une silhouette en survêtement, le visage dissimulé sous une capuche et des lunettes de soleil, avançait patiemment, son sac à dos Spiderman sur l'épaule. Méfiante, elle leva la tête une fraction de seconde, à l'affût d'une caméra. Wim figea l'image, l'agrandit. Il se tourna vers Kassar qui opina. Il enclencha l'avance rapide jusqu'à ce que tous les passagers soient montés à bord. Sur le flanc du bus, la destination s'affichait en lettres lumineuses : Gênes.

— Trop fort, l'agent spécial Haag ! s'exclama-t-elle en souriant.

— Têtu, surtout, rectifia-t-il.

— Oh ça, oui.

Il se tourna vers elle et la questionna de ses yeux clairs. Alors elle précisa :

— C'est une qualité, dans ce métier. Même chez les… « gens normaux ».

Elle aperçut l'alliance qu'il portait à l'annulaire.

— Et Mme Haag, elle en pense quoi, de vos horaires ?

Wim se rembrunit soudain. Il ressentit une douleur fantôme à la joue et éprouva le besoin de la calmer en caressant sa cicatrice avec son alliance. Kassar s'en voulut aussitôt.

— Désolée, je ne voulais pas…

— Il n'y a pas de mal. Claire avait des horaires pires que les miens. Elle travaillait dans l'humanitaire. Le genre de métier qui n'est pas fait pour les gens normaux.

Kassar sourit tristement et se tut, attendant qu'il poursuive.

— Son dernier défi était la défense des Indiens Kogui contre la multinationale minière responsable de leurs problèmes de santé. J'y suis allé avec elle pour appuyer son action auprès des officiers de liaison colombiens, à la suite des accords signés avec Europol en 2003. Claire est morte dans l'attentat qui a provoqué le déraillement de notre train. Il était censé transporter le président nouvellement élu.

Kassar secoua la tête, atterrée par la nouvelle.

— Je suis désolée, je… c'est terrible.

— C'est surtout terrible de lui avoir survécu…

Wim fut soudain pris d'une sensation de noyade.

— Vous m'excusez un moment ? dit-il en se levant. Commandez sans m'attendre. Je prends la même chose que vous.

Il tourna les talons et pressa le pas vers les toilettes.

En chemin, il croisa des couples attablés qui riaient aux éclats, comme si le monde ne s'était pas arrêté de tourner il y a douze ans, comme si rien ne justifiait qu'il s'arrête.

Il poussa la porte et verrouilla derrière lui.

Là, dans l'anonymat de cet endroit de passage, il s'approcha de ce miroir qu'il ne regardait plus, même pas pour se raser. En apercevant sa cicatrice, il eut soudain envie de l'arracher de son visage pour se retrouver douze ans en arrière, auprès de celle qui lui manquait tant. Les larmes vinrent à son secours en brouillant le reflet. Agrippé au lavabo, le corps agité de tremblements comme un enfant inconsolable, il tenta de résister à la tempête.

35

Gênes, Italie

L'autocar de la compagnie Flixbus mit deux heures trente pour relier Nice à Gênes. Il déposa ses passagers à deux pas de la gare Principe. Dissimulée sous sa capuche et ses lunettes noires, Marion Scriba marchait à présent dans les rues nocturnes de Gênes en regardant fréquemment par-dessus son épaule pour s'assurer qu'elle n'était pas suivie.

Entre mer et colline, la ville natale de Christophe Colomb avait été une grande puissance maritime. Bâtie autour de son port, le plus grand d'Italie, « la Superbe », comme la surnommait Plutarque, semblait en être l'écrin. Ses anciens entrepôts de coton avaient été transformés en cinémas, en magasins ou en restaurants. Mais c'était surtout ses immeubles colorés empilés les uns sur les autres qui monopolisaient le regard. Son centre historique aux ruelles étroites souffrait d'un manque évident d'entretien. Mais cela n'empêchait pas les touristes de s'y amasser. Des enfants y disputaient une partie de football et Marion se demandait où pouvait bien être la cage du gardien.

L'odeur d'huile surchauffée lui brûla les narines et l'omniprésence des néons, les yeux. Arrivée à hauteur du funiculaire Zecca-Righi, Marion se mêla aux quelques touristes présents et éprouva le besoin de s'asseoir dans le minitrain. Sa blessure au flanc refaisait parler d'elle. Elle consulta l'heure sur le portable de Fanny et leva les yeux vers le sommet de la colline.

Était-il déjà sur place ?

Le train à crémaillère se mit en marche. Pendant l'ascension, Marion sortit la facture des nuits d'hôtel que lui avait remise Toni Vurchio. L'adresse à Gênes de Massimo Ponzano y figurait. Elle allait avoir besoin d'un plan de la ville.

Une fois en haut de la colline, Marion évita les magasins touristiques pour rejoindre directement les sentiers qui reliaient les anciens forts entre eux. La vue panoramique sur Gênes et ses lumières était époustouflante sous la lune : l'enchevêtrement cubiste de ses toits en ardoise beige, le côté Manhattan médiéval de ses gratte-ciel et, à l'horizon, ses collines habitées ou boisées.

— Ne t'arrête pas, murmura une voix familière à l'accent américain. Continue à marcher sans te retourner.

Le gentleman en gabardine coiffé d'un fédora avait surgi de derrière un rocher.

— J'ai eu du mal à te reconnaître, ma belle.

— C'est le but, non ? Alors, c'est quoi le problème, Jeff ? Tu ne pouvais pas m'en parler au téléphone ?

Jeffrey Young jeta un œil autour de lui, à l'affût d'oreilles indiscrètes et, apercevant les touristes juste derrière, murmura :

— Tu poses beaucoup trop de questions, ma belle.

— Et toi, tu manques de réponses.

Le vieil homme distingué la doubla et, arrivé devant le fort Diamante, pointa le doigt vers un muret. Ils quittèrent le sentier pour s'y installer à l'écart des promeneurs. Young prit place aux côtés de Marion. Son feutre légèrement incliné sur le côté mettait en valeur ses yeux vifs auxquels rien ne semblait échapper.

— Il va falloir refaire ton pansement, suggéra-t-il.

Marion baissa les yeux et entrevit la tache de sang sous son haut de survêtement. Elle remonta sa fermeture Éclair, inspira longuement et dit :

— Quand on écrit ce genre de trucs dans les romans, ça semble cool, mais dans la vraie vie ça fait un mal de chien.

— Ce que je vais te dire, tu aurais pu l'écrire, aussi. Tu ne trouveras pas ton Massimo Ponzano à l'adresse indiquée sur ta facture.

— Pourquoi, il est mort ?

— Pire.

— Pire ?

— Il est en prison. Il a tué sa femme avec le Colonial.

— Quoi ?

— La police ne l'a pas retrouvé chez lui. Si tu veux qu'il te dise à qui il l'a filé, il va falloir que tu ailles le visiter au parloir de Marassi.

La nouvelle déstabilisa Marion. Elle se pencha en avant, les coudes sur les genoux, les yeux perdus dans le panorama de la Riviera italienne.

— Si je laisse mes papiers d'identité à l'entrée, ils vont me garder.

— Tout dépend desquels tu laisses.

Sidérée, Marion se tourna vers son lecteur le plus fidèle.

— Tu es sérieux, là ?

— J'ai le matériel dans ma sacoche. Tu comprends pourquoi on ne pouvait pas faire ça au téléphone ?

Marion ne put retenir un sourire nerveux.

— T'es incroyable, comme retraité, toi !

— On n'est jamais vraiment retraité dans ce métier, on est dormant.

Marion baissa les yeux et considéra ses mains en silence.

— Il ne me dira jamais ce qu'il a fait de cette arme.

— À toi, non, mais à son avocate, peut-être…

Marion lui lança un regard interrogatif.

— C'est la profession qui figurera sur ton passeport. Et je fais confiance à ton imagination pour broder autour.

Jeffrey Young ouvrit une tabatière et bourra sa pipe en demandant :

— Tu veux quoi comme nationalité ?

— Plutôt hispanophone.

Le vieil espion la dévisagea par-dessus ses lunettes en demi-lune. Marion soutint son regard :

— Quoi ?

— Rien. Et ton apparence ? Celle-ci ou quelque chose de différent ?

— Radicalement différent.

— Il me faudra juste des photos, format passeport.

Jeffrey Young alluma sa pipe, tira dessus et aspira la fumée profondément.

— Tu veux une identité fantôme ou volée ?

— Tu me conseilles quoi ?

— Avec une volée, tu peux te servir de la solvabilité de la personne à qui tu l'empruntes. Ouvrir un compte en banque, avoir une carte de crédit, ce qui veut dire disposer d'argent.

— Je ne suis pas une voleuse, Jeff. Une fantôme, ça ira bien.

— Je te fais un permis de conduire, aussi ?

— Je veux bien. Combien de temps il te faut pour fabriquer tout ça ?

— Le temps que tu fasses les photos. Apporte-les-moi à la cathédrale San Lorenzo. Je vais aller y faire une petite prière.

Marion soupira et baissa la tête.

— Et… les papiers, je les récupère où ?

— À la réception du Bristol Palace. J'ai pris une chambre pour toi. Elle est sur ma carte bancaire ainsi que les consommations. Profites-en pour bien manger. Gênes a le meilleur pesto de toute l'Italie.

— Merci, Jeff, tu es adorable.

— Ça dépend avec qui, répliqua-t-il avant de se lever. Méfie-toi de tes amis. Aux échecs, le centre de l'échiquier est le plus dangereux, mais c'est dans son camp que le roi est attaqué le plus souvent. Fais attention à toi. S'il t'arrivait quelque chose, je ne te le pardonnerais pas.

Il la regarda longuement comme un père contemple sa fille.

— Ah, j'allais oublier. Pour ta visite au parloir, je t'ai acheté des vêtements plus… présentables. Tu les trouveras dans le placard de ta chambre.

Il tourna les talons pour s'éloigner quand Marion l'interpella :

— Jeff ? (Il se retourna.) À quel nom, la chambre ?

— Celui de ton héroïne. Refais-moi ce pansement, tu veux bien ?

Et il s'éloigna.

36

De sa chambre, elle l'entendait arpenter le vaste living de la maison. Elle percevait les coups donnés et les coups reçus, les meubles renversés, les bibelots brisés. Ses mains tremblaient. Aussi les serra-t-elle contre sa poitrine. Elle aurait souhaité s'endormir, afin de s'éviter la peur. Mais elle savait qu'elle ne dormirait pas, cette nuit.

Car le Monstre était là.

Et, d'une minute à l'autre, il grimperait les marches de l'escalier qui menait jusqu'à sa chambre. Et la porte grincerait… et…

Il était là, appuyé contre le cadre du chambranle. La lumière vacillante de l'ampoule du couloir dessinait sa silhouette. La fillette ne pouvait pas voir ses yeux, mais elle savait qu'ils étaient sur elle.

— Maman ! Maman ! hurla-t-elle.

La silhouette se précipita vers elle et s'assit au bord du lit. Son poids s'enfonça dans le petit sommier, faisant glisser son corps vers elle. L'enfant se débattit, paniquée. Alors la lampe de chevet s'alluma et la petite fille se rendit compte que c'était sa mère qui avait accouru auprès d'elle. Elle prit sa fille contre elle en disant :

— Tout va bien, ma chérie, c'est fini, c'est fini !

— Le Monstre… il était là, maman, à la porte ! Il voulait m'emmener !

— Les monstres n'existent pas, mon cœur. C'était juste un cauchemar. Un vilain cauchemar. Mais c'est fini, maintenant.

— Et s'il revient ?

— S'il revient, tu fermes les yeux, tu lui tournes le dos et tu comptes jusqu'à trois. Et quand tu les rouvriras, il aura disparu. C'est ce que je faisais quand j'étais petite et ça marchait à tous les coups. Tu veux bien faire ça ?

S'accrochant à cette formule magique comme à une bouée de sauvetage, la fillette acquiesça et se rallongea. La femme se pencha vers son enfant, lui fit un bisou nez contre nez, à la manière des Esquimaux, et la borda. Puis elle se leva délicatement et s'éloigna pour sortir.

— Tu peux laisser la porte ouverte, maman ?

— Bien sûr. Bonne nuit, ma chérie.

— Bonne nuit, maman.

Elle écouta avec appréhension sa mère descendre l'escalier. Il n'y avait plus de bruits de lutte en bas. Le calme qui régnait dans la maison la rassura. Elle tourna la tête vers la fenêtre et essaya de se transporter ailleurs. Les étoiles étaient particulièrement brillantes, cette nuit. Ses paupières papillotaient, mais elle s'efforçait de combattre le sommeil, de peur que son cauchemar ne revienne. Elle se concentrait sur l'éclat fascinant de la Voie lactée, quand une ombre la masqua partiellement.

Le Monstre était à la fenêtre et regardait à l'intérieur. Dans la faible lueur, la fillette distingua une silhouette sans visage portant un pardessus à capuche. Elle se redressa dans son lit, tourna le dos à cette vision et ferma les yeux.

— Un… deux… trois…, murmura-t-elle.

Derrière elle, la silhouette brisa le carreau de la fenêtre, tourna la poignée et se glissa dans la chambre d'un mouvement rapide et fluide.

La petite fille avait rouvert les yeux, mais elle n'osait pas se retourner car l'ombre, qui se découpait sur le mur devant elle, grandissait et la terrorisait. Elle était incapable d'émettre le moindre son, mais ses lèvres formaient désespérément le mot « maman ».

Alertée par le bris de verre, sa mère monta les marches quatre à quatre et fit irruption dans la pièce. Mais le Monstre fut plus rapide. Il bondit sur elle et la frappa des deux pieds, l'éjectant dans le couloir. Il se déplaçait vite. Beaucoup trop vite. Avant que la femme ne puisse se redresser, il était sur elle. Il la frappa encore et encore, l'entraîna de force dans l'escalier et disparut du champ de vision de l'enfant. Les bruits qui lui parvinrent d'en bas étaient épouvantables et les coups tellement violents qu'ils ébranlaient le cadre de son lit.

Sa mère poussa un hurlement et quelque chose se brisa.

L'appartement redevint soudain silencieux. Un calme angoissant cette fois.

Paniqué, la fillette jeta un coup d'œil à la fenêtre ouverte et se demanda si elle devait s'enfuir, mais, avant qu'elle ne puisse le faire, la silhouette du Monstre réapparut dans l'embrasure de la porte. Il entra dans la pièce en tirant derrière lui le corps inconscient de sa victime.

Terrifié, l'enfant recula en tremblant.

Le Monstre menotta la mère au radiateur et se tourna vers la petite fille. Dans la lumière lunaire qui tombait en cascade de la fenêtre, elle entraperçut le visage, sous la capuche. Un passe-montagne noir lui masquait le nez et les joues. Une casquette élimée par des années de clandestinité le surmontait. Mais c'était surtout sa crinière grise et ses grands yeux ébène qui fascinaient l'enfant. Ils avaient quelque chose de sauvage, de dangereux.

Et, tandis que la femme reprenait connaissance, son agresseur ouvrit son large sac à dos de randonnée et fit signe à la gamine de le rejoindre. Cette dernière se surprit à obéir, mais s'arrêta. Qu'est-ce qu'il lui prenait ? Elle n'allait pas suivre ce monstre et abandonner sa mère !

— Je lui ai tourné le dos, maman, mais ça n'a pas marché.

— Ce n'est pas un monstre, mon cœur, bredouilla-t-elle en tentant de recouvrer ses esprits. C'est pour ça que ça ne marche pas. Reste où tu es, d'accord ?

L'enfant hocha la tête et essuya ses larmes sur ses manches de pyjama. Elle n'avait d'yeux que pour la silhouette que sa mère avait démystifiée. Celle-ci fouillait tranquillement dans le grand sac à dos. Elle en tira un masque d'anesthésie.

— Écoutez-moi ! supplia la femme. J'ai... j'ai beaucoup d'argent. Je vous donnerai... tout ce que vous voulez, mais... ne faites pas de mal à ma fille !

Ignorant les suppliques de la mère, il s'avança vers l'enfant et voulut appliquer le masque sur son visage. Mais celle-ci se débattit, puisant dans sa panique une force inattendue.

— Maman ! cria-t-elle sous son bâillon. Ne le laisse pas me faire mal !

— Lâchez ma fille immédiatement ! ordonna-t-elle en tirant tellement fort sur ses menottes qu'elle s'arracha la peau des poignets.

L'agresseur agrippa l'arrière de la tête de la gamine, pressa son visage contre le masque et libéra le gaz anesthésiant.

— Qu'est-ce que vous lui faites ? Laissez-la ! aboya-t-elle. Ce n'est qu'une enfant, bon sang !

La petite fille se débattait encore, mais les bras vigoureux maintenaient le masque de caoutchouc sur son visage. Ne pouvant plus retenir sa respiration, elle finit par inhaler l'isoflurane. L'engourdissement la gagna et elle perdit connaissance.

— Nooon ! sanglota sa mère en forçant hystériquement sur les menottes pour porter secours à sa fille.

Le ravisseur la photographia dans sa détresse, glissa l'enfant dans son grand sac de randonnée et s'enfuit avec par la fenêtre.

37

Quand Wim Haag et Nayla Kassar arrivèrent devant le musée Christophe-Colomb, la police génoise et son bataillon de véhicules de secours étaient déjà sur place. Attirés par le balai de gyrophares qui éclairaient la façade par intermittence, les passants encore debout à 23 heures se pressaient, piazza Dante, devant le périmètre de sécurité. Des agents les maintenaient à distance.

Le sous-préfet de police adjoint, Federico Caddeo, avait reconstitué en partie ce qui s'était passé. La fillette avait été enlevée chez elle et les hurlements de sa mère avaient fini par alerter les voisins. Les policiers avaient trouvé la jeune femme menottée au radiateur, les poignets ouverts jusqu'à l'os.

— C'est le gardien de nuit qui nous a prévenus, précisa Caddeo à ses collègues en traversant le cloître Sant'Andrea. Il a découvert le corps de la petite au cours de sa ronde. Il est tellement choqué qu'on l'a confié à une cellule psychologique.

— Des témoins ? demanda Kassar.

— Aucun.

— Des caméras de surveillance ?

— Elles ont été déconnectées à distance après la fermeture. Du travail de pro.

Caddeo s'arrêta devant l'entrée et remit des torches électriques à Wim et à Kassar.

— Si ça ne vous dérange pas, je… je préfère ne pas y retourner.

À l'intérieur du musée, les faisceaux des torches s'attardèrent un moment sur les meubles et objets d'époque ayant appartenu à l'explorateur génois. L'odeur d'urine et de quelque chose de pire encore augmentait à chaque pas. Au bout du couloir, les techniciens du RIS, la police scientifique des *carabinieri*, arpentaient la scène de crime, des masques sur le visage. Kassar en préleva deux sur leur établi et en tendit un à Wim. Ils les enfilèrent, mais cela ne changea pas grand-chose à la puanteur.

Ils arrivèrent en vue de latrines rudimentaires telles qu'on les concevait au XVe siècle. Dans la lumière de leurs lampes, ils découvrirent l'enfant, assise en tailleur, baignant dans son urine ensanglantée. Son cœur avait été arraché de sa poitrine et elle le tenait dans ses mains, comme une offrande. Son visage, relevé vers le ciel, semblait implorer le pardon.

— Il faut que je passe un coup de fil, prétendit Kassar en se précipitant vers l'extérieur.

Wim la suivit du regard. Comprenant ce départ, il décida néanmoins de poursuivre l'inspection. Il emprunta des gants aux techniciens, les enfila et s'accroupit pour examiner le corps de plus près. La petite fille portait un collier de chien autour du cou, à l'instar des trois précédentes victimes. Wim y repéra la plaque métallique d'environ quatre centimètres. Il l'éclaira avec sa lampe torche. Le chiffre « *cuatro* » y était gravé en toutes lettres.

Kassar finissait de vider son estomac quand Wim vint la retrouver à l'extérieur, sous le cloître.

— Elle était bonne pourtant, cette pissaladière, soupira-t-elle entre deux nausées. C'était bien la peine.

Elle s'essuya la bouche avec son masque de coton et le jeta dans une poubelle en disant :

— Vous aviez raison, elle était bien à Gênes...

— Ça ne peut pas être elle, commandante. Pourquoi elle aurait fait ça alors qu'elle cherche à nous échapper ?

— Pourquoi ? Parce qu'elle est dingue, voilà pourquoi. Et elle ne cherche pas à nous échapper, elle cherche à poursuivre la mission qu'elle s'est fixée.

— Celui qui est derrière ces infanticides est tout sauf fou, commandante. Il ne tue pas, il prêche. Et ça ne correspond pas à ce qu'elle est. Plus à ce qu'elle était.

— Qu'est-ce que vous voulez dire par là ?

Il allait devoir partager les informations classifiées avec sa partenaire.

— Scriba a passé du temps en Colombie...

— Pour militer contre la déforestation, oui. Quel rapport ?

— Pas seulement.

Il lui tendit une photo. On y voyait un groupe de guérilleros en uniforme camouflage, parmi lesquels Marion, un brassard aux couleurs du drapeau colombien sur l'épaule et une kalachnikov en main.

— Je vous présente Gloria. C'est le nom que les Sans-Voix lui ont donné quand elle les a rejoints dans la lutte armée.

— Merde... Et c'est maintenant que vous me le dites ?

— Ces informations sont classifiées, commandante. Je n'aurais pas dû vous en parler. Et d'ailleurs je ne l'ai pas fait. On est d'accord ?

Kassar acquiesça, sensible à la confiance que l'agent spécial lui témoignait.

— Vous voyez l'homme à côté d'elle ? C'est Ernesto Salazar, numéro 1 des Sans-Voix. Lorsqu'il est tué, en 2012, notre future mère de famille abandonne ses sept ans de clandestinité et rentre en France. Elle épouse un banquier, Vincent Scriba, qui ignore tout de son passé, lui fait trois enfants et se range des voitures. Mais on ne quitte pas les Sans-Voix impunément.

— Vous voulez dire que quelqu'un cherche à lui faire payer sa désertion ?

Il opina et poursuivit :

— Quelqu'un qu'elle cherche à pister en suivant l'historique du revolver. Quelqu'un qui lui fait signer ses exécutions en plaçant son ADN sur les scènes de crime. Vous verrez que les techniciens du RIS le trouveront ici. Ces meurtres sont une vendetta, à la fois personnelle et idéologique.

— Idéologique ?

— Oui. Un quatrième pays fondateur de l'Union européenne est touché aujourd'hui. Il en reste deux : le Luxembourg et les Pays-Bas. Et si nous n'avançons pas plus vite deux autres enfants mourront.

— Ce serait quoi, le but ? Une croisade contre l'Europe ?

— Contre le Vieux Monde, rectifia Wim, asservisseur du Nouveau. L'endroit d'où sont parties toutes les croisades et toutes les colonisations. Regardez les décors choisis comme scènes de crime. Ils ont tous à voir avec l'emprisonnement, l'industrie de guerre, l'oppression. Regardez où nous sommes, en ce moment. Ce musée à la gloire de Christophe Colomb, un homme considéré de plus en plus comme responsable du génocide des Amérindiens, au même titre que Cortés et ses conquistadors.

— Mais pourquoi s'en prendre à des enfants, alors ?

— Pour punir leurs parents : militaire, homme politique, grand reporter, et cette nuit banquière. Le tueur les rend responsables d'avoir fait du monde une marchandise et d'avoir exterminé tout ce qui ne l'était pas.

— En arrachant le cœur d'une petite fille ?

— C'est ce que les Aztèques faisaient aux conquistadors, en guise de représailles.

— Et pourquoi le collier de chien ?

— Un symbole d'asservissement. Il reprend tout de zéro, commandante : *uno, dos, tres, cuatro*... Son décompte est une guerre des Sans-Voix contre l'oubli. Les enfants européens payent pour les crimes de leurs ancêtres.

Parmi la foule de curieux attroupés devant le périmètre de sécurité, une silhouette observait les enquêteurs, à distance. Sous la capuche de son pardessus, Marion, le crâne rasé, se demandait ce qui les avait attirés jusqu'à Gênes. Avaient-ils filé Jeffrey Young ? Étaient-ils au courant pour le prisonnier de Marassi qu'elle irait visiter le lendemain ?

Elle s'attarda sur l'agent d'Europol qui la suivait comme son ombre. Fascinant plus que beau, avec cette cicatrice qui lui barrait la joue et ses yeux clairs qui brillaient d'intelligence. Elle devait admettre que cette façon qu'il avait de toujours deviner sa destination suivante l'impressionnait.

— Oh, mon Dieu ! s'exclama une passante.

Les cris des badauds accaparèrent l'attention de Marion. Les pompiers sortaient une civière sur laquelle un corps d'enfant gisait dans un sac mortuaire. Un nouveau meurtre avait été commis. Voilà pourquoi ceux qui la pourchassaient avaient été appelés sur place. S'ils apprenaient qu'elle s'y trouvait aussi, comment pourrait-elle ne pas susciter les soupçons ?

C'était clairement l'intention de celui qu'elle poursuivait : la compromettre. Elle n'avait jamais été aussi près de lui. Il fallait qu'elle le trouve avant qu'il ne tue à nouveau.

38

Nayla Kassar avait depuis longtemps maîtrisé l'art de rentrer chez elle tard le soir sans réveiller les siens. Mais, cette nuit-là, lorsque le taxi la déposa devant sa maison à 1 h 30 du matin, elle vit que la lumière du séjour était allumée. Et elle s'inquiéta aussitôt pour Walid.

Avait-il fait une nouvelle crise ?

Non. Si cela avait été le cas, sa mère l'aurait appelée.

Quand Kassar déverrouilla la porte, elle trouva Nour assise à l'entrée, les bras croisés.

— Qu'est-ce qui se passe ? s'inquiéta Nayla.

— Oh, rien. Tu t'absentes sans prévenir. Sous prétexte que ta mère vit sous ton toit, tu la prends pour une garde-malade.

— Walid n'est pas malade, maman.

— Non… il est juste schizophrène, trancha la vieille dame. Tu es dans le déni, ma chérie. Si tu refuses d'accepter son diagnostic, ce que je peux comprendre en tant que mère, alors confie-le à un institut.

— Est-ce qu'il a refait une crise ?

— Non, mais… les signes avant-coureurs sont là. Il néglige son hygiène, tient des propos incohérents, se méfie de la nourriture que je lui donne.

— Pourtant, ça sent super bon.

Nayla aperçut les restes de cassoulet dans une marmite et s'en approcha tout en demandant :

— Est-ce qu'il dort, là ?

— Ça a pris du temps, mais… oui.

Nayla se servit une assiette et la plaça dans le micro-ondes.

— Je suis fatiguée, maman, je n'ai pas la force de me disputer avec toi.

— Tu ne sais pas te disputer, ma chérie. Depuis toute petite, tu évites la confrontation.

Nayla se contenta de soupirer. Le micro-ondes sonna. Le cassoulet était à peine tiède, mais ça suffisait. Elle avait trop faim.

— Depuis combien de temps tu n'as pas parlé à Walid ? insista Nour.

— On se parle tous les jours.

— Non mais parlé *vraiment* ?

Nayla s'installa à table et commença à manger dans l'espoir de mettre un terme à la conversation. Mais sa mère vint s'asseoir à ses côtés.

— Il a vingt-deux ans, Nayla…

— Je sais quel âge a mon fils, répondit-elle, la bouche pleine.

— Tu ne sais rien de lui. Je veux dire… de sa vie.

— Est-ce que je peux manger tranquille ?

— Tu savais qu'il avait une petite copine ?

Nayla s'interrompit, fronça les sourcils et botta en touche.

— Walid n'aime pas qu'on soit sur lui en permanence. Un peu comme moi, quoi. Et… bien sûr que je suis au courant, pour sa petite copine.

— Et elle s'appelle comment ?

— Elle s'appelle « Tu m'emmerdes, maman ». Tu me fais quoi, là ? Un concours d'instinct maternel ?

Le visage de Nour se chargea bientôt de tristesse. Les paroles de sa fille avaient réveillé des regrets qui n'étaient pas très loin de la surface.

— Je sais ce que tu penses. Je n'ai peut-être pas été le meilleur exemple de mère pour toi, mais…

— Mais ? Tu veux l'être par procuration, c'est ça ?

— Sans doute. En tout cas, j'essaie d'être une bonne grand-mère.

— Tu es bien partie.

Nour remercia sa fille d'un hochement de tête.

— Si tu veux une famille, Nayla, il faut y travailler. Tu n'as pas d'homme dans ta vie, et Walid, pas de figure masculine dans la sienne.

— Il n'y avait pas d'homme à la maison quand j'étais petite, donc je n'en vois pas l'utilité. Mais quand j'en ai besoin, j'en trouve à l'extérieur, ne t'inquiète pas pour moi.

— Je m'inquiète pour Walid. Tu ne le laisses pas t'approcher.

— Devant toi, peut-être. Tu ne sais pas ce qu'on vit, tous les deux.

— Je ne t'ai jamais entendue lui dire « je t'aime ».

— Tu me l'as dit, toi ?

Les deux femmes se dévisagèrent et Nour fut la première à baisser les yeux.

— Les parents détiennent le mode d'emploi, maman. Le Bien, le Mal, l'Amour, la Haine, ce sont eux qui définissent ces notions. En grandissant, on les compare juste à l'exemple qu'ils nous donnent.

Culpabilisée par la réflexion de sa fille, Nour ne savait plus comment justifier sa démarche.

— Je veux juste que tu sois heureuse, bredouilla-t-elle, et que tu ne vieillisses pas seule, comme moi.

— Tu n'es pas seule, maman. Tu nous as, nous.

La vieille dame hocha la tête et laissa les larmes inonder son visage.

Un cri déchira le silence.

Nayla bondit de sa chaise et se précipita dans la chambre de son fils.

Walid était assis dans son lit et s'adressait à quelque chose d'invisible sur le mur opposé. Il ne semblait pas remarquer la présence de sa mère. Ses lèvres tremblaient et il bavait, tout en interpellant avec véhémence des êtres cachés.

— Non, je le ferai pas ! Je ne ferai pas ce que vous demandez. Jamais, vous m'entendez ? Alors foutez le camp de chez moi et laissez-moi tranquille, c'est compris ?

Nayla s'approcha de son fils et posa la main sur son épaule en disant :

— Walid, qu'est-ce qui se passe ?

— Ils sont revenus, maman. Ils reviennent toujours.

— Qui revient, *habibi* ?

— Ceux qui veulent me faire du mal. Ils sont là, juste en face. Tu les vois ?

Elle regarda autour d'elle.

— Non, je ne les vois pas, mon chéri. Ils sont où ?

— À l'angle du plafond ! Et sous le lit, aussi. Je sais où ils se cachent.

Angoissée, Nour apparut sur le seuil.

— Qu'est-ce qui se passe ?

— Va te coucher, maman, je gère.

La mère hésita puis, face à l'insistance de sa fille, quitta la pièce.

— Sous le lit ! Ils sont sous le lit !

Nayla s'agenouilla et se pencha pour vérifier.

— Il n'y a rien sous le lit, Walid. Ce sont juste tes hallucinations qui reprennent. Ce n'est pas réel, je te le jure.

— Oh si, c'est réel, maman. Plus réel que toi et moi. Tiens ! Ils tapent contre le sommier en ce moment. Tu les entends là ?

— Non, je ne les entends pas, *habibi*.

— Ça va être encore pire alors, je le sens. Ça va être pire ! Ils vont attendre que je m'endorme pour me faire du mal. Il faut que je m'habille, il faut que je les combatte.

— Non, Walid, non. Je vais rester avec toi et il ne t'arrivera rien.

— Et tu feras comment, si tu les vois pas ?

— Je ne les vois peut-être pas, mais eux, ils me voient, non ?

— Oh oui, ils te voient, aussi bien que moi.

— Alors, ils n'oseront rien te faire, si je suis là. À quoi ils ressemblent ? Dis-le-moi pour que je puisse t'aider.

Il pointa son doigt tremblant vers le plafond et murmura :

— Ils sont là ! Juste au-dessus de toi, maman.

— Qui est là, Walid ?

— Les démons. Ils sont des centaines et ils hurlent des obscénités. Parle-leur, maman, et chasse-les de notre maison.

— Ils ne sont pas dans notre maison, Walid. Ils n'existent que dans ta tête. Tu es le seul à pouvoir les faire disparaître car ils vivent à l'intérieur de toi. Tu as ce pouvoir et ils le savent. C'est de ça qu'ils ont le plus peur.

— Vraiment ?

— Vraiment. Ferme les yeux et tu continueras à les voir. C'est bien la preuve qu'ils ne sont pas dans cette pièce.

L'adolescent ferma les yeux et hocha la tête.

— Tu as raison, maman. Je les vois encore. Alors, ils ne me feront pas de mal ?

— Pas plus qu'un rêve ne fait du mal.

— Tu peux m'aider à les faire disparaître ?

— Bien sûr, *habibi*. Je vais dormir avec toi, cette nuit. Et je vais te chanter une berceuse. Les démons ont horreur des berceuses.

— Comme les vampires avec l'ail ?

— Exactement. Fais-moi un peu de place dans le lit, tu veux bien ?

Walid se décala pour laisser sa mère s'allonger près de lui. Et il se blottit contre elle. Puis il l'écouta fredonner cette berceuse libanaise qui l'accompagnait vers le sommeil depuis tout petit. La voix de Nayla le transporta ailleurs, vers cette terre orientale qui coulait dans ses veines sans qu'il l'ait jamais foulée. Sa respiration s'apaisa et sa mère en profita pour murmurer :

— Grand-mère m'a dit que tu avais une petite copine ?

Les yeux fermés, Walid hocha la tête.

— C'est super ! poursuivit-elle. Comment elle s'appelle ?

— C'est pas important.

— Pour moi, ça l'est ! Tout ce qui se passe dans ta vie m'intéresse.

— Elle m'a largué. Elle m'a dit qu'elle voulait pas sortir avec un dingue.

Nayla prit soudain conscience de tout ce que son métier lui avait fait rater dans la vie de son fils.

— Et ça fait combien de temps tout ça ?

— Vingt-cinq jours. Mais… de toute façon, tu t'en fiches. Y a que les morts qui comptent pour toi.

Cette dernière phrase laissa Nayla sans voix.

Car elle n'était pas seulement cruelle, elle était peut-être vraie.

39

Prison de Marassi
Gênes, Italie
JOUR 7

La prison ocre et rouille de Marassi datait du XIXe siècle. L'architecture carcérale de l'époque entendait rompre avec l'Ancien Régime au nom d'une pensée nouvelle de la pénalité. Pour lutter contre la promiscuité et mettre ainsi le prisonnier face à sa conscience, les architectes avaient imaginé un lieu centripète et hermétique. La surveillance des ailes était assurée par l'espace central qui faisait office de poste d'observation. Le niveau supérieur, sous la coupole, était occupé par la chapelle.

Mais ces bonnes intentions n'avaient pas survécu au manque chronique de places de prison. Aujourd'hui, l'édifice accueillait 670 détenus pour une capacité maximale de 435. La moitié d'entre eux étaient des étrangers et, plus des deux tiers, des toxicomanes.

En se présentant à l'entrée du bâtiment, Marion avait l'estomac noué, les jambes molles et les genoux tremblants. Son look, crâne rasé de près et tailleur deux-pièces blaser pantalon, la rendait méconnaissable, mais il attirait également l'attention. Si bien qu'elle ne savait plus si les regards appuyés étaient dus à son apparence ou à sa célébrité nouvelle.

Comme les autres visiteurs, elle passa sous le portique de sécurité, eut droit à une fouille corporelle et dut sortir de la poche intérieure de sa veste les accessoires que Jeffrey Young avait prévus pour elle : un calepin auquel était accrochée une carte de visite et un stylo-plume.

Elle déposa son nouveau passeport à l'accueil. Le préposé l'ouvrit et la dévisagea.

— *La prima visita qui ?* demanda-t-il avec rudesse.

— *Prima, si*, bredouilla Marion dans un italien de dépliant touristique.

Il lui remit un jeton estampillé « 4 », lui fit signe d'avancer et porta son attention sur la personne suivante.

Dans un grincement métallique, la première des deux lourdes grilles s'ouvrit. Le groupe la franchit et s'avança jusqu'à la deuxième. La première se referma derrière eux, puis la seconde les laissa passer.

Marion se retrouva presque nez à nez avec un gardien à la carrure impressionnante. Il la regarda droit dans les yeux – un tout petit peu trop longtemps, comme s'il cherchait à faire appel à sa mémoire.

Marion baissa la tête, réprimant un mouvement de panique.

— *Lei è l'avvocato, giusto ?* demanda le surveillant, le cou épais et le ventre bedonnant.

— *Avvocato, si*, répondit Marion en tentant d'oublier les crampes qui lui tordaient l'estomac.

— *Il suo nome ?*

— Massimo Ponzano.

— *No, voi !* rectifia-t-il en la désignant du doigt.

— Melody Kaplan. *Parlo male l'italiano, mi scuso.*

— *Come difenderà il suo cliente, allora?*

— Pardon?

Il abandonna, dégoûté, et entraîna d'un pas tranquille l'ensemble des visiteurs dans le couloir. Marion parlait couramment espagnol, ce qui lui permettait de déchiffrer quelques mots d'italien, mais, si son futur « client » ne parlait ni anglais ni espagnol, cela allait se révéler compliqué.

Ils arrivèrent devant une porte banale qui ne comportait aucune signalétique particulière. Le gardien sortit un trousseau de clés et le fit jouer dans la serrure.

De l'autre côté, se trouvait un parloir éclairé par de puissants néons. Marion prit une profonde inspiration et avança dans la grande pièce. Un muret de un mètre de haut partageait la surface en deux. Les visiteurs d'un côté, les détenus de l'autre. Entre les deux, un comptoir en bois surmonté d'une paroi en Plexiglas équipée d'hygiaphones. Ces aménagements récents avaient été décidés à la suite des émeutes causées par la fermeture des parloirs au moment de la pandémie.

Les habitués prirent place devant chaque emplacement numéroté. Un seul resta vacant : le 4. Dès lors, Marion comprit à quoi servait le jeton qu'on lui avait remis à l'entrée. Elle s'installa face à la paroi transparente et balaya subrepticement la pièce du regard pour s'assurer que personne ne la fixait particulièrement. Ses yeux rencontrèrent ceux d'un jeune surveillant mal à l'aise dans un uniforme trop grand pour lui. Il la regardait tout en parlant au téléphone. Marion se figea. Appelait-il le service d'ordre ?

Elle se força à considérer une autre option. Le jeune gardien ne l'observait pas vraiment. Il regardait dans sa direction, rien de plus. Ou peut-être était-ce juste son look qui l'intriguait ?

Marion voulut s'accrocher à cet espoir, mais sa paranoïa ne faisait qu'amplifier. Elle essaya de débusquer des micros ou des caméras cachés. Toutefois le décor était si brut de décoffrage qu'elle imaginait mal quelqu'un devant une console high-tech en train de se délecter des problèmes familiaux des détenus.

Le bruit du verrou la fit sursauter. Un gardien venait d'entrer de l'autre côté du Plexiglas, suivi des prisonniers qui avaient un parloir. Tous reconnurent leur visiteur. Tous sauf un. Il jeta un regard inquisiteur à travers la salle et plissa les yeux pour tenter d'identifier celle qui l'attendait.

— *Chi siete voi?* lança-t-il à Marion.

Un deuxième surveillant avança un siège et le premier força le détenu à s'asseoir. Massimo Ponzano fixait Marion avec une dangereuse intensité.

— *Parlo male l'italiano,* s'excusa-t-elle. *Parli inglese?*

— *No, francese.*

Le soulagement de Marion fut de courte durée car elle sentait sur elle le regard aigu du détenu. Elle lui passa sa carte de visite par la fine ouverture de la paroi et se présenta.

— Je m'appelle Melody Kaplan, je suis avocate. Les parents de celle qu'on vous accuse d'avoir tuée m'ont demandé de rouvrir votre procès.

Massimo ramassa la carte et l'examina calmement. En bonne romancière, Marion avait imaginé comment la scène devait se dérouler mais, à la différence de ses romans, elle ne contrôlait les dialogues que d'un seul personnage.

— Pourquoi est-ce qu'ils feraient ça? demanda Massimo avec un bel accent sicilien.

— Parce qu'ils sont persuadés que le vrai coupable court toujours. Or, l'enquête ne peut reprendre que si le coupable n'est pas incarcéré.

Les yeux du prisonnier ne cillaient pas. Il avait la nonchalance de ceux qui parlent aux murs de leur cellule depuis trop longtemps.

— Vous vous foutez de ma gueule, *mio caro maestro* ?

— Je ne me permettrais pas. Je sais que c'est assez inhabituel comme situation, mais qu'avez-vous à perdre, franchement ? Cela ne fait que donner raison à ce que vous avez toujours répété durant le procès : « Je suis innocent. »

— Je n'ai jamais dit une chose pareille.

Marion grimaça. Elle était tombée sur le seul coupable qui ne clamait pas son innocence. La fiction croyait toujours gagner en crédibilité en flirtant avec les clichés. Il fallait qu'elle se reprenne.

— D'après le dossier qu'on m'a remis, vous avez plaidé « non coupable ».

— Bien sûr, mais je n'ai jamais prétendu que j'étais innocent.

— Bon, eh bien écoutez… si vous préférez rester en taule, je ne peux pas faire grand-chose pour vous.

Elle remit le capuchon sur son stylo-plume, ramassa son calepin et se leva pour sortir.

— Attendez ! l'interpella Massimo.

Marion s'arrêta. Elle était la spécialiste des fausses sorties.

— Qu'est-ce qui leur fait croire que je suis innocent ?

Elle se retourna vers lui.

— L'arme que vous avez utilisée.

— Qu'est-ce qu'elle a, cette arme ?

Marion revint se rasseoir et sourit.

— Le revolver 1873 tire des munitions de calibre 11 mm 73 à poudre noire. Or, les balles que l'on a retrouvées sur la victime sont de calibre 8 mm, des cartouches uniquement utilisées par un autre modèle : le 1887. Ce vice de procédure peut, à lui tout seul, annuler le verdict. À condition, toutefois, que le tribunal puisse faire expertiser votre arme.

Massimo n'en revenait pas de cette échappatoire que lui offrait le destin. Mais un détail l'empêchait d'y adhérer pleinement.

— Vous, les avocats, quand il y a du fric à se faire, vous ne renoncez jamais, hein ?

Tout cela était dit posément, sans émotion.

— C'est un métier, monsieur Ponzano, pas un loisir…, répliqua Marion. Mais ça ne vous coûtera rien. Mes clients se chargent de mes honoraires. Tout ce que vous avez à faire, c'est de me dire où je peux récupérer cette arme.

Il s'ensuivit une longue minute de silence durant laquelle les yeux de Massimo semblèrent scanner Marion. Elle sentit son cœur cogner contre sa poitrine, mais elle soutint néanmoins le regard du Sicilien.

— Je ne vous ai pas déjà vue quelque part ? demanda-t-il.

De toutes les personnes présentes, il fallait que ce soit de lui que vienne le danger. Elle devait trouver la parade très vite pour empêcher ses lèvres de trembler.

— Sinéad O'Connor ? suggéra-t-elle. Les gens n'arrêtent pas de me le dire. Et ma seule façon de m'en sortir, c'est de chanter.

Cela le fit sourire.

— Pavel Vanek, c'est à lui que j'ai vendu le revolver. C'est un junkie.

— Et je le trouve où, ce Pavel ?

— À Lausanne, dans le Red District.

— Une adresse plus précise ?

— L'adresse, c'est Pavel du Red District, dit-il d'une voix plus ferme. Il est connu comme le loup blanc, là-bas.

Massimo s'écarta de la feuille de Plexiglas et dévisagea Marion, tassé sur sa chaise. Où avait-il déjà vu ces yeux ?

— Sinéad O'Connor, hein, *avvocato* ?

— Ouais, répondit Marion en affrontant son regard perçant.

40

Marion récupéra son passeport à l'accueil de Marassi et sortit. Elle attendit d'être suffisamment loin de la prison pour se mettre à courir. Elle n'avait qu'une crainte : que Massimo Ponzano ne se souvienne où il l'avait vue. Les prisonniers passent leur temps devant la télé. S'il la reconnaissait et prévenait les gardiens, la police ne tarderait pas à être mise au courant, ce qui signifierait pour elle des difficultés supplémentaires à quitter l'Italie.

Elle courut le long de la Via Giovanni de Prà en direction de l'agence de location de voitures la plus proche. Elle l'avait repérée la veille sur l'ordinateur de l'hôtel.

Arrivée dans la rue de la succursale All Cars Genova, Marion découvrit le marché aux primeurs qui s'y tenait. Elle retrouva le sourire : la foule lui assurerait l'anonymat nécessaire. Elle commençait enfin à se détendre quand elle entendit une sirène de police derrière elle. N'osant se retourner, elle pressa le pas, mais la voiture se rapprochait. Consciente de l'impossibilité de se cacher, elle s'accroupit et fit mine de refaire ses lacets.

La voiture passa à côté d'elle sans ralentir. Marion resta ainsi, tête baissée vers ses Doc Martens, le temps que ses tremblements s'apaisent.

*

Assis à la terrasse d'un restaurant de montagne, Vincent, Élodie, Lola, Nathan et Timéo profitaient d'une escapade en famille devant une coupe de glace. Chacun avait commandé un parfum différent et le jeu consistait à faire tourner les coupes chaque fois que l'un d'entre eux était à court de devinettes, de blagues, ou qu'elles n'étaient pas drôles. La plus forte à ce jeu, c'était Lola.

— Un ado demande à son père : « Papa, t'as des préservatifs ? » Et le père répond : « Si j'en avais, tu serais pas là, fiston. »

Nathan éclata de rire. Timéo, qui n'avait pas compris, se tourna vers son père et demanda :

— C'est quoi, les préservatifs, papa ?

Pris au dépourvu, Vincent préféra botter en touche en s'écriant :

— On fait tourner !

— Nathan a trouvé ça drôle ! protesta Lola.

— Mais pas tout le monde. Il faut l'unanimité.

Chacun donna sa coupe à son voisin et Timéo ouvrit de grands yeux gourmands en découvrant le parfum dont il avait hérité : cookie dough.

— Vous avez intérêt à être drôles, dit-il, parce que je veux la garder, celle-là !

— Allez, à toi, Élodie ! sourit Vincent.

— Une devinette, alors, parce que les blagues, moi…

— Mais drôle, hein ? fit Timéo la bouche pleine.

— J'espère… Quel est le fruit préféré des hommes ?

Ils se regardèrent tous en dégustant leurs glaces. Personne ne semblait connaître la réponse. Alors Élodie dit fièrement :

— L'ananas !

Timéo éclata d'un rire inextinguible.

— Il a rien compris, il veut juste garder sa glace, ricana Lola.

— Si, j'ai compris ! protesta Timéo.

Le portable de Vincent sonna. Il décrocha et son sourire disparut en entendant la voix, à l'autre bout du fil.

— Oui, oui, je t'entends, dit-il en quittant la table précipitamment.

Élodie le regarda s'éloigner.

— Comment tu vas, Marion ?

Sous le coup de l'émotion, elle eut du mal à timbrer sa voix.

— Ça va, Vincent, mais... j'ai besoin d'aide.

— Tout ce que tu veux, répondit-il sans hésiter.

La main sur l'oreille, Marion tenta de s'éloigner des stands les plus bruyants du marché.

— Je dois louer une voiture et... je n'ai pas de quoi. Si tu pouvais la prépayer pour moi...

— Bien sûr. Donne-moi juste une adresse pour l'agence et le nom qui figure sur le permis.

— Je t'envoie ça par texto. Et tu l'effaces tout de suite après, OK ?

— OK.

— Je vais avoir besoin de cash aussi. 300 euros, ça suffira. Tu fais comme dans *L'Enfer vert* pour l'envoi et tu n'utilises pas ton vrai nom, OK ? Je te rembourserai bien sûr, mais...

— Ne dis pas de bêtises. Je m'en occupe dès réception du texto.

— Les enfants vont bien ?

— Tu leur manques, mais... ça va. Appelle-nous de temps en temps, hein ? Ne nous laisse pas sans nouvelles.

— Merci, Vincent. Embrasse-les pour moi. J'espère qu'ils comprendront.

Il voulut ajouter quelque chose, mais elle avait raccroché. Il resta là, à l'écart, les yeux perdus dans le paysage de montagne au-dessus de lui.

Élodie s'approcha derrière.

— C'était elle ?

— Oui.

— Qu'est-ce qu'elle voulait ?

Il hésita à répondre. Il savait que sa compagne désapprouverait ce qu'il s'apprêtait à faire.

*

— Repasse l'enregistrement, dit Kassar.

Assis devant une console numérique, un policier pianota sur son clavier. Luigi était assis à ses côtés et Kassar, penchée sur son épaule. Le technicien enclencha la touche *lecture* et les voix tendues de Marion et de Vincent résonnèrent bientôt dans les haut-parleurs.

— *Comment tu vas, Marion ?*

— *Ça va, Vincent, mais... j'ai besoin d'aide.*

— *Tout ce que tu veux.*

Le bruit de l'animation derrière retint l'attention de Kassar.

— Tu peux baisser les voix pour que le fond sonore ressorte ?

Le policier relança en avantageant les fréquences du lieu au détriment des échanges vocaux. L'animation bruyante d'une foule emplit bientôt la pièce et des bribes de conversations s'en détachèrent. Kassar fronça les sourcils et se tourna vers Luigi.

— T'as entendu les voix ? On dirait de l'italien.

Luigi s'approcha des enceintes.

— C'est même du génois, affirma le capitaine.

— Putain, elle est toujours là-bas ! s'exclama Kassar.

— *Je dois louer une voiture et... je n'ai pas de quoi. Si tu pouvais la prépayer pour moi...*

— Combien d'agences de location de voitures à Gênes ? demanda Kassar à Luigi.

— Ouh là ! Une bonne soixantaine, répondit le capitaine. La moitié est à l'aéroport.

— *Donne-moi juste une adresse pour l'agence et le nom qui figure sur le permis.*

— *Je t'envoie ça par texto. Et tu l'effaces tout de suite après, OK?*

— Ça ne sonne pas « aéroport », derrière, dit Kassar. Ça sonne « centre-ville ». On dirait un marché.

— Il y a autant de marchés que de quartiers à Gênes, précisa Luigi.

— T'as un moyen d'accéder au contenu du texto ? demanda la commandante au technicien.

Il secoua la tête.

— C'est un téléphone à carte.

— Bien sûr…

Kassar appuya sur la barre espace et l'enregistrement s'arrêta. Elle revint légèrement en arrière et enclencha à nouveau la lecture.

— *300 euros, ça suffira. Tu fais comme dans* L'Enfer vert *pour l'envoi et tu n'utilises pas ton vrai nom, OK?*

Elle pressa à nouveau la barre espace et réfléchit à voix haute :

— *L'Enfer vert*… Quelqu'un peut chercher sur Google ?

— Je suis dessus, commandante, rétorqua Luigi. C'est un de ses bouquins. Ça a l'air pas mal, hein ?

— OK, ben tu le commandes et tu te le tapes. Nous, on se concentre sur le mari. On audite ses comptes. Il a des infos et il faut qu'il les crache. Repérez-le-moi.

41

Centro medico-legale
Gênes, Italie

Les murs carrelés de vert donnaient à la morgue une allure de piscine à l'ancienne. Pourtant, l'odeur qui régnait là n'était pas celle du chlore mais bien du formol. Les tuyaux d'arrosage qui traînaient sous les tables tentaient en vain d'expurger les petites flaques de sang frais. Mais c'était peine perdue. Car il coulerait à nouveau. Deux corps ouverts en cours d'examen témoignaient de l'art que l'on pratiquait ici. Ils avaient été dégagés à la hâte afin de libérer l'espace pour une nouvelle venue.

L'enfant *cuatro* n'était désormais qu'un petit corps inerte allongé sur une table d'autopsie. Penchée au-dessus d'elle, la légiste faisait son rapport à Wim et au sous-préfet Caddeo, tout en l'enregistrant sur un dictaphone mains libres. Étant donné que Wim ne parlait pas italien, ils choisirent d'échanger en anglais.

— La mort est survenue à la suite d'une… cardiectomie, pratiquée selon la technique de sacrifice humain utilisée dans les cultures précolombiennes.

— Qu'est-ce qui vous permet de l'affirmer, docteure ? demanda Wim.

— Les résidus d'obsidienne retrouvés sur les plaies.

— D'obsi quoi ? s'enquit Caddeo.

— D'obsidienne. Une roche volcanique vitreuse dont le tranchant surpasse celui des rasoirs et des scalpels modernes. Les pierres de sacrifice des Aztèques et des Mayas étaient en obsidienne. Et puis il y a l'incision intercostale gauche qui prédominait lors des sacrifices humains. Elle permet de passer la main entre deux côtes pour accéder au cœur.

Tandis qu'elle commentait la procédure, la légiste avait du mal à conserver la neutralité nécessaire. D'ordinaire, les pathologistes effectuent leur tâche sans ciller, habitués qu'ils sont à dépecer les cadavres pour les faire parler. Mais, face à la dépouille de cette petite fille, la scientifique n'y parvenait plus.

— On utilise la même méthode aujourd'hui pour le massage cardiaque interne. Le tueur a donc… incisé à gauche du sternum, comme vous le voyez ici, passé sa main entre les côtes cinq et six et ouvert la plèvre.

Elle se détourna un moment du corps pour contrôler sa respiration et poursuivit, de dos :

— Dès lors, la victime perd connaissance par anoxie cérébrale et le tueur dispose de cinq à six minutes pour extraire le cœur palpitant.

— Vous voulez dire que la petite était vivante… ? s'enquit Wim, horrifié.

La pathologiste fit à nouveau face à ses interlocuteurs.

— Oui, mais pas consciente. Du reste, j'ai retrouvé des traces d'isoflurane dans les poumons. C'est le genre d'anesthésique que l'on administre au masque dans les cliniques vétérinaires. Le tueur a dû l'utiliser pour faciliter l'enlèvement.

— Qu'est-ce qui vous fait croire que le cœur battait encore quand il a été prélevé, docteure ? demanda Caddeo.

La légiste leva sa visière et s'essuya le front.

— Les tissus, gorgés d'hémoglobine. Signe que la pression sanguine a continué à se propager vers les plaies dans l'espoir de les cicatriser.

Wim avait assisté à des dizaines d'autopsies mais, pour la première fois de sa carrière, il éprouvait le besoin de quitter les lieux. La sonnerie de son portable lui servit d'excuse pour s'éloigner.

— Agent spécial Haag.

À l'autre bout du fil, Nayla Kassar arpentait l'open space du Bastion, des feuillets à la main.

— Elle est encore à Gênes. Elle a appelé son ex, de là-bas.

— Vous l'avez localisée ?

— Elle, non. Téléphone à carte. Mais lui, oui. Il est à Val Thorens. Comme elle se doutait qu'il était sur écoute, elle lui a transmis les infos sensibles par texto. Je vous fais écouter leur échange ?

— Allez-y.

Kassar enclencha l'enregistrement, puis l'interrompit pour préciser :

— On a passé en revue les comptes de Vincent Scriba. L'agence de location de voitures All Cars Genova a débité sa carte de crédit. Le nom qui figure sur le contrat de location est Melody Kaplan. Elle doit avoir un permis à ce nom-là.

Wim ne put s'empêcher de sourire.

— La fin de la conversation est un peu plus obscure, mais je vous la fais écouter quand même.

Elle appuya sur *lecture*.

— *Je vais avoir besoin de cash, aussi. 300 euros, ça suffira. Tu fais comme dans* L'Enfer vert *pour l'envoi. Et tu n'utilises pas ton vrai nom, OK?*

— *L'Enfer vert*..., réagit Wim. C'est le titre du premier roman de Scriba. Quant à Melody Kaplan, c'est le nom de son héroïne. Elle est pourchassée, elle aussi. Et il y a un chapitre où effectivement elle est à court d'argent. Faut que je relise le passage.

— Quoi, vous avez lu ce bouquin ?

— Bien sûr. Et les suivants aussi. Histoire de comprendre comment elle pense.

Kassar ne put s'empêcher d'éprouver de l'admiration pour la façon si particulière qu'avait Wim Haag d'enquêter.

— Et côté autopsie, vous avez du nouveau ? demanda-t-elle.

— Ils ont relevé de l'ADN sur les vêtements.

— Le sien ?

— L'analyse est en cours.

— On a essayé de joindre son ex-mari à Val Thorens, mais il ne répond pas. Je vais lui envoyer une convocation sur son lieu de vacances.

— Laissez tomber, je m'en occupe. En hélico, j'y serai dans moins d'une heure.

42

Siège d'Europol
La Haye, Pays-Bas

Silve avait passé une nuit blanche, la veille. Chaque fois qu'il fermait les yeux pour se forcer à dormir, c'était le visage de Marion qu'il voyait.

Une Marion agonisante.

Tout au long de la matinée, les remords avaient continué de tisser leur toile de chiendent. C'était pour tenter de les faire taire qu'il avait demandé ce rendez-vous à Europol.

Il se présenta devant le garde du hall d'entrée, lui tendit le badge qu'il avait récupéré à la réception et accéda aux ascenseurs.

Au sortir de la cabine, une jeune femme, la trentaine, en jupe tailleur et chemisier blanc, l'accueillit.

— Maître Silve ?

— C'est bien ça, mademoiselle.

— Suivez-moi, je vous prie.

Elle entraîna son visiteur dans des couloirs annexes sentant le renfermé. Elle présenta son œil devant un lecteur de rétine et une porte s'ouvrit sur un dédale de corridors et d'escaliers. Ils aboutirent à une sorte de sas donnant sur un open space plein d'employés d'Europol concentrés sur leurs ordinateurs et téléphones, puis parvinrent enfin au bureau présidentiel.

Reynaert termina une conversation téléphonique et se leva pour accueillir l'avocat. Elle lui serra la main presque chaleureusement.

— Merci de me recevoir dans un délai aussi court, madame la présidente, commença-t-il.

— Vous ne m'avez pas vraiment laissé le choix, maître, répondit Reynaert en invitant son hôte à s'asseoir face à elle. Vous êtes venu en avion ou en Eurostar ?

— En avion.

— Vous êtes descendu à quel hôtel ?

— On va parler tourisme ?

— Non, bien sûr… Alors, dites-moi, qu'est-ce qui vous amène, maître ?

— D'après vous ? Vous avez des nouvelles de Marion ?

Elle ajusta ses lunettes pour mieux étudier Silve.

— Elle a été repérée à Gênes. Mais apparemment, elle est passée entre les mailles.

— Elle suit toujours l'historique du revolver pour en connaître le dernier propriétaire?

— Ça en a tout l'air. Si elle continue comme ça, elle finira par débusquer notre homme.

L'avocat fixa Reynaert avec insistance. Gênée, elle rompit le silence.

— Vous avez le temps d'aller déjeuner ?

— Vous comprendrez que ce qui se passe en ce moment me coupe un peu l'appétit. J'ai entendu dire que Marion avait pris une balle à Marseille ?

— C'est que… (Elle lâcha un rire sonore.) nous avons affaire à une commandante de police un petit peu trop zélée.

Silve prit sur lui pour ne pas se mettre en colère.

— Je croyais que vous aviez votre meilleur agent sur place et que c'était lui qui menait l'enquête…

— C'est lui, oui, mais vous connaissez la France et son allergie pour l'autorité. Europol, ce n'est pas le FBI, et encore moins la CIA. Nous devons traiter avec les polices locales et leurs complexités administratives.

L'avocat lui jeta un regard noir.

— Vous m'aviez promis que Marion ne risquerait rien.

— Elle va bien, Pierre. Elle s'est débrouillée pour se faire soigner… (Elle sourit, n'en revenant toujours pas.) par une vétérinaire, vous le croyez, ça ? Votre cliente a une imagination sans limite.

— Et vous, sans scrupule. Je ne vous lâcherai pas en pleine tempête, madame la présidente, mais je veux que vous sachiez que la façon dont les choses tournent ne me convient pas.

Reynaert ôta ses lunettes. Sans elles, son regard était moins sévère.

— Pierre… je suis consciente des sacrifices que je vous demande, mais… nous sommes en guerre ! Nous ne pouvons pas nous permettre d'être sentimentaux ou frileux. Si le massacre des innocents se poursuit, les risques de déliquescence de l'Europe sont énormes. Mais… si notre plan fonctionne… tout rentrera dans l'ordre.

Silve sourit amèrement.

— Vous le croyez vraiment ?

— Bien sûr, assura-t-elle.

— Moi, je n'y crois plus, madame la présidente. S'il devait arriver quelque chose à Marion, sachez que je ne vous le pardonnerais pas.

— Une menace, Pierre ?

— La simple vérité. Vous vous souvenez encore de ce que c'est, n'est-ce pas ? La vérité ?

Ils se dévisagèrent longuement. Puis Silve se leva et prit congé.

Reynaert regarda dans le vague, perdue dans ses pensées.

43

Les sommets majestueux de Val Thorens se dressaient fièrement sous un ciel sans nuages. Leurs cimes enneigées qui scintillaient sous les rayons du soleil s'obscurcirent soudain pour accueillir un insecte géant dont les ailes métalliques tournoyaient sans relâche. L'hélicoptère d'Europol survola un instant les pistes de la station alpine et ses bâtiments traditionnels pour se poser sur l'hélistation prévue à cet effet. Les flocons chassés par les pales luttaient pour survivre au tourbillon créé par le rotor.

Wim descendit de l'appareil et trouva refuge dans un taxi. Il déclina l'adresse et profita de ce temps de transport pour accorder à son corps le sommeil qu'il réclamait désespérément.

— Monsieur ? On est arrivé.

Wim ouvrit les yeux. Accoudé à son dossier, le chauffeur observait son passager. Sa cicatrice à la joue faisait toujours son petit effet. Wim le remercia d'un hochement de tête et sortit de quoi payer la course.

— Vous voulez une fiche, monsieur ?

— Oui, merci.

Pendant que le conducteur rédigeait le reçu, Wim jeta un œil à travers la fenêtre. La façade de l'hôtel semblait avoir surgi du cœur de la montagne, tant son bois noble épousait le paysage.

Le hall d'entrée s'ouvrait sur un vaste espace confortable qu'une imposante cheminée réchauffait en crépitant. Wim s'avança vers l'accueil et exhiba son badge. La réceptionniste se figea instantanément.

— Agent spécial Wim Haag d'Europol. Pouvez-vous demander à M. Scriba de me rejoindre au bar, s'il vous plaît ?

— Bien sûr, monsieur.

Elle saisit le combiné et composa nerveusement un numéro de chambre en osant à peine regarder son interlocuteur.

Quelques minutes plus tard, Vincent pénétrait dans le bar de l'hôtel. Ses épaules légèrement voûtées témoignaient du fardeau que représentait pour lui cette confrontation. Il jeta un regard anxieux dans la pièce, cherchant à identifier l'agent d'Europol parmi les clients présents. Installé à une table près de la fenêtre, Wim lui fit un signe discret et se leva pour le saluer.

— Je vous remercie d'avoir accepté cet entretien, monsieur…

— J'ai déjà dit tout ce que je savais à vos collègues, l'interrompit Vincent. Pourquoi refusez-vous de nous laisser tranquilles ?

— Avez-vous conscience de la situation dans laquelle vous vous trouvez, monsieur Scriba ?

— Dans laquelle *je* me trouve ?

L'agent invita d'un geste Vincent à s'asseoir. Il y consentit après une certaine hésitation. La voix de Wim était calme et posée, mais chaque mot semblait porter un poids considérable.

— Depuis combien de temps connaissez-vous la mère de vos enfants, monsieur Scriba ?

— C'est important ?

— J'en ai bien peur.

— Depuis douze ans.

— Comment vous êtes-vous rencontrés ?

— À une réception à l'ambassade américaine...

Le regard de Vincent bascula imperceptiblement dans des souvenirs qui finirent par l'engloutir.

— On ne voyait qu'elle dans la salle. Elle s'exprimait avec un franc-parler qui faisait mouche et déclenchait des fous rires. Elle ne respectait aucun protocole, mais tout le monde semblait s'en accommoder.

Wim hocha la tête pour encourager la confession.

— En regagnant ma voiture en fin de soirée, j'ai découvert mes quatre pneus crevés. Marion m'a proposé de me raccompagner sur sa Vespa et la soirée s'est prolongée... pendant des années.

Vincent eut un faible sourire teinté de tristesse et de nostalgie.

— On peut donc dire que vous connaissez bien Marion ?

— Mieux que quiconque, répondit-il avec une pointe d'indignation. On ne fait pas trois enfants à une femme sans la connaître un minimum.

Wim marchait sur des œufs car la révélation qu'il s'apprêtait à faire allait forcément être douloureuse.

— Puis-je vous appeler Vincent, monsieur Scriba ?

— Non, je n'y tiens pas.

— Ce que je vais vous montrer va vous choquer. Vous horrifier, même, au point que votre esprit refusera, dans un premier temps, d'y croire. Pourtant, c'est… la stricte vérité.

— Quoi que vous me montriez, je connais Marion et je sais qu'elle est innocente de ce dont on l'accuse.

Cette réaction toucha Wim. Il aurait eu la même si on avait osé mettre en doute la probité de Claire. Vincent ne le quittait pas des yeux, se préparant au pire. Désireux de raccourcir son calvaire, Wim sortit une photo de la poche intérieure de son manteau et la posa sur la table.

— Est-ce que… vous reconnaissez cette femme, monsieur Scriba ?

Vincent prit le cliché dans ses mains tremblantes et l'étudia. On y voyait une Marion brune, en uniforme camouflage, un brassard aux couleurs du drapeau colombien sur l'épaule et une kalachnikov en main. Choqué, Vincent était à court de mots. Il se contenta d'adresser un regard perdu à l'agent d'Europol.

— Avant de vous rencontrer, Marion, ou devrais-je dire Gloria, a passé sept ans dans la jungle colombienne en tant que combattante des Sans-Voix, une armée révolutionnaire zapatiste responsable de nombreux enlèvements et attentats en Colombie.

— Je… je ne vous crois pas, murmura Vincent d'une voix faible et étouffée. C'est… c'est un photomontage… un *fake* dû à l'intelligence artificielle ?

— Malheureusement non, monsieur Scriba.

— Marion est antimilitariste, comment voulez-vous que…

— Marion l'est. Pas Gloria.

Vincent se massa les tempes et se mit à trembler.

— Je comprends que vous soyez bouleversé par ces révélations, monsieur Scriba, mais la femme qui est en cavale actuellement et qui nous échappe n'y parvient qu'en raison de l'entraînement qu'elle a suivi dans des conditions de survie bien plus difficiles que celles qui lui sont infligées.

Vincent regarda à nouveau la photo à la recherche d'un défaut qui trahirait la supercherie. Mais il n'y parvenait pas.

— Ce n'est pas possible, insista-t-il d'une voix à peine audible. Marion a toujours été engagée socialement, bien sûr, les sans-abris, les OGM, l'environnement… mais c'étaient des combats d'adolescente. Aujourd'hui, c'est une mère exemplaire et… c'est juste impossible.

Il laissa tomber le cliché et secoua la tête, déboussolé.

— D'après nos renseignements, Marion Lacoste, le nom de jeune fille de votre ex-femme, participait à une mission environnementale contre la déforestation quand elle a disparu en 2005 en Colombie. Forestever a déposé une plainte pour enlèvement et séquestration, une commission rogatoire internationale a été envoyée quelques mois plus tard. La Colombie a même donné son feu vert pour que le 36 vienne enquêter sur place. Mais ils ont fait chou blanc. La raison essentielle est que Marion n'a pas été enlevée. Elle s'est engagée secrètement dans l'armée révolutionnaire des Sans-Voix. Et elle s'est battue à leurs côtés pendant sept ans. En 2012, on la retrouve en France, sans savoir comment elle y est arrivée, ni ce qui l'a poussée à déserter.

Vincent cherchait désespérément un argument qui aurait pu donner du sens à ces révélations, mais il n'en trouvait aucun.

— Vous avez sûrement des tas de questions à me poser, monsieur Scriba. Et je suis prêt à vous donner toutes les réponses dont je dispose, mais…

— Quel rapport avec ce dont on l'accuse ? l'interrompit Vincent.

— Pour autant que nous puissions en juger, quelqu'un essaie de lui faire porter la responsabilité des meurtres d'enfants en plaçant son ADN sur les scènes de crime. Tout nous porte à croire qu'elle connaît le vrai meurtrier, peut-être un ancien membre des Sans-Voix. Elle le traque elle-même. Ce faisant, elle se met en danger.

Il y avait une telle sincérité dans la voix de Wim que Vincent était tenté de le croire, d'autant que l'agent d'Europol remettait en question la culpabilité de Marion. Mais peut-être était-ce un piège ?

— Qu'est-ce que vous attendez de moi ?

— Que vous m'aidiez à la convaincre de se rendre.

— Pourquoi ? Pour qu'elle retourne croupir en prison ?

— Non. Pour qu'elle nous aide à arrêter l'individu qui est derrière ces meurtres avant qu'il frappe à nouveau.

— Elle ne vous croira jamais. Marion déteste les flics. Et son séjour en Colombie n'a pas dû arranger les choses.

— Vous savez ce que les Sans-Voix font aux déserteurs, monsieur Scriba ? Marion est en grand danger.

L'argument fit mouche. Wim en profita pour avancer ses pions.

— Vous connaissez sa nouvelle identité et l'endroit où elle va récupérer votre argent. Aidez-moi à vous aider. La place de Marion est auprès de ses enfants, pas dans une cavale qui l'expose.

Vincent baissa la tête, tiraillé entre des sentiments contradictoires.

44

Lausanne, Suisse

Vincent était sûrement sur écoute. Mais Marion n'avait échangé oralement aucune information susceptible de trahir sa position. Quant aux textos, ils n'étaient pas interceptables. Alors pourquoi était-elle aussi anxieuse ?

L'agent d'Europol, voilà pourquoi.

Il avait fait preuve de tant de perspicacité jusqu'ici qu'il trouverait bien quelque chose à exploiter. Dans les polars, l'ambiance sonore du lieu d'où provenait l'appel était souvent chargée d'indices permettant de localiser le suspect. Cela avait-il été le cas pour la sienne ? Combien de temps faudrait-il pour que la police fasse le lien entre la carte de crédit de Vincent et la photocopie du permis de conduire de Melody Kaplan dans le contrat de location ? Combien de temps pour que sa nouvelle identité et son nouveau look tournent en boucle sur les chaînes d'info ?

Elle s'arrêta sur le bord de la route et se débarrassa des vêtements chics que Jeffrey Young lui avait achetés pour avoir l'air d'une avocate. Un pantalon de randonnée, une chemise à carreaux et un haut de survêtement feraient l'affaire.

Elle s'en voulait. En quittant Gênes, elle avait été flashée pour excès de vitesse. Si elle avait conduit un peu plus calmement, elle aurait eu le temps d'apercevoir le radar.

Elle avait évité les autoroutes italiennes pour monter sur Milan mais, une fois la frontière suisse passée, elle avait repris les grands axes pour atteindre Lausanne au plus vite.

Traverser le poste-frontière de Brodega sans souci lui avait procuré une sensation grisante. Son nouveau look crâne rasé et le passeport de Jeffrey lui avaient permis de passer à travers les mailles du filet. Car mailles il y avait bien. Pendant que le douanier vérifiait son identité, elle avait aperçu sa photo de romancière blonde affichée dans la cabine parmi les *most wanted.* Mais elle avait conscience que la bonne étoile qui avait veillé sur elle jusque-là pouvait l'abandonner à tout moment.

Elle gara son Audi Q5 noire sur la rue des Terreaux en face de l'agence de la Western Union. Il y avait beaucoup de clients devant le comptoir. Il valait mieux attendre que le flux s'éclaircisse. Elle sortit son téléphone et composa un numéro.

Sur la table de nuit d'une chambre d'hôtel, un portable sonna. Élodie s'en approcha et vit le nom « Marion » s'afficher sur l'écran. Elle se retourna vers la salle de bains. Le bruit de la douche lui confirma que Vincent était hors d'atteinte. Elle hésita, prit la communication et s'éloigna.

— Allô, Marion ? C'est Élodie.

Durant les quelques secondes de silence qui suivirent, Marion hésita à raccrocher. Mais son interlocutrice poursuivit à voix basse :

— Pourquoi vous vous êtes enfuie ? Ça vous donne l'air encore plus coupable.

Marion tenta de conserver son sang-froid. Sa rivale n'avait sans doute jamais cru à son innocence. Pourquoi y croirait-elle maintenant ?

— Qu'est-ce que ça peut vous foutre, hein ? Passez-moi Vincent.

— Il est sous la douche.

— Les enfants, alors. J'ai besoin de leur parler.

— Je ne peux pas vous les passer. Ils sont à la piscine.

— Allez les chercher.

Élodie se tut. Quand elle parla de nouveau, son ton était beaucoup moins amical.

— Il faut que vous cessiez de nous impliquer dans votre cavale, Marion. Vous avez fait votre choix, ce n'est pas le nôtre. Nous ne pouvons pas aider une fugitive. Mon conseil, en tant qu'amie, est d'aller vous rendre de vous-même à la police.

Le dégoût et la colère terrassèrent Marion. Elle s'agrippa au volant et fit un effort pour réprimer l'amertume dans sa voix.

— Vous n'êtes pas mon amie.

Elle raccrocha et se tourna vers le guichet de la Western Union. Il y avait moins de monde. Elle récupéra le chapeau dans son sac à dos, le glissa sur son crâne rasé et vérifia, dans le rétroviseur, le changement de look qu'il opérait. Satisfaite, elle descendit avec son sac à dos, traversa la rue des Terreaux et poussa la porte de l'agence.

Garé un peu plus loin, à bord d'une Toyota bleu marine, Wim l'observait. Recroquevillé derrière le volant, il déposa son exemplaire de *L'Enfer vert* sur le siège passager et descendit.

Derrière la vitre du guichet, l'employé pianotait sur son ordinateur à la recherche de la transaction de Marion.

— Vous pouvez me donner votre nom, s'il vous plaît ?

— Kaplan. Melody Kaplan avec un K.

L'employé consulta son terminal.

— Ah, ça y est, je vous ai trouvée. Ce n'est pas trois cents, c'est mille !

Marion fronça les sourcils. Vincent avait envoyé trop d'argent. Et elle craignait que cela n'attire l'attention de ceux qui la traquaient. L'employé s'approcha de la paroi vitrée avec une liasse de billets de cent. Il les énuméra en les déposant un à un sur le comptoir.

— Je vous souhaite une bonne journée, madame Kaplan. Suivant, s'il vous plaît ?

Marion ramassa son cash, le glissa dans son sac à dos Spiderman et sortit précipitamment. Une fois à l'extérieur, elle se retrouva nez à nez avec Wim, qui la dévisageait.

— Marion Scriba ?

Son propre nom la paralysa.

Il écarta sa veste, révélant le Glock 9 mm qu'il portait dans un holster.

— Veuillez me suivre, s'il vous plaît.

Cette cicatrice qui lui barrait la joue et ces yeux clairs… Elle était face à l'agent d'Europol qui la traquait. Tout ce qu'elle avait accompli jusqu'ici, tous les risques qu'elle avait pris pour avoir une chance de prouver son innocence, tout cela ne pouvait pas n'avoir servi à rien !

Sa raison lui dictait de ne pas résister et de se laisser reprendre. Son instinct lui soufflait de rester libre à tout prix.

Quelque chose vrilla en elle. Cela ne dura qu'un quart de seconde, mais sa fureur, à ce moment-là, appartenait plus à Gloria qu'à Marion. Elle se jeta sur Wim, saisit l'arme avant lui et le braqua, les doigts crispés sur le pistolet.

Des passants hurlèrent. D'autres s'enfuirent, paniqués, à la recherche d'une échappatoire.

Les yeux fiévreux de Marion étaient menaçants. Pourtant, pas une seconde l'agent spécial Haag n'eut peur. Ce qu'il avait appris sur la personnalité de Marion en lisant ses romans lui prouvait qu'elle n'appuierait jamais sur la détente. Mais quelle serait l'attitude de Gloria ?

— Je n'ai pas tué ces enfants, déclara-t-elle, essoufflée.

— Je sais, répondit Wim. Mais vous connaissez le coupable. Aidez-nous à le retrouver.

Pour toute réponse, Marion assena un violent coup de crosse à l'agent, le projetant à terre. Puis elle jeta le pistolet le plus loin possible et s'enfuit en courant.

Il fallait qu'elle le sème. Et sa cheville était loin de l'y aider.

Wim se releva, mit un certain temps à récupérer son arme et se lança à la poursuite de la fugitive.

Marion tourna à droite et s'engagea en boitillant sur la Route 9. La voie était trop large pour s'y dissimuler. Heureusement, le trafic était intense à cette heure. Elle put donc se faufiler entre les voitures comme dans un labyrinthe. Elle se débarrassa de son chapeau et de son haut de survêtement, histoire de modifier rapidement sa silhouette. Et c'est vrai que son crâne rasé et sa chemise à carreaux la transformaient.

Lorsque Wim déboucha sur la Route 9, il regarda à gauche et à droite. Des klaxons attirèrent son attention.

Marion prenait tous les risques en courant au milieu du trafic. Et les conducteurs protestaient.

Sans la perdre de vue, Wim courait à perdre haleine. Parfois, il braquait son arme sur un conducteur pour qu'il lui cède le passage.

Marion jeta un coup d'œil par-dessus son épaule.

Elle l'avait semé.

Pour gagner en visibilité, Wim grimpa sur un banc public et repéra la silhouette de Marion à une trentaine de mètres. Elle s'engouffrait dans la station de métro Grancy. Il s'y précipita et emprunta l'Escalator. Arrivant sur un quai bondé, Wim eut beau jouer des coudes pour se frayer un chemin vers la rame, interpeller quelqu'un en pleine heure de pointe tenait du miracle. D'autant que les passagers descendant des wagons se mélangeaient à ceux qui montaient.

L'alarme des portes retentit.

Elles commencèrent à se fermer. Marion parvint à se hisser à bord et aperçut l'agent qui luttait pour l'y rejoindre. Mais la marée humaine l'en empêchait. Derrière lui, sur les murs de la station, un spectacle surréaliste attendait Marion : son visage de romancière s'étalait sur quatre mètres par trois avec, comme slogan :

« INNOCENTE, *de Marion Scriba.*
Le thriller qu'elle écrit en cavale. »

Les portes se fermèrent.

Dans la précipitation, le sac à dos Spiderman resta coincé à l'extérieur, sa lanière entre les battants. Wim dégagea violemment les passagers pour se frayer un chemin jusqu'au bagage. Il parvint à l'agripper *in extremis* alors que le train se mettait en marche. Il fut même contraint de courir en bordure de rame pour tenter de l'arracher.

Le visage pressé contre la vitre, Marion le voyait s'acharner pour essayer de récupérer le sac. Dans le regard que Wim échangea avec sa proie se mélangeaient défi et respect. D'un ultime geste, il arracha son butin et s'effondra sur le quai, tandis que le métro disparaissait dans le tunnel.

Essoufflé, il se redressa et ouvrit le sac à dos. À l'intérieur, il découvrit les 1 000 euros que Vincent avait envoyés, mais surtout le téléphone portable à carte que Fanny avait donné à Marion.

45

Rennemoulin, Yvelines

Sous la voûte d'une grande serre, un vieil homme travaillait, entouré de verdure, dans la lumière dorée du soleil couchant. Penché sur ses précieux rosiers, il taillait chacune de leurs branches avec une précision d'orfèvre. Ses bésicles perchées sur le bout de son nez lui permettaient de n'en manquer aucun détail.

Dans une myriade de couleurs, les fleurs s'épanouissaient autour de lui. Du rose poudré au blanc virginal. De l'orange vif au rouge passion. Le parfum intense qu'elles dégageaient se mêlait aux senteurs terreuses de leur refuge et à l'arôme de sève qui les nourrissait.

Ce silence végétal n'était rompu que par le crépitement des feuilles sous les bottes du jardinier et par le son métallique du sécateur élaguant les tiges. Aussi, quand une portière claqua, le dos légèrement voûté de Jeffrey Young se redressa.

Dehors, devant sa maison en pierre de taille, des pas précipités retentirent. Le vieil homme s'approcha des panneaux de verre, cisaille en main. Une voiture de police était garée devant le portail, portières ouvertes et moteur au ralenti.

Instinctivement, l'ex-agent de la CIA retrouva ses réflexes. Il quitta la roseraie à pas de loup et rasa les murs jusqu'à la porte arrière du jardin. Mais, sur le point de l'ouvrir, il perçut le cliquetis des armes, provoqué par le déplacement des policiers se massant sur le trottoir.

Pris au piège, il retourna tranquillement vers la serre et décida d'y attendre la meute, en poursuivant la taille de ses fleurs.

Accompagnée de six policiers, Kassar fit irruption dans l'abri de verre en brandissant sa carte.

— Commandante Kassar, brigade criminelle. Vous êtes Jeffrey Young ?

— Depuis trop longtemps, oui, répondit-il posément sans interrompre son travail. Je suppose que c'est de Marion Scriba qu'il s'agit ?

— Qu'est-ce qui vous fait croire ça ?

— Intuition masculine, sourit-il.

— On a trouvé votre numéro sur un téléphone à carte récupéré dans les affaires de Scriba. Vous expliquez ça comment ?

— Je suis consultant pour elle. Je lis ses polars et lui fais part des problèmes de crédibilité qui se posent parfois. Comme en ce moment, avec les accusations qui pèsent sur elle.

— Accusations contre lesquelles vos conseils d'ex-agent de la CIA peuvent être très utiles. C'est pour cela qu'elle vous a téléphoné ?

Le vieil homme se tourna vers les policiers et les interpella.

— Attention à mes roses, les enfants ! Elles ne vous ont rien fait, à part vous offrir leur parfum.

— « Pavel Vanek, Red District, Lausanne ». Ça vous dit quelque chose ?

— Ça devrait ?

— Ces cinq mots étaient griffonnés dans un carnet retrouvé dans le sac à dos de votre protégée. Elle semble suivre l'historique de l'arme qui l'a impliquée. Est-ce que ce Pavel Vanek est le vrai coupable qu'elle recherche ?

Jeffrey Young déposa son sécateur sur un petit établi et tendit ses poignets vers Kassar en disant :

— Si vous voulez m'interroger, nous serons mieux chez vous. Après, bien sûr, que vous m'aurez montré la commission rogatoire qui justifie la violation de mon domicile.

Une heure plus tard, derrière un miroir sans tain, la commandante observait Jeffrey Young attablé en salle d'interrogatoire. Il semblait calme, posé, aussi à l'aise qu'un athlète certain que, quel que soit le niveau de son adversaire, il l'emporterait haut la main.

Une porte s'ouvrit derrière Kassar. Le capitaine Luigi Pietri entra, des feuillets à la main.

— J'ai passé au crible les infos qu'on a sur lui depuis qu'il s'est installé en France il y a douze ans. C'est un retraité modèle. Casier judiciaire vierge, aucune contravention, pas de découvert sur son compte, loyer payé à l'heure. Il est même classé parmi les dix meilleurs joueurs d'échecs européens. Si l'on n'avait pas trouvé cet arsenal chez lui, on n'aurait jamais pensé à vérifier auprès des renseignements généraux.

— Il a les permis pour détenir ces armes ? demanda Kassar.

— Bien sûr. Et devinez qui les lui a attribués ?

— L'Armée ?

— Les Navy Seals.

Il tendit les feuillets à la commandante qui les parcourut fébrilement.

— Notre Jeffrey Young est un ancien membre des Forces spéciales, poursuivit Luigi. Et il faut voir son palmarès. Ses rapports de mission sont éloquents : l'Irak, le Yémen…

— La Colombie ? pressentit la commandante.

Luigi hocha la tête. Kassar colla son front contre la vitre et expira sa frustration. Dans la buée, elle écrivit « Sans-Voix ».

— Young y était en quelle année ?

— Où ça ?

— En Colombie.

— Entre 2008 et 2012.

— Pendant que Scriba y était…

Elle observa plus attentivement le vieil homme respectable qui l'attendait patiemment et se demanda combien d'âmes il avait sur la conscience. S'était-il appliqué à les neutraliser avec la même attention qu'il consacrait aujourd'hui à ses roses ?

— Il a appelé un avocat ? s'enquit-elle.

— Il n'en veut pas.

Kassar pénétra dans la salle d'interrogatoire avec deux cafés. Elle en déposa un devant son suspect et alla s'asseoir face à lui en disant :

— Ce n'est pas du colombien, mais c'est tout ce qu'on a.

Jeffrey se contenta de sourire.

— Étant donné vos états de service, agent Young, je ne vais pas vous jouer la grande scène de l'interrogatoire. Vous connaissez tous les pièges et vous êtes sûrement plus doué que moi pour ça.

— Je l'étais. Mais… vous verrez, commandante, quand on atteint un grand âge, on ne voit plus grand monde. Les conversations sont de plus en plus rares. Donc je vous remercie du temps que vous voulez bien me consacrer.

Kassar ne put s'empêcher d'apprécier la finesse de la repartie. La barre était haut. Son ton était sans relief, indéchiffrable. La policière prit le temps de la réflexion et entra dans le vif du sujet.

— Je dois vous avouer que ce que votre « grand âge » a réussi à accomplir avec votre protégée est très impressionnant. Je fais ce métier depuis quinze ans et la plupart des évasions sont soit attribuées à la chance, soit à la violence. Et ici, rien de tout ça. Quant à cette cavale, elle est déconcertante. Professionnellement parlant, j'ai beaucoup d'admiration pour vous deux.

Le regard de Young s'attarda sur la croix que la policière portait en pendentif.

— C'est aux athlètes qu'on donne les médailles, commandante, pas au public qui les soutient. Marion cherche à prouver son innocence et je respecte ça. J'essaie juste de lui éviter des erreurs fatales.

— En lui fournissant des faux papiers ? Melody Kaplan, jolie mise en abyme.

Le vieil homme sourit à nouveau et s'adossa à son siège en disant :

— Tous les papiers sont faux. Ils n'ont de valeur que celle que le monde leur accorde. Vous comme moi n'existons que parce que quelqu'un le veut bien.

— Qui ça ?

— Celui qui établit les règles. Cette pièce même n'est qu'un décor dans lequel nous sommes contraints de nous entretenir. Sans la fonction qu'on lui accorde, il n'existe plus.

— Vous voulez dire quoi par là ?

— Vous n'êtes pas encore prête pour la réponse, sourit-il avec empathie. Que puis-je faire pour vous, commandante ?

— Aidez-moi à ramener Scriba pacifiquement.

— Où ça ? En prison ? Pendant que le vrai coupable court toujours ?

— Elle le connaît, n'est-ce pas ? Il est lié à sa vie d'avant en Colombie, quand elle était Gloria ?

Le vieil homme leva les yeux vers le plafond et soupira.

— Nous avons tous une *backstory*, commandante, un passé qui nous définit et qui justifie nos actions. Le tueur que vous recherchez en a une, lui aussi. Ce n'est pas un méchant de pacotille qui n'existe que pour vous mettre en valeur, vous, les héros de cette histoire. Il faut de vraies motivations pour faire le Mal. Le Bien fait partie du package que l'on reçoit à la naissance, ce n'est pas une option. On vous l'inculque au biberon, à la Pavlov. La plupart des gens sont conditionnés à faire le Bien. Ils le pratiquent par habitude, sans le remettre en question ni même s'en apercevoir. Le Mal, lui, est acquis. C'est une vocation.

— Qu'est-ce qui motive le tueur à s'en prendre à Scriba ? Pourquoi cherche-t-il à la faire condamner en plaçant son ADN sur les scènes de crime ?

— C'est ce que Marion cherche à découvrir.

— Contactez-la et unissons nos forces avant qu'il ne tue à nouveau.

— Ce n'est pas moi qui la contacte, commandante, c'est elle. Je ne sais pas où elle est en ce moment, ni où elle va.

— Vous pourriez la joindre autrement.

— Comment ?

— Par les médias. Dites le mot et je convoque une équipe de tournage ici même dans l'heure.

— Il n'aimera pas ça.

— Qui ça ?

— Celui qu'elle traque. Il aura l'impression qu'on conspire contre lui, qu'on veut lui forcer la main et nous perdrons tout contrôle sur les événements. Nous devons chacun rester dans notre rôle : Marion dans celui de la fugitive qui cherche à prouver son innocence, vous et Wim Haag dans celui des poursuivants et moi dans celui du complice qui sera ou non accusé d'obstruction à la justice en fonction de ce que vous décidez. Vous avez cette liberté-là, commandante. Le reste ne vous appartient pas.

Nayla Kassar sortit dans le couloir et retrouva Luigi Pietri.

— Alors ?

— Il nous sera plus utile dehors que dedans. Car, tôt ou tard, Scriba l'appellera. Mettons-le sur écoute et faisons-le suivre.

— Il doit avoir la parade pour tout ça, vous ne croyez pas ?

— Ce sera un bon exercice pour les gars.

— Il est bien perché, hein ?

— Cultivé, tu veux dire ? On ne fait plus la différence, aujourd'hui. Quand on ne comprend pas quelque chose, on préfère en rire. Ça détourne l'attention, mais ça ne résout pas le problème. Faut que tu lâches ta console et que tu lises, Luigi. Tes neurones s'emmerdent.

Nayla tourna les talons et son collègue la regarda s'éloigner, en méditant ses paroles.

46

Red District
Lausanne, Suisse

Elle cherchait un travesti punk décoloré.

C'était comme ça que le proxo skinhead auquel elle s'était adressée avait décrit Pavel Vanek. Le convaincre de parler avait coûté à Marion la moitié des billets qui lui restaient. Oui, il savait où trouver Pavel. Mais non, il ne bossait pas dans le Red District. Les sexbox prototypes, inspirées de celles de Zurich, étaient réservées aux femmes. Les hommes, les trans et les travestis se prostituaient désormais dans les maisons closes ou les bars LGBT de Tivoli. Pavel travaillait là-bas. Il suffisait de descendre Sévelin, de passer sous le tunnel et de s'arrêter à l'ancien cinéma, transformé en boîte à strip-tease.

— Le Vegasex, conclut-il. Facile à retenir, hein? C'est là qu'il fait la pute.

— La pute? s'étonna Marion.

— Ben ouais… tu voulais faire quoi avec lui ? Du yoga?

Le proxo éclata de rire et enchaîna:

— Mais si tu cherches du travail, ma jolie, je peux m'en occuper. Entre skins, faut bien s'entraider.

Marion avait pensé à tout en se rasant la tête, sauf à ça.

— Avec ton look de MILF, tu ferais bander le pape. Et tu verras, les sexbox, c'est *supersafe*. Ils nous ont même construit une cabine de toilettes dans la rue rien que pour nous.

Il pointa du doigt une dizaine de cabanes en bois, chacune éclairée d'un néon de couleur différente. Les voitures s'y garaient et le client avait le choix entre deux à six prostituées.

— C'est comme un drive de fast-food. On se gare, on est servi, on sort. L'industrie des loisirs est en plein essor à Lausanne.

— Des loisirs, hein ?

Marion avait plutôt l'impression d'un parc d'attractions sordide.

— Tiens, tu veux ma carte ?

— Non, merci.

Elle tourna les talons et l'entendit ajouter :

— La prostitution est légale en Suisse depuis 1942 !

Marion remonta la rue Tivoli à grands pas. La chaussée était mouillée et les enseignes crues et criardes des sex-shops qui s'y reflétaient lui donnaient l'impression d'être dans un de ses polars. Le problème était qu'elle n'en contrôlait pas l'intrigue. Elle était seule dans le quartier le plus dangereux de Lausanne et ne savait absolument pas comment elle allait soutirer à ce Pavel l'information dont elle avait besoin.

Elle s'enfonça dans le fameux tunnel et regretta soudain de ne pas avoir repris sa voiture. Elle sentit une boule se former au creux de son estomac et se surprit à presser le pas. Elle passa devant des SDF qui s'étaient allongés là pour passer la nuit au sec. Ils l'interpellèrent dans une langue qu'elle ne comprenait pas, mais leur gestuelle obscène était suffisamment claire pour qu'elle s'enfuie à toutes jambes. Heureusement, ils étaient trop ivres pour la rattraper.

Au sortir du tunnel, la bruine s'était transformée en vraie pluie. Le brouillard effaçait les frontières nocturnes, ajoutant une touche victorienne à l'ambiance.

L'ancien cinéma était coincé entre une boutique de DVD porno et une supérette asiatique. Sa devanture vintage annonçait en lettres lumineuses géantes :

VEGASEX, le club qui ne dort jamais

Une bonimenteuse trans accosta très vite Marion. Maquillage peroxydé en nid d'abeille, cigarette pendante accrochée à une bouche brillante et rugueuse, elle débita son pitch comme un représentant faisant du porte-à-porte.

— 50 francs suisses pour un petit coup de lubrifiant, 90 pour le service complet et 180 pour l'enfoncer à l'envers. Quelque chose qui te tente là-dedans ?

— Euh… je veux voir Pavel.

— Pavel ? Rien que ça ? Tu as des goûts de luxe, poulette !

— Luxe, je sais pas, mais… c'est Pavel que je veux.

— T'inquiète, on va s'arranger. C'est ta première fois à Vega ?

L'entrée des « artistes » était étroite et mal éclairée. L'escalier branlant qui conduisait à l'ancienne cabine de projection empestait le tabac froid et le sperme. En gravissant les marches, Marion avait la sensation étrange de descendre aux enfers. Elle avait bien le 1873 sur elle, mais difficile de se défendre avec un revolver qui n'était même pas chargé !

À l'étage, un long couloir desservait d'anciens bureaux transformés en chambres de passe. Leurs portes délabrées ne réservaient aucune intimité car de grandes baies vitrées donnaient à voir ce qui s'y passait.

L'ouvreuse du lieu était un *macho man*, façon Village People. Lourde moustache, casquette nazie, grosse chaîne autour du cou, il fit signe à Marion d'avancer. Il lui donna tout sauf envie de le contrarier.

— C'est toi, pour Pavel ? demanda-t-il en ajustant son oreillette.

Marion acquiesça, mal à l'aise.

— Tu veux boire quelque chose ?

Elle secoua la tête, incapable d'articuler quoi que ce soit.

— Très bien. Attends ici. Il finit un client et il est à toi.

Il fit entrer Marion dans l'ancienne cabine de projection et referma la porte derrière elle. Elle se retrouva seule dans cette pièce qui n'avait qu'un seul avantage : ses parois n'étaient pas vitrées. Mais avantage pour qui ? Rien de ce qui s'y passerait ne serait visible de l'extérieur.

Un énorme projecteur dominait un décor spartiate composé essentiellement d'un matelas au ras du sol et d'une caisse qui faisait office de table de nuit. Un bol rempli de préservatifs y trônait à côté de seringues prêtes à l'emploi.

Marion eut soudain envie de fuir. Qu'allaient devenir ses enfants s'il lui arrivait quelque chose ? La lumière clignotante, qui provenait des néons de la façade extérieure, colorait les stores vénitiens. Marion les écarta et aperçut ce qui ressemblait à un escalier de secours.

— Tu pars avant les préliminaires ? fit une voix derrière elle. Tu sais pas ce que tu manques…

Elle ne l'avait pas entendu entrer. Perché sur des talons aiguilles, Pavel Vanek portait une robe de chambre en satin grenat ouverte sur des dessous de cuir et un porte-jarretelles cramoisi. Un look iroquois blond décoloré, sur une peau bronzée au solarium et des tatouages maoris sur le crâne et le torse. Mais rien qui parvienne à masquer sa lassitude et sa maigreur.

— On m'a dit que c'était moi que tu voulais. C'est qui qui me recommande ? Trip Advisor ?

— Non. La prison de Marassi.

Il n'y eut aucun frémissement sur son visage. Ce qui inquiéta Marion.

— Ça ne vous dit rien ?

— Cela dépend.

— De quoi ?

— Des thunes que t'es prête à mettre. Tant que tu les sors pas, je bosse pas pour toi.

— Je veux juste bavarder.

— Je fais rien gratuitement. C'est 50 francs suisses minimum. Et pour ça, t'auras même droit à un petit massage.

Marion brandit cinq billets de dix. Pavel les attrapa et lui tourna autour en la détaillant des pieds à la tête.

— Qu'est-ce qu'une mère de famille comme toi vient faire dans un lieu de perdition pareil ?

— Qu'est-ce qui vous fait croire que je suis une mère de famille ?

— Tes hanches…

Il la prit contre lui et lui glissa au creux de l'oreille :

— Alors, maman, on vient s'encanailler ?

Marion se dégagea violemment et lui lança :

— Massimo Ponzano, ça vous dit quelque chose ?

Il tenta de masquer sa réaction mais n'y parvint pas, cette fois.

— Tu veux quoi exactement ? demanda-t-il en s'avançant vers elle, menaçant.

— Savoir à qui tu as vendu ça...

Elle dégaina le 1873 et braqua Pavel avec. Il se figea aussitôt et examina l'arme attentivement.

— Tu es Gloria, c'est ça ?

Cette question déstabilisa Marion.

— Il m'avait prévenu que tu viendrais.

— Qui ça, « il » ?

— Ton barillet est vide. Ça se voit, tu sais, sur les revolvers ?

La remarque inquiéta Marion. Ce quart de seconde suffit à Pavel pour se jeter sur elle. Sa main gauche lui saisit le poignet et le lui tordit, l'obligeant à lâcher l'arme. Son bras droit l'étrangla. Marion se sentit partir en arrière, prisonnière des muscles de son agresseur. Ses pieds ne la portaient plus et traînaient par terre. Parvenant à pivoter sa tête, elle mordit au sang le bras qui l'étranglait. Pavel lâcha prise et poussa un hurlement de douleur. La réplique ne tarda pas. Un coup de poing en plein visage projeta Marion à terre.

Pavel traversa la pièce et récupéra une seringue sur la table de nuit.

Marion se redressa, les lèvres en sang. À demi consciente, elle vit Pavel foncer sur elle. Pas le temps de réfléchir, encore moins d'avoir peur. Il fallait qu'elle se lève. Et sa putain de cheville continuait à la handicaper. Elle puisa dans ses dernières forces et parvint à se mettre debout. Trop tard. Pavel la saisit de nouveau à la gorge.

Elle se débattit, mais une aiguille d'acier s'enfonçait déjà dans sa chair, libérant son venin.

Ses yeux se révulsèrent.

Elle s'écroula contre le lino froid.

Et le décor autour d'elle devint flou.

47

Neuilly-sur-Seine, Île-de-France

La chambre d'enfant était plongée dans une semi-obscurité rassurante. Sous les posters de Pokemons qui tapissaient les murs, Timéo dormait paisiblement, son dragon en peluche dans les bras. La seule lueur provenait du lit superposé, au-dessus de lui.

Les yeux rivés sur l'écran de son ordinateur portable, un casque sur les oreilles pour ne pas réveiller son frère, Nathan gobait jusqu'à la nausée les nouvelles que diffusaient les chaînes d'info, dans l'espoir qu'un commentaire vienne interrompre le lynchage. Depuis l'évasion de Marion, les médias l'avaient prise pour cible. Et leurs accusations cruelles et diffamatoires défilaient sans relâche, faisant grimper les audiences et les tirages. Cette femme douce et aimante était désormais présentée comme un monstre sanguinaire. Et, si les ventes de ses romans s'envolaient, les critiques, jusque-là indifférents, établissaient des parallèles impitoyables entre elle et ses méchants. La puissante campagne d'affichage que Narcejac avait lancée dans les pays francophones pour booster les précommandes de son futur roman était taxée d'indécence sur les réseaux sociaux.

Les yeux embués de larmes, Nathan n'en pouvait plus d'assister impuissant à l'effondrement de la vie qu'il avait connue jusque-là. Son cœur se serrait à chaque regard accusateur qu'il croisait à au collège, à chaque parole mensongère murmurée dans son dos. Il avait d'abord utilisé ses poings pour essayer d'y mettre un terme, mais ça n'avait fait qu'empirer les choses, en associant sa violence à celle supposée de sa mère.

Il avait bien tenté de chercher du soutien auprès de sa sœur aînée, mais celle-ci ne partageait pas sa détresse. Paradoxalement, elle avait même profité du regain d'attention qu'elle suscitait. Les garçons la regardaient avec un intérêt nouveau. Ils l'imaginaient dangereuse et elle jouait de sa célébrité nouvelle avec l'opportunisme d'une vedette de télé-réalité. Quant à Timéo, il était trop jeune et trop protégé par la famille pour se rendre compte de la gravité de la situation.

D'une main tremblante, Nathan referma son ordi, faisant taire les voix calomnieuses qui résonnaient dans son casque. Il avait besoin de s'occuper l'esprit, de trouver refuge ailleurs. Alors il ouvrit le jeu *Pokemon Unite* sur son téléphone. Mais, à peine avait-il commencé à jouer qu'une avalanche de messages haineux s'afficha sur son écran : « *Toute sa famille devrait être en taule !* », « *Ils savent où elle se cache et ils ne disent rien ! Assassins !* », « *Tuez-lui ses mômes en représailles, c'est tout ce qu'elle mérite !* »

Insultes, menaces, moqueries transperçaient l'âme fragile de Nathan. Il tenta désespérément de supprimer les commentaires venimeux, mais ils défilaient à une vitesse vertigineuse et semblaient se multiplier à chaque rafraîchissement d'écran.

— Arrêtez s'il vous plaît, gémit-il.

Incapable d'échapper à cette violence virtuelle insupportable, il jeta son portable sur le matelas et se précipita au bas de l'échelle des lits superposés. Il eut un dernier regard pour son petit frère et quitta la chambre.

Cherchant une échappatoire à sa douleur insoutenable, il s'engouffra dans la salle de bains et fit couler l'eau de la baignoire. Les larmes ruisselaient sur son visage, entre frustration et désespoir. Dans un acte désespéré, il ouvrit le placard au-dessus du lavabo et attrapa le coupe-chou de son père.

Sa souffrance avait atteint un point de non-retour.

Il fallait qu'elle se libère.

Vincent poussa la porte d'entrée de la villa de Neuilly-sur-Seine et déposa ses clés sur la commode, un geste automatique auquel il ne pensait plus. Sa démarche lourde témoignait d'une journée harassante. Ses heures supplémentaires lui avaient fait manquer le coucher des enfants, ce qu'il détestait par-dessus tout. La chambre de sa fille serait verrouillée comme celle de tout pré-ado qui se respecte, mais il lui restait deux enfants qui n'étaient pas encore allergiques aux bisous.

En poussant leur porte, il aperçut Timéo endormi contre son dragon. Il se pencha vers lui et lui embrassa le front. Puis il leva les yeux vers la lueur émanant du lit supérieur. Il grimpa à l'échelle mais, à sa grande surprise, ne trouva pas Nathan. Son ordi allumé et son téléphone traînaient sur le matelas.

Où peut donc aller un garçon de dix ans sans écrans quand on sait qu'il les emporte même aux toilettes ?

Il redescendit, traversa le couloir en direction de la cuisine mais, avant de l'atteindre, ses pieds pataugèrent dans la moquette imbibée d'eau. Cela provenait de la salle de bains. Il poussa la porte et découvrit avec horreur Nathan, inconscient, perdant son sang dans la baignoire qui débordait.

Pris de panique, Vincent se précipita vers son fils et manqua de glisser sur le carrelage détrempé. Il le souleva par les aisselles, le sortit de l'eau ensanglantée et s'installa avec lui sur les toilettes.

— Réponds-moi, Nat. Allez, allez, réponds-moi !

Il tâta sa carotide, à la recherche d'un pouls, en trouva un.

— OK. Tiens bon, mon grand, papa est là.

Il s'empara des serviettes à portée de main pour constituer des garrots. Certaines étaient trop courtes. D'autres, trop grandes.

— Putain… merde, c'est pas vrai !

Il ramassa le coupe-chou ensanglanté qui traînait sur le carrelage et, tout en soutenant le corps flasque de Nathan, fit une entaille dans une serviette et la déchira en deux.

— Putain, Nat ! Pourquoi t'as fait ça ?

Il fit un garrot au-dessus des poignets lacérés, serra de toutes ses forces et enveloppa l'enfant dans une serviette.

Ce fut ce spectacle qu'Élodie découvrit en arrivant sur le seuil.

— Qu'est-ce qui se passe ? paniqua-t-elle.

— Je m'en occupe. Reste avec Timéo et Lola, d'accord ? Et surtout débarrasse-nous de tout ce sang.

Vincent sortit de la salle de bains en portant Nathan dans ses bras. Alors seulement Élodie remarqua le rasoir ensanglanté sur le carrelage.

La voiture de Vincent pénétra trop vite dans l'enceinte de l'Hôpital américain et s'arrêta de justesse devant les urgences dans un crissement de pneus.

Deux infirmiers fumaient adossés à l'entrée. Vincent bondit hors de la voiture et hurla, essoufflé :

— Aidez-moi ! Aidez-moi, s'il vous plaît ! Mon petit garçon !

L'un des infirmiers se précipita vers la voiture tandis que l'autre courait à l'intérieur prévenir les équipes. Vincent souleva Nathan et le prit dans ses bras. Enveloppé dans une serviette comme un bébé, il avait perdu tellement de sang que sa peau était presque translucide.

— On arrive, mon grand. Ça va aller, je te promets.

L'infirmier vérifia le pouls de l'enfant tout en entraînant Vincent vers l'accueil.

Une fois dans le hall des urgences, le deuxième infirmier les rejoignit avec un brancard.

— Laissez-nous faire maintenant, monsieur. Et dites-nous ce qui s'est passé.

— Il s'est ouvert les veines, voilà ce qui s'est passé ! s'écria Vincent en allongeant son fils inconscient sur la civière.

Des patients en salle d'attente reconnurent Vincent et prirent des photos sur leur portable. Il faut dire que, la famille Scriba faisant la une des journaux à sensation et des médias, il leur était devenu difficile de passer incognito.

Une docteure se joignit aux soignants et prit les choses en main.

— Appelez les respiratoires, tout de suite ! C'est votre fils, monsieur ?

— Oui. Il lui faut un chirurgien.

— Je suis chirurgienne, monsieur. Vous l'avez trouvé où ?

— Dans la baignoire.

— Son groupe sanguin ?

— AB positif.

La praticienne retira son stéthoscope et décocha ses ordres :

— Vérifiez son groupe et trouvez-moi deux culots globulaires. Maintenez la pression sur ces hémorragies. On y va.

Ils poussèrent le chariot au pas de course, au-delà des portes à double battant.

Les larmes aux yeux, Vincent les vit s'éloigner, le regard rivé sur son fils aussi longtemps qu'il le put.

48

Lausanne, Suisse
JOUR 8

Marion ouvrit les yeux.

Mais cela ne changea rien car l'obscurité était totale.

Était-elle en vie ?

Deux ou trois battements de paupières l'en convainquirent.

Elle souffrait de violents maux de tête et de nausées. Sans doute les suites de ce qu'on lui avait injecté. L'avait-on droguée ou simplement endormie ?

Elle était allongée sur une surface molle. Elle toucha le revêtement autour d'elle. Il était doux et flexible. Un matelas, sans doute.

Elle sollicita le peu de forces qu'il lui restait pour se redresser sur ce qui s'apparentait à un lit. Elle fut aussitôt prise de vertiges.

Quel genre de poison coulait donc dans ses veines, elle qui n'avait pratiqué que la marijuana et la feuille de coca ?

Sa piqûre au cou avait laissé une trace aussi dure à la palpation que celle d'un moustique. Mais le plus gênant restait cette douleur à la joue héritée du coup de poing de Pavel.

Elle prêta l'oreille.

Le silence total qui régnait dans la pièce lui fit comprendre qu'elle n'était plus au Vegasex. Où Pavel l'avait-il donc emmenée ? Et pourquoi ?

— Y a quelqu'un ? lança-t-elle.

Sa voix cassée se réverbéra contre des murs invisibles.

Sa gorge était sèche et ses lèvres parcheminées. Il fallait qu'elle boive.

Depuis combien de temps était-elle ici ?

En se mettant debout, elle faillit trébucher. Elle ne portait plus ses Doc Martens mais des chaussures à talons hauts. L'obscurité était telle qu'elle devait recourir à ses mains pour y voir. Au toucher, elle ne reconnaissait pas ses vêtements.

On l'avait changée.

Un tailleur avait remplacé son pantalon de randonnée et sa chemise à carreaux.

À quoi rimait cette mascarade ?

Une porte s'ouvrit dans les ténèbres. La lumière du jour qui en jaillit aveugla Marion. Elle eut un réflexe de protection jusqu'à ce que ses yeux s'accoutument au changement. Lorsqu'elle écarta enfin les bras, une silhouette masculine se dessinait dans l'entrebâillement.

— On vous attend, lui dit un Antillais à la carrure impressionnante.

— Qui ça ?

— Vous verrez, répondit-il en lui tendant une petite bouteille d'eau minérale.

Le besoin de boire était plus fort que celui de questionner. Elle se rua sur la boisson. Étrangement, la tenue dont on l'avait affublée, pantalon blazer rouge à double boutonnage, semblait avoir été taillée sur mesure pour elle.

Le garde emprunta un escalier de pierre qui montait à l'étage. Marion le suivit en s'agrippant à la rampe. Elle n'était plus habituée à marcher en talons et sa cheville sans attelle se rappelait de nouveau à elle.

Ils accédèrent au rez-de-chaussée d'une villa de luxe. Ils en franchirent le hall et pénétrèrent dans un bureau boisé, à la décoration très *british*.

Un homme d'une cinquantaine d'années aux cheveux déjà blancs les attendait là. Il portait un costume clair bien ajusté aux épaules. Son attitude était distante, calme et formelle.

— Merci, Gratien, dit-il à son garde du corps.

Ce dernier s'éclipsa et l'homme vint à la rencontre de son « invitée ».

— Ravi de vous rencontrer, madame Scriba. Harry Ross.

Il lui tendit une main qu'elle ne serra pas.

— Où sommes-nous ? demanda-t-elle.

— Dans le seul endroit où l'on puisse encore vous aider.

— À quoi ? À m'habiller autrement ?

— Vos vêtements étaient sales et détrempés quand on vous a confiée à nous. Ils ont été lavés. C'était juste une attention.

— Comme celle de me séquestrer dans une cave ?

— Ce n'est pas une cave, madame Scriba, mais une chambre d'amis que nous réservons à des clients… privilégiés.

— J'y ai passé combien de temps dans votre… « chambre d'amis » ?

— Onze heures. Vous aviez visiblement du sommeil à rattraper. Écoutez, je conçois que vous soyez méfiante. À votre place, je…

— Vous n'avez pas la moindre idée de ce que c'est que d'être à ma place.

— Je peux l'imaginer. Je sais déjà que vous n'êtes pas coupable et que vous ne souhaitez qu'une chose : rentrer chez vous et revoir vos enfants. Je suis de votre côté, madame Scriba…

Elle le dévisagea et ne put s'empêcher de rire.

— J'essaie de me rappeler dans quel téléfilm j'ai déjà entendu ce genre de réplique naze. Vous savez, monsieur Ross, je suis romancière et, en tant que femme de fiction, il y a des choses que l'on s'interdit d'écrire, parce qu'elles ne sont pas crédibles. Vous me faites droguer, enlever, enfermer dans une « chambre d'amis » et vous prétendez être « de mon côté » ? Vous êtes quoi, en fait ? Chasseur de primes ? Mafieux ?

Harry Ross esquissa un sourire.

— Qu'est-ce qu'il y a de si drôle ?

— Vous avez une imagination débordante.

— C'est mon métier. Et c'est sans doute ce qui m'a sauvée jusqu'ici.

— Que diriez-vous d'un sauvetage définitif ?

Cet argument retint l'attention de Marion qui baissa momentanément la garde.

— Je vous écoute…

— Notre cabinet entretient des relations de longue date avec plusieurs pays d'Amérique du Sud. Nous faisons du lobbying auprès des instances internationales afin que certains mouvements révolutionnaires soient considérés comme des partis politiques et non comme des groupes terroristes.

— Quel rapport avec moi ?

— En 2011, vous aviez réussi à obtenir un cessez-le-feu entre les Sans-Voix et le gouvernement colombien et à convaincre les deux parties d'ouvrir des pourparlers de paix. Mon client pense que vous pourriez y parvenir à nouveau. En échange, il est prêt à arrêter ses représailles contre l'Europe coloniale et à vous exfiltrer.

— En Colombie ? Non merci.

Marion fit demi-tour pour quitter la pièce.

— Madame Scriba ? Vous étiez membre des Sans-Voix...

Elle s'arrêta net et se retourna, projetant sa colère.

— Avant qu'ils ne fassent dérailler un train, tuant ainsi cent cinquante passagers innocents, parmi lesquels des enfants. Tout ça pour tenter d'abattre un président.

— Un président qui avait bombardé leur camp de base dans la jungle, rétorqua-t-il en s'approchant. Tuant lui aussi des centaines de guérilleros.

— Ce n'est pas comparable. Les passagers du train n'étaient pas des militaires à la solde du gouvernement ! C'étaient des gens ordinaires qui ne demandaient qu'à vivre en paix dans le pays qui les avait vus naître.

— Je suis avocat, madame Scriba. Je suis payé pour défendre mes clients, pas la morale.

Ils échangèrent un regard silencieux qui en disait long sur ce qui les séparait.

— Où sont mes vêtements ? demanda-t-elle.

— Sur le portemanteau de l'entrée, sous l'escalier.

— Au revoir, monsieur Ross, conclut-elle.

— Trente ans de prison, lança-t-il. C'est ce qui vous attend, madame Scriba, à la fin de votre cavale. Car tous les fugitifs sont repris. Et quand on leur demande ce qui a été le plus dur à gérer dans la clandestinité, ce n'est pas d'être privé des leurs, c'est la paranoïa qui s'amplifie chaque jour au point d'entendre, dans leur sommeil, le grognement de chiens lancés à leurs trousses. Trente ans.

— Je préfère tenter ma chance dehors.

Elle décrocha du porte-manteau le sac contenant ses affaires. Mais l'avocat n'abandonna pas pour autant. Il la rejoignit dans le hall.

— Que deviendront vos enfants quand vous serez reprise ?

Marion le fixa, une expression de douleur sur le visage.

— Je vais vous le dire. Ils vous haïront pour cette tempête de haine médiatique que vous leur aurez fait subir et pour ces trente ans de prison qui feront de vos proches des étrangers. Et quand vous ne supporterez plus cette perpétuité sans eux au parloir, quand les photos que vous avez de vos enfants ne correspondront plus aux adultes qu'ils seront devenus, alors vous n'aurez plus comme complices que les draps de votre lit, en priant pour qu'ils consentent à vous pendre.

Marion baissa la tête, terrassée par le réalisme de cet avenir probable. Ne tenant plus debout, elle s'assit au bas de l'escalier et fit valser ses escarpins.

Un tic-tac d'horloge s'empara du silence.

Harry Ross vint s'installer sur les marches aux côtés de Marion.

— Laissez-nous vous aider, Gloria, murmura-t-il. Nous sommes très doués pour ça.

Elle prit un temps de réflexion et se fit violence pour demander :

— Vous pouvez vraiment organiser mon exfiltration ?

— Absolument.

— Et pour mes enfants ?

— C'est possible aussi, mais… il faudra l'accord de leur père pour éviter qu'on ne vous accuse d'enlèvement.

Elle soupira et secoua la tête. Elle n'avait pas le droit de les priver de leur père. La décision qu'elle s'apprêtait à prendre la faisait clairement souffrir, mais avait-elle un autre choix ? Les larmes lui montaient aux yeux et elle luttait pour les contenir. Ne pas le laisser jouir de sa souffrance, non. Ne pas lui offrir ça.

— J'accepte, déclara-t-elle, la gorge nouée. Mais à deux conditions. Que les crimes s'arrêtent immédiatement et… que je traite directement avec votre client, face à face. Je n'ai aucune confiance dans les avocats. Le mien n'a servi qu'à me faire condamner.

Harry Ross était clairement mal à l'aise.

— Ça risque d'être compliqué, soupira-t-il.

— Moins que ce qui m'attend.

49

Les grondements du tonnerre lui firent lever les yeux. Les éclairs lointains révélaient des nuages lourds, gorgés de pluie. L'orage était prêt à éclater.

Wim Haag avait traîné toute la nuit dans les quartiers chauds de Lausanne à la recherche de Pavel Vanek. Le trouver, lui, c'était la trouver, elle. Aussi avait-il écumé les bars louches, les boîtes de strip-tease et les sexbox que Lausanne expérimentait depuis peu pour tenter de dégager le quartier de Sévelin-Sébeillon, devenu irrespirable pour les riverains. Il avait interrogé le personnel et les clients, sans succès. Soit Pavel ne travaillait plus ici, soit il était craint.

On lui avait alors parlé de l'existence d'un service de jour pour les sexbox. Et il avait décidé d'y retourner dans l'espoir d'y apprendre quelque chose. L'entrée était signalée par un parapluie rouge. Derrière une grille, une voie fraîchement goudronnée et limitée à dix kilomètres-heure conduisait les clients vers neuf abris à voitures, installés côte à côte, ainsi que deux plus petits pour ceux qui ne désiraient pas consommer dans leur véhicule.

— 35 francs suisses pour un massage avec masturbation, proposa un proxo skinhead. Et 90 pour la totale. Vous en dites quoi ?

Pour toute réponse, Wim dégaina son badge.

— *Woaw!* Europol? Quel honneur! On vient juste d'être contrôlé, monsieur, mais on peut recommencer. Tout est en ordre. Le terrain est privé donc c'est la ville qui fixe les règles: conseillères sociales et agents de sécurité sur place depuis l'ouverture jusqu'à cinq plombes du mat. Deux équipes, jour et nuit. Et je fais un peu le lien entre les deux. J'en ai pas l'air comme ça, mais... vous avez devant vous un fonctionnaire municipal.

Le skinhead sortit fièrement son badge.

— Pavel Vanek, ça vous dit quelque chose?

— Décidément, elle a la cote, notre diva! J'ai renseigné une cliente qui le cherchait hier soir.

De la poche intérieure de sa veste, Wim sortit la photocopie du nouveau passeport de Marion récupérée chez All Cars Genova.

— Elle?

— Touché coulé. Jolie femme, hein? Et plutôt bien conservée pour son âge.

— Vous l'avez envoyée où?

— Au Vegasex, un ancien cinoche transformé en strip. Vous descendez Sévelin, vous passez sous le tunnel et vous le verrez.

— Il ressemble à quoi, ce Pavel?

— À un punk trav décoloré. (Il jeta un coup d'œil à sa montre en plastique.) À cette heure-là, vous le trouverez au kébab, en face du Vega. C'est là qu'il prend son brunch. C'est qu'elle a ses habitudes, notre diva.

Wim hocha la tête, le remercia et s'éloigna.

— À votre service, monsieur! Et si vous voulez vous détendre chez nous, je peux vous faire un prix!

L'orage avait fini par éclater et la pluie tombait à verse quand Wim arriva à la hauteur du Vegasex. Il repéra très vite le kébab et y trouva refuge. Le restaurant était bondé. La clientèle avait visiblement travaillé dans le quartier car tout n'était que paillettes, fausses fourrures, bas résille et strass.

Wim mit un certain temps à repérer Pavel. Mais la description que lui avait faite le « fonctionnaire municipal » lui fut d'une grande aide. Il se fraya un chemin jusqu'à sa table et lui lança :

— Pavel Vanek ?

— Tu vois pas que je reprends des forces, là ? Va te faire mettre en face par quelqu'un d'autre. Y a plein de queues disponibles, en matinée aussi.

La réaction de Wim ne tarda pas. Il agrippa Pavel par sa coiffe d'Iroquois et lui planta le visage dans son kébab. Puis il sortit la photo de Marion et la lui présenta au bord de l'assiette.

— Écoute-moi attentivement, trouduc. Avec l'œil qui te reste, regarde bien cette femme et répète-moi exactement ce que tu lui as dit.

— Je ne… lui ai… rien dit, bafouilla Pavel. Elle m'a braqué avec un revolver et…

Wim lui plongea le second œil dans la sauce harissa et l'y laissa quelques longues secondes. Pavel se débattit sans parvenir toutefois à dégager sa tête de son assiette. Juste avant de l'asphyxier, Wim le souleva par la crête.

— Je t'écoute. Et sois précis…

La peau de son visage le brûlait. Ses yeux étaient gonflés, presque fermés. Il avait du mal à parler, mais la peur de replonger dans la sauce piquante dont il avait assaisonné généreusement son plat le poussa très vite à la confession :

— Ils m'avaient prévenu qu'elle viendrait. Je devais juste l'endormir et…

— Qui ça, « ils » ?

— Deux hommes… des hommes de main, des pros. Ils m'ont payé pour que je la neutralise et que je les appelle quand ce serait fait.

— Ils l'ont emmenée où ?

Avant que Pavel puisse répondre, une balle explosive lui perfora la poitrine. L'impact fut si puissant que le dossier de sa chaise éclata, projetant des morceaux de toutes parts. Derrière lui, une cliente fut touchée, elle aussi.

Wim fit volte-face et aperçut, dans le crépitement des éclairs, la silhouette d'un homme en long manteau. L'agent d'Europol se lança à sa poursuite, dégainant son arme et bousculant les clients. Une fois à l'extérieur, un nouvel éclair l'aveugla momentanément. Ruisselant de pluie, il ferma les yeux quelques secondes pour restaurer sa vision. Et, quand il rouvrit les paupières, il aperçut le tueur à une vingtaine de mètres sur le trottoir.

Wim se carra sur ses appuis et braqua son pistolet vers les jambes du fugitif quand un promeneur passa juste dans sa ligne de tir.

— Foutez le camp ! lui cria-t-il. Police ! Ne restez pas là !

Paniqué, l'homme se dégagea de son champ de vision. Au bout de la rue, le tueur ouvrait la portière d'un 4 × 4 stationné là.

Il allait s'échapper. Impossible de le rattraper à pied.

Wim braqua son pistolet en direction du véhicule garé.

À son bord, le tueur mettait déjà le contact.

La voiture s'engagea dans le trafic quand un coup de feu claqua. Il pulvérisa une roue arrière du fuyard.

Une seconde détonation fit exploser un deuxième pneu.

Le conducteur perdit le contrôle du 4 × 4.

Et Wim se mit à courir vers lui.

Les pneus crevés glissèrent sur le macadam détrempé et le véhicule finit sa course contre un arrêt de bus dans une nuée de verre et de métal.

Le chauffeur tenta de s'extraire avec difficulté de l'habitacle.

L'instant d'après, Wim le saisit par le col, le plaqua violemment contre le coffre et découvrit son visage.

C'était l'ex-agent de la CIA Jeffrey Young.

50

Le garde du corps antillais déposa Marion au centre-ville. Elle avait remis ses propres vêtements. Sans prononcer un mot, elle descendit du véhicule, l'œil en éveil, à l'affût du moindre détail insolite. Elle jeta un dernier regard en arrière et se fondit dans la foule.

Elle emprunta de nombreuses rues, revint sur ses pas et changea plusieurs fois de direction pour s'assurer qu'elle n'était pas suivie. Elle épiait jusqu'aux reflets dans les vitrines. Toujours aux aguets, elle fit le tour d'un pâté de maisons, puis reprit la rue en sens inverse. C'était la meilleure façon de repérer une éventuelle filature. Marion continuait de vivre, dans la vraie vie, les situations qu'elle avait fait vivre à Melody Kaplan dans ses polars.

Elle commençait à respirer. Si poursuivants il y avait, elle les avait semés. Elle héla un taxi et se fit déposer en face du Western Union, à l'endroit où elle avait garé sa voiture de location.

Elle s'agenouilla pour examiner le dessous de l'Audi, mais ne vit rien d'inquiétant. Alors, elle déverrouilla les portières et grimpa à bord.

Elle mit la main contre sa poitrine et ferma les yeux.

Le plan avait fonctionné. Elle n'avait plus qu'à en informer sa patronne.

Le coucher de soleil sur Scheveningen donnait à la vieille demeure hollandaise des allures de peinture flamande du XVIIe siècle. Ses pierres de taille recouvertes de sel flamboyaient sous les embruns de la mer du Nord.

Reynaert ne se lassait pas de cette vue. Et, chaque soir en rentrant d'Europol, elle s'installait sur sa terrasse avec un thé glacé pour contempler l'autre visage de La Haye, le moins domestiqué, le plus sauvage, le plus proche de ce qu'elle était intérieurement et qu'elle ne pouvait montrer.

— Excusez-moi de vous déranger, madame, fit une employée de maison en apparaissant derrière elle. Une « Marion Scriba » demande à vous voir. Puis-je la faire entrer ?

— Bien sûr, répondit Reynaert, une soudaine expression d'inquiétude sur le visage. Escortez-la jusqu'ici, vous voulez bien ?

L'employée acquiesça et disparut à l'intérieur de la maison.

Un mal nécessaire.

Voilà comment Reynaert définissait les missions non officielles d'Europol. En ce qui concernait celle de Marion Scriba, les questions de vie ou de mort avaient été statuées en moins de temps qu'il n'en fallait pour le dire. Et, quand tout serait terminé, l'esprit Excel des bureaucrates de La Haye réclamerait une tonne d'explications que l'imagination fertile de la présidente saurait leur inventer.

Reynaert était une ancienne agent de terrain. Si elle avait atterri derrière un bureau et qu'elle connaissait toutes les subtilités de la langue de bois, elle n'avait rien perdu de son mordant.

Pourtant, quand Marion la rejoignit sur la terrasse, les deux femmes se regardèrent longuement sans échanger un mot. Marion n'avait jamais paru aussi vulnérable. Elle était à fleur de peau.

— On avait dit « pas en personne », lui reprocha Reynaert.

— T'inquiète, je n'ai pas été suivie.

— Tu es sûre ?

— Oui, Catherine, je suis sûre, s'agaça Marion. Tu me prends pour une stagiaire ou quoi ?!

— Tu es venue comment ?

— En avion, soupira-t-elle, avec mon nouveau passeport. On peut arrêter l'interrogatoire ?

Ne tenant plus debout, Marion alla s'appuyer à la rambarde de la terrasse et prit quelques secondes pour récupérer. Lorsqu'elle trouva la force de lui faire face à nouveau, elle murmura :

— Ton plan a fonctionné, Catherine. Ils m'ont contactée.

— Salazar ?

— Son avocat… Harry Ross. Il m'a proposé de travailler pour son client. Il veut que je me rende en Colombie pour… négocier un nouvel accord entre le gouvernement et les Sans-Voix.

— Tu as bien exigé de traiter en Europe et directement avec lui ?

— J'ai fait exactement comme tu voulais, les deux conditions : l'arrêt des crimes et une rencontre en personne.

— Et ça a marché ?

Marion hocha la tête et fut prise de sanglots. Tout ce qu'elle était parvenue à refouler d'angoisse et de terreur trouva soudain une porte de sortie. Catherine la prit contre elle et la berça tendrement en disant :

— C'est énorme, ce que tu as accompli, ma belle. Énorme.

— C'est trop dur, Catherine, sanglota-t-elle. Je ne peux plus continuer !

— C'est presque fini, chérie. Bientôt, tu retrouveras tes enfants.

— Pas « bientôt », maintenant, exigea-t-elle. Je veux les revoir maintenant. Et ce n'est pas négociable.

Tout en continuant de serrer Marion contre elle, Reynaert releva les yeux. Elle allait devoir lui avouer ce qui était arrivé à Nathan.

51

Vincent avait passé la nuit dans la salle d'attente des urgences à espérer des nouvelles de son fils. Les cheveux en bataille, la cravate de travers, il connaissait par cœur le nombre de pas le séparant de l'accueil ou du distributeur de boissons.

Il avait vieilli de dix ans.

Il se leva péniblement et alla sélectionner un énième café sur l'appareil. Il avait beau l'avoir utilisé toute la nuit, il avait toujours du mal à sélectionner les bonnes touches. Il réalisa soudain que ses mains étaient encore maculées du sang séché de Nathan.

L'eau rouge de la baignoire... Les petits poignets de son enfant ouverts.... Ces images-là ne s'effaceraient jamais.

Une chirurgienne passa les portes battantes. Blouse verte, charlotte, masque baissé, elle donnait des instructions à un infirmier. Vincent l'aperçut de loin. Il en lâcha son café et se rua vers elle.

— Comment va-t-il, docteure?

La médecin se retourna, reconnut le père de Nathan et prit le temps de choisir ses mots.

— L'opération s'est bien passée, monsieur Scriba, mais... il a perdu beaucoup de sang. On a dû le transfuser.

— Est-ce qu'il va...

L'émotion était telle qu'il n'arrivait pas à terminer sa phrase. La chirurgienne s'en rendit compte et prit le relais :

— Il n'a pas encore repris connaissance, nous devons le surveiller en salle de réveil, mais… le pronostic vital n'est plus engagé.

Dans un élan de gratitude, Vincent prit la praticienne dans ses bras et la serra fort.

— Merci, docteure, merci…

Elle se dégagea gentiment et ajouta :

— Je n'ai fait que terminer votre travail, monsieur. Sans les garrots que vous lui aviez faits, il ne s'en serait jamais sorti. Il va garder une paralysie momentanée de certains doigts et une anesthésie temporaire des pulpes, mais pas d'inquiétude, ça ne durera pas.

— Je ne sais pas comment vous remercier, docteure…

— En lui disant que recoudre des veines et des nerfs est un exercice particulièrement chiant. Donc, s'il lui prenait l'envie de recommencer, c'est à moi qu'il aurait affaire.

Riant et pleurant en même temps, Vincent acquiesça. La chirurgienne s'éloigna pour terminer son rapport à l'infirmier.

Le téléphone de Vincent vibra. Il se rendit à l'extérieur pour décrocher. À l'autre bout du fil, Marion.

— Dis-moi qu'il est en vie, Vincent…

— Il est en vie.

Dans le silence qui suivit, il entendit son ex-femme sangloter. Il lui laissa le temps de récupérer et précisa :

— On est à l'Hôpital américain. La chirurgienne est une pointure. On a eu une chance folle. Il est en salle de réveil, là.

Elle renifla et recouvra peu à peu ses esprits.

— Timéo et Lola sont avec toi ?

— Non, à la maison, avec Élodie.

— Ils savent, pour Nat ?

— Oui, à cause de ces putains de réseaux sociaux. Tu es où, toi ?

— Sur le parking.

— Quoi, ici ?

— Oui. Viens me rejoindre. Il faut que je te parle. Une Audi Q5 noire. Je te vois d'ici.

Vincent se retourna et balaya le parking du regard jusqu'à ce qu'il aperçoive les appels de phare que Marion lui faisait. Il raccrocha et se dirigea vers la voiture.

Il monta à bord côté passager et, pendant quelques secondes, il eut du mal à reconnaître Marion : crâne rasé, lunettes noires, son vieux blouson d'aviateur, une tenue de garçon. Ses joues étaient humides. Il fut tenté de la prendre dans ses bras mais n'en fit rien.

Sans le regarder, elle posa sa main sur la sienne et serra ses doigts très fort. Ils restèrent ainsi, l'un à côté de l'autre en silence, jusqu'à ce que Marion se décide à le rompre.

— Je... je voudrais d'abord m'excuser, Vincent, pour le mal que je vous fais, à toi et aux enfants. Et à Élodie aussi, par voie de conséquence.

— Tu n'es pas responsable de ce qui...

— Si, je le suis, l'interrompit-elle. Et c'est de ça que je dois te parler.

Elle prit une longue inspiration et se tourna vers lui, osant à peine le regarder. Clairement, ces aveux lui coûtaient beaucoup.

— J'ai eu... une autre vie avant de te rencontrer, Vincent. Un autre nom, aussi et... ce qui nous arrive en ce moment est directement lié à cette autre vie.

— Je sais, je suis au courant.

Marion fronça les sourcils. Elle s'attendait à tout sauf à ça.

— Rectifie, hein, si je me trompe, poursuivit Vincent. Avant de me rencontrer, tu as passé sept ans dans la jungle colombienne en tant que combattante des Sans-Voix, une armée révolutionnaire zapatiste responsable de nombreux enlèvements et attentats en Colombie.

— Pas au début, se justifia Marion. Les Sans-Voix défendaient l'autonomie des peuples indigènes et combattaient la déforestation, mais…

— … les narcotrafiquants avaient besoin de stabilité pour leur business. Ils ont corrompu vos dirigeants et quand les États-Unis ont fourni un soutien aérien à l'armée colombienne ils ont applaudi des deux mains.

— Je vois que tu as fait tes devoirs, comme d'hab ?

— J'ai lu tout ce que j'ai pu trouver sur les Sans-Voix : la pensée zapatiste, la lutte armée, les pourparlers de paix d'Oslo, le désarmement, tout. Je pensais que ça m'aiderait à comprendre toute cette partie de toi que j'ignorais, mais… ça le fait pas.

— Je suis désolée.

Il secoua la tête et laissa échapper un :

— Vraiment ?

Elle ne savait pas comment gérer la suite. Elle parvint juste à articuler :

— Tu as toutes les raisons du monde de m'en vouloir à mort, Vincent.

— Notre rencontre, ce soir-là, lors de la réception à l'ambassade. Elle n'était pas accidentelle, n'est-ce pas ?

Les larmes montèrent aux yeux de Marion. Vincent y vit une confirmation et poursuivit.

— Tu… tu savais que je serais là… Tu avais étudié mon profil et je te paraissais une couverture suffisamment efficace pour assurer l'anonymat de la nouvelle identité de… « Gloria » ?

Elle se détourna de lui, déchirée par ses remords. Mais, malgré ce silence affreux qui s'éternisait, elle s'obligea à lui faire face et murmura, plus vulnérable que jamais :

— Tu sais que je ne suis pas comme ça.

— Franchement ? Je n'ai plus la moindre idée de qui tu es. Qui sait, Gloria a peut-être crevé les pneus de ma voiture, cette nuit-là, afin d'avoir l'occasion de me ramener ?

Marion baissa la tête et Vincent se demanda si c'était la honte de l'avoir fait ou l'impossibilité d'apporter une réponse crédible.

— C'est ça qui s'est passé ? insista-t-il.

Elle n'avait plus que la sincérité comme arme.

— L'agent de la CIA qui m'a exfiltrée de Colombie, Jeffrey Young, m'a parlé de cette réception à l'ambassade. Et il m'a briefée sur les invités, c'est vrai, mais… je suis tombée amoureuse de toi, Vincent. Et ça, tu ne peux pas me l'enlever.

Les larmes de Marion étaient la seule vérité à laquelle Vincent pouvait se raccrocher. Il hocha la tête, entre amertume et soulagement. Le silence les sépara à nouveau. Et ce fut lui qui le rompit cette fois.

— Tu croyais vraiment aux idées de ces… terroristes ?

— Les Sans-Voix n'étaient pas des terroristes. Et je croyais en leurs idées, oui. Jusqu'à l'attentat contre le train. Cent cinquante innocents sont morts ce jour-là. Juste parce que notre… « Che » voulait tuer un président qui, au final, n'était même pas à bord.

— Tu ne crois pas que… en douze ans de mariage, tu aurais pu partager ça avec moi, à un moment donné ?

— Qu'est-ce que tu voulais que je te dise ? La mère de tes enfants est une ancienne guérillera et ses romans sont en fait des histoires vécues ?

— Tu connais le meurtrier, n'est-ce pas ?

— Oui.

— Et ce qu'il cherche, c'est à te faire payer ta désertion, c'est ça ?

— Pourquoi tu dis ça ?

— L'agent d'Europol qui est à tes trousses, Wim Haag, il est convaincu que tu es innocente. Il veut juste que tu te rendes et que tu l'aides à identifier et à localiser le tueur.

— C'est plus compliqué que ça, Vincent.

Une ambulance se gara devant les urgences. Et cela leur rappela la raison de leur présence ici.

— Je veux voir Nathan, conclut Marion. Tu peux m'aider à faire diversion ?

52

Le bourdonnement monotone des moteurs de l'avion changea soudain de tonalité. Wim ouvrit les yeux, étonné d'avoir pu s'endormir aussi facilement. Il faut dire qu'il manquait sérieusement de sommeil. Il était assis sur un fauteuil à côté de Jeffrey Young. Le prévenu était menotté à son bras.

— Vous avez de la bave au coin des lèvres, lui fit remarquer le vieil homme.

Wim se redressa autant que les menottes le lui permettaient et s'essuya du revers de sa manche. Les deux officiers de la police fédérale suisse qui l'accompagnaient échangèrent un regard ironique.

— Nous avons commencé notre descente vers Roissy, ajouta Young.

Wim jeta un regard circulaire sur les passagers et consulta sa montre. Il avait dormi une bonne demi-heure.

— Je suis désolé, sourit le vieil homme, mais je vais devoir vous déranger. Ma prostate n'a plus vingt ans. Vous pouvez me libérer, vous savez ? Je ne risque pas d'aller bien loin.

Wim hésita un moment et préféra escorter son prisonnier vers l'avant de l'appareil. Il s'enferma avec lui dans l'espace confiné et, tandis que l'ex-agent de la CIA soulageait sa vessie, il consulta sa messagerie. Il y avait plusieurs appels : son père, la commandante Kassar et Catherine Reynaert.

La présidente d'Europol souhaitait le voir d'urgence. Elle avait fait le déplacement à Paris. Une limousine l'attendait à l'aéroport. Il devait l'y rejoindre après avoir confié son prisonnier à la police française.

Luigi Pietri et deux policiers les attendaient dans l'aérogare. L'avion était en retard. Pourtant, il avait bien atterri. Un texto de Kassar sur son portable le lui confirma.

— T'as une clope ? demanda Luigi.

— Pas dans l'aérogare, chef.

— Non, c'est pour après.

Il soupira et tendit un paquet à son supérieur pour qu'il se serve. Il prit les deux dernières.

— Chef, c'est quoi cette arnaque de rital ?

— Tu vas en racheter, de toute façon.

Avant que le policier puisse réagir, les portes battantes s'ouvrirent sur Jeffrey Young, toujours menotté à Wim. Les deux fédéraux suisses fermaient la marche. Luigi fit signe à l'agent Haag en levant le bras. Lui se fendit d'un petit hochement de tête, très « La Haye ».

— Ravi de vous revoir, capitaine, ironisa son prisonnier avec un petit sourire narquois.

— Moins que nous, répondit-il.

Les policiers libérèrent Wim et prirent en charge le vieil homme. Luigi entraîna son collègue d'Europol à l'écart et demanda :

— Il vous a fait des révélations ?

— Il m'a juste remercié de le ramener chez lui gratuitement.

Luigi laissa échapper un rire :
— Il est quand même impayable.
— Attendez-vous à tout avec lui. Parce que, qu'on le veuille ou non, c'est lui qui mène le bal.
— Vous voulez dire quoi ?
— Il était presque content que je l'arrête.
Luigi se tourna vers l'ex-agent de la CIA et vit qu'il plaisantait déjà avec ses geôliers.
— Dites à la commandante de me tenir au courant, OK ?! lança Wim en s'éloignant.
— Bien sûr. Vous allez où, là ?
— J'ai interro écrite avec ma boss.
Luigi hocha la tête en souriant.
— Et vous avez vos pompes ?
— Aux pieds, oui.
Il sourit en le regardant s'éloigner.

En sortant de l'aérogare, Wim aperçut la limousine noire. Un chauffeur en complet sombre lui fit signe. Il s'avança vers lui. L'homme ouvrit la portière arrière et Wim grimpa à bord.

Sur la banquette, Catherine Reynaert l'attendait. Le chauffeur resta dehors pour garantir la confidentialité de l'échange.
— Madame la présidente…
— Bonsoir, agent Haag. Merci d'avoir répondu à mon appel.
— Mais c'est normal, madame. En revanche, votre déplacement… C'est quoi, l'urgence ?
— J'ai besoin que vous vous rapprochiez de Marion Scriba.

— J'aimerais bien, mais… pour l'instant, je lui cours après.

— Justement, on va arrêter ça.

— Pourquoi ?

— Parce que ça y est, les Sans-Voix s'intéressent à elle et c'est exactement ce que nous voulions.

— Je ne comprends pas.

— Ils sont persuadés que Scriba est une innocente en cavale suffisamment désespérée pour accepter l'aide de ses anciens amis.

— Elle déteste les Sans-Voix. Elle ne fera jamais ça.

— Elle le fera. Parce que cela fait partie du plan.

Wim fronça les sourcils. Il dévisagea Reynaert, sans comprendre.

— Quel plan ?

— Celui que nous avons mis en place avec Marion pour que le véritable meurtrier sorte du bois.

Wim se repositionna sur son siège. Il n'en revenait pas de ce coup de billard à trois bandes dont il avait été le jouet.

— Attendez… vous voulez dire que… le séjour en prison de Scriba, son évasion, tout ça c'était du pipeau ?

— Pas son évasion, non. Nous devions la faire sortir pour vice de procédure, mais son avocat a merdé. Et Marion n'a pas supporté.

— Bon sang…

Wim secoua la tête, incrédule, et prit son visage entre ses mains. Reynaert savait exactement ce que son meilleur agent allait dire.

— Et ça aurait changé quoi que je sois au courant ?

— Tout. Vos rapports avec les polices européennes, la réalité de la cavale. Les médias auraient senti si quelque chose avait sonné faux. Et, si ça avait été le cas, le véritable tueur ne serait pas sorti du bois.

— Parce qu'il est sorti, là ?

— C'est en bonne voie. Il est grand temps que vous fassiez équipe avec Marion, agent Haag.

Wim poussa un long soupir et la dévisagea un moment.

— Ça ne vous gêne pas de jouer avec les gens comme ça ?

— Avec mes agents, vous voulez dire… Scriba est un agent comme vous. Un agent dormant. Elle nous a aidés en Colombie pour la libération des otages. En échange, avec l'aide de la CIA, nous l'avons exfiltrée.

Wim réalisa soudain l'ampleur du cover up.

— Putain de Dieu…

Il fixa Reynaert en silence. Elle attendait patiemment qu'il pose la question.

— Vous avez dit « c'est en bonne voie », vous voulez dire quoi par là ?

— L'avocat des Sans-Voix a pris contact avec Marion et elle doit rencontrer Salazar demain, au Luxembourg.

— Salazar ? Mais… Salazar est mort…

— Non. Il nous a échappé pendant toutes ces années en se faisant passer pour mort. Un simulacre d'exécution par les narcotrafiquants. Il vivait au milieu des Indiens Kogui dans les montagnes. C'est là qu'il a échafaudé sa croisade contre le Vieux Monde.

Wim se laissa tomber sur le dossier de la banquette. Cette nouvelle venait de rouvrir ses cicatrices.

— Je veux que vous vous occupiez de la protection de Marion.

Wim prit une profonde inspiration et joua cartes sur table.

— Vous savez ce que vous risquez en m'envoyant là-bas, madame la présidente… Claire était dans le train que Salazar a fait exploser, alors pourquoi moi ?

— Parce que vous savez exactement par quoi passent les parents des victimes. Salazar les a privés de ce qu'ils avaient de plus précieux. Comme vous. Et la seule chose qui pourrait atténuer leur peine, aujourd'hui, ce n'est pas la mort rapide de leur bourreau, non. C'est qu'on leur rende justice. Un calvaire qui ressemble au leur : la perpétuité dans une geôle.

— Une perpétuité de trente ans ? soupira Wim, amer.

— Non. Une perpétuité réelle incompressible. Il y a tortures et meurtres d'enfants de moins de quinze ans dans quatre pays d'Europe, Wim. Il sera jugé par la Cour européenne des droits de l'homme. Et il sera privé de liberté jusqu'à sa mort. Pensez-y quand vous aurez Salazar en ligne de mire. N'adoucissez pas sa peine.

Wim hocha la tête et se contenta de dire :

— Où est-ce que je retrouve Scriba ?

53

Vincent négociait à l'accueil des urgences et le réceptionniste commençait à perdre patience.

— Vous ne pouvez pas rester garé là, monsieur, répéta-t-il. C'est l'emplacement des ambulances.

— Je sais, mais j'en ai juste pour deux minutes, je vous dis.

— Quelle partie du mot « non » vous ne comprenez pas, monsieur ?

Marion profita de la diversion pour pénétrer dans la zone réservée au personnel. La première salle de consultation était vide. Elle se glissa à l'intérieur, referma la porte derrière elle et fouilla les placards jusqu'à ce qu'elle trouve ce qu'elle cherchait : une blouse blanche et un stéthoscope. Le déguisement idéal pour circuler incognito dans le service.

Quelques secondes plus tard, elle arpentait le couloir des urgences, blouse enfilée et stéthoscope autour du cou.

Elle s'approcha du bureau du personnel. Au fond du box, une infirmière discutait au téléphone avec des ambulanciers. Pour se donner une contenance, Marion attrapa des radios étalées sur le comptoir et fit semblant de les étudier, prenant soin de tourner le dos à la soignante.

— Le petit Nathan Scriba, c'est quelle chambre, déjà ? s'écria-t-elle.

L'infirmière se retourna vers le médecin qui l'avait interpellée et répondit :

— Quatrième étage, chambre 27, docteure !

— Merci ! lança Marion en s'éloignant.

Tandis qu'elle s'approchait des ascenseurs, elle tâchait de ne pas laisser sa peur transpirer. Elle pressa sur le bouton d'appel et patienta, tête baissée. Une des cabines s'ouvrit sur deux jeunes internes qui riaient. Ils croisèrent Marion et se retournèrent sur elle. Elle s'empressa de sélectionner le quatrième étage et resta le plus longtemps possible dos à eux, en faisant semblant d'étudier le rapport du radiologiste. Mais elle sentait bien qu'ils restaient là à la détailler. L'avaient-ils reconnue sous son déguisement ? Ou s'étonnaient-ils de la présence d'une consœur qu'ils ne connaissaient pas ? Une consœur au crâne rasé ?

— Pardon, docteure, l'interpella l'un d'eux, vous travaillez dans quel service ?

Les portes coulissantes se refermèrent et l'ascenseur s'éleva mollement. Le cœur de Marion battait à cent à l'heure. Dans quelques secondes, les deux médecins verraient à quel étage la cabine s'était arrêtée. Et il leur serait dès lors facile de la retrouver. Elle se rua sur le clavier et appuya plusieurs fois sur le chiffre 2, comme si cela pouvait accélérer la prise en compte.

Les portes coulissantes du deuxième étage s'ouvrirent et Marion bondit hors de la cabine. Elle chercha nerveusement l'escalier de secours et en gravit les marches, quatre à quatre. Une fois arrivée au quatrième, elle appuya son front contre la porte, ferma les yeux et tâcha de recouvrer son souffle et son sang-froid.

Elle sortit dans le couloir tête baissée, les yeux toujours faussement plongés dans le rapport du radiologiste. De temps à autre, elle lançait un coup d'œil vers les numéros des chambres. La 27 devait être celle du fond.

Elle allongea le pas pour avaler plus vite les derniers mètres qui la séparaient de son fils et s'immobilisa devant l'entrée. Elle réalisa soudain que, pressée d'être à son chevet, elle ne s'était pas préparée à ce qu'elle allait voir : son petit garçon, inconscient, dans un lit d'hôpital, les poignets bandés.

Elle s'assura que personne ne l'observait et poussa délicatement la porte.

Quand elle l'aperçut, sur ce lit médicalisé, si pâle et si vulnérable, ses yeux s'emplirent de larmes. C'était son inculpation factice qui avait poussé Nathan à vouloir en finir. Et ce geste signifiait bien plus que l'envie de mourir. Il voulait dire : « À quoi bon vivre sans toi, maman ? » Il était une preuve d'amour désespérée envers elle. Était-elle capable de tout abandonner, elle aussi, pour ses enfants ? D'être une maman à plein temps ? De ne plus accepter d'être une femme de l'ombre, un agent dormant que l'on réveille quand ça vous chante ?

Elle avait largement payé sa dette.

Cette mission serait la dernière.

Elle s'approcha du lit et prit la main droite de Nathan dans la sienne. Marion n'avait aucun moyen de savoir si son petit garçon avait conscience ou non de sa présence. Mais elle était auprès de lui, et c'était tout ce qui comptait.

Une perfusion était plantée sur le dos de sa menotte gauche. Marion suivit la tubulure des yeux jusqu'à la poche d'hémoglobine qui ramenait la vie dans ses veines.

Le goutte-à-goutte du culot globulaire marquait les secondes.

Combien de minutes, d'heures, de jours avait-elle passés loin de ses enfants ? Elle était incapable de le dire. Pourtant, cela lui semblait une éternité. Les derniers moments que l'on passe avec les siens ne sont pas différents de ceux qui ont précédé. Ils sont aussi quotidiens, aussi banals. Sur le moment, on n'y prête pas attention car ils n'ont rien de spécial. Ce qui les rend inestimables, c'est que ce sont les derniers. Et l'on s'en veut soudain de ne pas avoir fait en sorte qu'ils soient exceptionnels. De s'être laissé endormir par la routine de la vie quotidienne. De ne pas avoir goûté chaque geste, chaque parole prononcée.

« Je kiffe ta peau, maman. Même mort, je la reconnaîtrais », lui avait dit Nathan, ce matin-là. Marion se surprit à vouloir caresser le front de son petit garçon comme pour y laisser un message cutané, un SOS rempli d'amour, dans l'espoir que son fils se souvienne qu'elle était passée à son chevet. Garderait-il sur sa peau la mémoire de son retour ?

Le premier contact d'une mère est impossible à oublier.

Qu'en est-il du dernier ?

La main de Marion parcourut le visage de son enfant comme le ferait une aveugle pour le visualiser. Et, sous le toucher de sa mère, l'esprit de Nathan remonta à la surface, sans respecter les paliers de décompression. Ses yeux bougèrent sous ses paupières, émergèrent du brouillard médicamenteux qui les maintenait fermés. Il battit des cils et marmonna :

— C'est toi… ma… man ?

Les larmes roulèrent le long du visage de Marion.

— Oui, mon Nat, c'est moi, répondit-elle en s'approchant.

— Je… rêve… c'est ça ?

— Non, mon prince, tu ne rêves pas.

— T'es… docteure, maintenant ?

— Non, c'est… je me suis déguisée pour venir te voir en cachette.

— Elle est trop… cool, ta nouvelle… coupe.

Marion laissa échapper un rire en essuyant ses larmes.

— Je veux que tu saches que je t'aime plus que tout, Nat. Que je vais revenir à la maison très vite et que tout va reprendre comme avant.

— Non. Mieux qu'avant…

— Oui. Mieux qu'avant, j'te promets.

— Tu peux me dire… (Il dut s'interrompre pour reprendre son souffle.) me dire… la vérité, maman, tu sais ? J'suis pas un bébé.

Marion renifla et hocha la tête.

— La vérité, c'est que… je n'irai pas en prison, Nat. Je travaille avec la police et, ensemble, on va arrêter le vrai coupable. Faut juste que tu me promettes de m'attendre. Et quand je rentrerai, je te raconterai tout ce qui s'est passé. C'est mieux que dans mes romans, tu verras.

— J'aurai le droit de le lire, celui-là ?

Marion allait répondre quand elle perçut de l'agitation dans le couloir. Retenant son souffle, elle alla se cacher derrière la porte du cabinet de toilette. Une infirmière pénétra dans la chambre et fut surprise de trouver son jeune patient éveillé. Il trifouillait sa perfusion, histoire de détourner l'attention.

— Non, non, non… qu'est-ce que tu fais, mon grand ?

— La piqûre est… est mal fixée. Vous pouvez… vérifier, madame ?

— Bien sûr, mon grand.

Marion sourit. Nathan était aussi doué que son père pour les diversions. Elle en profita pour s'éclipser à pas de loup dans le dos de l'infirmière, non sans avoir échangé un bisou muet avec son fils.

À nouveau dans le couloir, Marion passa devant le bureau des infirmières, le regard aux aguets, craignant de voir surgir à tout moment les deux internes qui l'avaient interpellée.

Ils ont dû donner l'alerte, songea-t-elle.

Mais le couloir était aussi calme qu'à son arrivée. Personne n'avait signalé sa présence. Aucun agent de sécurité ne s'était rué sur elle pour l'arrêter. Nathan était entre de bonnes mains. Il lui suffisait de quitter l'hôpital aussi tranquillement qu'elle y était entrée.

Elle appela l'ascenseur.

Une cabine s'ouvrit presque aussitôt. À l'intérieur, trois policiers. Marion lutta pour ne pas s'enfuir en courant. Paralysée, elle ne savait plus quoi faire. Ne pas prendre cet ascenseur et attendre le suivant aurait paru suspect. D'autant qu'il restait de la place pour deux ou trois personnes. L'un des policiers soutint la porte et demanda :

— Vous montez, docteure, ou bien ?

Marion le remercia d'un hochement de tête et se força à entrer dans la cabine. Elle s'arrangea pour rester devant, histoire de leur masquer son visage et de pouvoir sortir au plus vite, le cas échéant. Les yeux levés vers le plafond, elle fixait le compte à rebours des chiffres sur l'indicateur lumineux. Elle percevait le cliquetis des armes de service derrière elle. Mais, avant d'atteindre le deuxième étage, la cabine se bloqua. La lumière du plafonnier clignota.

— Oh non ! s'exclama l'un des policiers. Ils vont pas remettre ça ?!

Marion ferma les yeux. Elle était à bout. Rien ne lui était épargné. Elle retint sa respiration et chercha à dissimuler ses tremblements.

— Faut faire passer la maintenance, docteure. Vu ce que vos patients raquent dans cet hosto ! J'espère qu'aucun de nous n'est claustro…

Marion allait devoir dire quelque chose ou son silence paraîtrait suspect.

— Tant que je suis là, vous ne risquez rien, messieurs.

Les policiers éclatèrent de rire.

Une secousse brutale ébranla la cabine et elle se remit en marche. Marion retint un soupir de soulagement. L'ascenseur arriva au rez-de-chaussée et les portes coulissèrent.

Elle n'avait plus qu'à emprunter la sortie.

54

Des fleurs de cimetière.

C'est ainsi qu'on appelle ces taches brunes de la peau qui apparaissent avec l'âge. Les mains de Jeffrey Young en étaient parsemées. Mais, ce qui frappait avant tout en le regardant, c'était le contraste entre ces marques de vieillesse et les menottes qui verrouillaient ses poignets émaciés à une table, elle-même fixée au sol.

L'ex-agent de la CIA était à nouveau assis dans les locaux du Bastion. Et la commandante Kassar l'observait encore une fois à travers le miroir sans tain d'une salle d'interrogatoire. Rien ne semblait atteindre ce vieil homme. Il émanait de lui une certaine sérénité, voire de la nonchalance. Il constituait une véritable énigme pour la policière. Il lui faisait penser à ces professeurs d'université un peu excentriques auxquels on pardonnait les écarts en raison de leur immense savoir. Comment imaginer que ce grand-père idéal, froissé par les années, ait pu abattre de sang-froid le client d'un restaurant ?

Jeffrey Young avait fait appel à un avocat, cette fois. Et pas n'importe lequel : maître Pierre Silve. Celui-là même qui avait farouchement défendu Marion, lors de sa garde à vue.

Un adversaire de taille.

Young parlait et Silve notait. Le micro était coupé, bien sûr, mais Kassar aurait donné tout l'or du monde pour écouter ce qu'ils se disaient. La fameuse confidentialité avocat-client l'interdisait. Passer outre aboutirait à une relaxe immédiate devant n'importe quel tribunal.

Restait que des questions taraudaient la commandante. De quand datait la relation de Jeffrey Young avec Scriba ? De sa période colombienne ou d'avant ? Il l'avait aidée durant sa cavale, alors pourquoi avait-il choisi de tuer le dernier propriétaire du 1873, celui qui était peut-être le vrai coupable ?

Le déplacement de Silve l'arracha à ses pensées. Tandis que l'avocat sortait dans le couloir pour appeler quelqu'un, Jeffrey Young s'empara des notes que son défenseur avait prises et les signa. Puis il leva les yeux vers le miroir sans tain et sourit à celle qui, il en était certain, l'observait dans la salle attenante.

La porte s'ouvrit derrière Kassar et Luigi Pietri la rejoignit.

— Ils ont fini ? demanda-t-elle. On peut l'interroger ?

— Plus maintenant. Il est passé aux aveux. Et son avocat demande à voir le juge d'instruction.

Quand le juge Petit ressortit de son entretien privé avec Pierre Silve, il ne laissa rien transparaître de ses sentiments. Kassar remarqua quand même la sueur qui perlait sur son front. Ce n'était pas dans les habitudes du magistrat de se laisser impressionner. Mais ce qu'il venait d'entendre lui avait coupé le souffle. Au point qu'il laissa parler l'avocat.

— Mon client a avoué être l'instigateur des quatre homicides d'enfants perpétrés sur le territoire européen. Il m'a même révélé l'existence d'un enfant *cinco* qu'il a exécuté personnellement et dont le corps sera difficile à découvrir. Mais il est prêt à vous y conduire, commandante, à condition que ce soit dès maintenant. Dans le cas contraire, vous ne retrouverez jamais cet enfant.

Kassar ne savait que penser. Le vieil espion maîtrisait tout depuis le début. Était-ce du bluff? Un piège? Ou une façon de redonner une vie normale à sa protégée? Quoi qu'il en soit, si cet enfant *cinco* existait vraiment, comment ne pas tout tenter pour retrouver sa dépouille? Kassar tenta d'en apprendre davantage.

— Si votre client n'est qu'« instigateur » des quatre premiers homicides, il nous faudra également le nom de son ou de ses exécuteurs.

— Il fera des aveux complets dans le procès-verbal que vous rédigerez après la découverte du cinquième cadavre. Et il plaidera coupable pour tous les chefs d'accusation, y compris pour le meurtre de Pavel Vaneck.

Le silence se fit dans l'open space. Kassar se tourna vers le juge Petit. Tous deux partageaient la même frustration. Pour la commandante, accepter ce chantage, c'était perdre la main. Pour le juge, le refuser, c'était prendre le risque que la presse apprenne qu'il n'avait pas donné suite. Et Silve se ferait fort d'alerter les médias.

Une mère et un père attendaient dans l'angoisse des nouvelles de leur petit garçon ou de leur petite fille. Où se trouvait l'enfant *cinco*? Au Luxembourg? Aux Pays-Bas? Si son corps était aussi difficile à découvrir, combien de temps avant que ses parents puissent lui offrir une sépulture décente?

Le juge et la commandante n'avaient pas le choix.

55

La salle d'attente de l'héliport d'Issy-les-Moulineaux offrait une vue imprenable sur la piste. Tels des insectes d'acier, six hélicoptères hibernaient, prêts à s'éveiller à tout moment pour rejoindre le ciel parisien. Les yeux de Wim Haag se perdaient dans cette contemplation. Il questionnait encore les raisons qui lui avaient fait accepter cette nouvelle mission. Il avait bien essayé de se convaincre qu'il s'agissait de mettre un terme à l'holocauste, au massacre des innocents, mais venger la mort de Claire était sa vraie motivation.

Reynaert le savait.

Et elle l'avait piégé dès le début.

La salle d'attente, d'une modernité élégante, était déserte. Ordre avait été donné à l'administration de privatiser le lieu. La passagère que l'on attendait était recherchée par toutes les polices d'Europe pour des crimes qu'elle n'avait pas commis. Et si Wim et Reynaert le savaient, ils étaient bien les seuls.

— Agent spécial Haag ? fit une voix familière derrière lui.

Wim se retourna. Celle qu'il avait poursuivie inlassablement se tenait là, à quelques mètres de lui, à sa merci. Sauf que ce n'était plus une fugitive, à présent, mais une agent d'Europol qu'il lui fallait protéger. Une femme qui, en plus de sa tenue masculine, portait une casquette *I love Paris* et des lunettes noires.

Wim fit signe au pilote qui lança le rotor.

— Vous avez des bagages, agent Scriba ? demanda-t-il.

— Vous m'avez pris le seul que j'avais.

Dans d'autres circonstances, Wim aurait souri. Mais il se contenta de :

— On va où ?

Quelques minutes plus tard, l'hélicoptère décollait. Il allait mettre un peu plus d'une heure trente pour atteindre Luxembourg-ville. Durant toute la durée du vol, les deux agents n'échangèrent pas un mot. Assise en boule, les bras serrés autour des genoux, Marion contemplait le paysage. Ses enfants auraient adoré. Quant à Wim, il consultait ses messages. L'un d'entre eux, en provenance de Kassar, le décontenança. Les aveux de Jeffrey Young faisaient-ils aussi partie du plan de Reynaert ? Il se promit de la contacter dès qu'il pourrait s'isoler.

L'hélicoptère survolait à présent la capitale du grand-duché et son labyrinthe de toitures d'ardoise. Il tournoya autour du centre hospitalier Émile-Mayrisch et se posa sur son hélistation.

Un agent d'Europol les attendait, debout à côté d'un SUV BMW aux vitres teintées. En l'apercevant, Wim fit signe à Marion de rester dans la cabine. La marque et la couleur du véhicule correspondaient bien à celles prévues par la procédure, mais les infos avaient pu être interceptées. Légèrement ankylosé par le manque de sommeil et l'overdose d'émotions qu'il venait d'encaisser, Wim dégaina son Glock et descendit en promenant son regard alentour. L'échange de mots de passe avec son collègue le rassura. Il fit signe à Marion de descendre et rengaina son arme. L'agent lui tendit les clés et une enveloppe.

— Le réservoir est plein, monsieur, lui dit-il. Et voici une carte de crédit et du cash.

— Parfait.

— J'ai entré l'adresse sur le GPS, monsieur.

— Merci.

L'agent suivit Marion du regard tandis qu'elle contournait la voiture et s'installait côté passager. Wim grimpa à bord et démarra.

Ils avaient quitté l'A1 et ils roulaient à présent sur une petite route de campagne dans la région de Manternacher Fiels. Autour d'eux s'étendait la beauté sauvage de la nature luxembourgeoise : une mer de fougères d'où sortaient d'impressionnants arbres centenaires, des érables, des tilleuls et une collection de plantes rares et de rochers aux formes fantastiques.

Marion regardait par la fenêtre, les yeux perdus dans le paysage. Jouer le rôle de l'appât quand on est mère de famille, était-ce vraiment raisonnable ? Des dizaines de questions se bousculaient dans sa tête. Pourquoi Salazar avait-il choisi le Luxembourg pour leur face-à-face ? Était-ce pour l'impliquer dans le meurtre d'un enfant *cinco* ? Il lui restait deux pays fondateurs pour parachever son chef-d'œuvre contre le colonialisme européen : le Luxembourg et les Pays-Bas. Salazar n'était pas du genre à abandonner avant d'avoir terminé. Alors pourquoi prendre le risque de cette rencontre, lui qui faisait partie des fugitifs *most wanted* ? Était-ce juste pour la revoir ou pour lui faire payer sa désertion ?

Elle se tourna vers le garde du corps que Reynaert lui avait assigné. Durant sa cavale, l'agent spécial Haag avait toujours eu un temps d'avance sur elle. En avait-il un aussi à présent ? Savait-il pourquoi elle se terrait dans le silence depuis Paris ?

Qu'est-ce qui motive le sien ? songea-t-elle.

Wim avalait les kilomètres en essayant de donner du sens à sa mission. En tout cas, ce que lui avait dit Reynaert à propos de Salazar l'avait bouleversé. Pourquoi ne lui avait-elle pas donné toutes les cartes au départ ? Était-ce parce qu'elle se méfiait de ses initiatives ? Wim savait que Salazar ne serait pas à l'adresse qu'il avait donnée. Ses hommes les y attendraient, sans doute. Et, dans ce cas, le sort réservé au garde du corps de Scriba était facile à prévoir. C'était une mission suicide, en fait. Reynaert cherchait-elle à se débarrasser de celui qui en savait trop ? Officiellement, son rôle était de protéger Scriba et de procéder à l'arrestation de Salazar. Mais, pour cela, il fallait qu'il prenne les choses en mains. Qu'il fasse du « hors piste », son point fort.

Il se tourna vers sa passagère, une ex-membre des Sans-Voix, quelqu'un qui avait côtoyé l'assassin de Claire. Elle en savait sans doute plus que lui.

— Ma femme n'était pas censée être dans ce train, soupira Wim en rompant le silence. J'ai changé ses plans au dernier moment pour que nous puissions voyager ensemble. Et elle a accepté. Non pas parce qu'elle le voulait, non, pour me faire plaisir. Et c'est elle qui est morte dans l'attentat. Perpétré par votre… gourou.

Marion se tourna vers Wim et le dévisagea longuement avant de dire :

— Le Salazar que j'ai suivi était un activiste zapatiste, un visionnaire qui se battait au nom des gens sans voix, des gens sans terre. Il combattait l'extrémisme et le colonialisme libéral.

— J'ai tout lu sur lui.

— Tout n'a pas été écrit, agent Haag. Le président colombien réélu et son gouvernement d'extrême droite considéraient Salazar comme une énorme menace, parce que c'était un réformateur qui s'opposait à un pouvoir terrifié à l'idée d'être réformé.

— Il voulait quoi, remplacer l'extrême droite par l'extrême gauche ? C'était ça, sa réforme ? Il a tué cent cinquante personnes pour atteindre un homme qu'il aurait très bien pu assassiner à Bogota, à la sortie de Louis Vuitton.

— Je sais. Et c'est pour ça que j'ai déserté.

Marion se détourna pour ne pas laisser transparaître sa vulnérabilité. Et Wim s'en voulut d'avoir perdu le contrôle.

— Pour Salazar, poursuivit-elle, cet attentat était un message qui s'adressait directement à l'extrême droite. Il signifiait : nous pouvons vous atteindre n'importe où. Et il n'y a rien que nous ne soyons prêts à faire pour ça. Le reste, pour lui, était dommages collatéraux. Comme pour Boden.

— C'est quoi, Boden ?

— Pas « quoi », « qui ». Boden est le nom de code d'une personne non identifiée. Selon la classification de la CIA, il s'agit d'un narcotrafiquant dont le nom n'a pas été confirmé, mais qui a commandité l'attentat. Salazar n'était qu'un exécutant. Il est notre seul lien avec lui. Si vous voulez rendre justice à votre femme, ce n'est pas juste Salazar, qu'il vous faut. C'est Boden.

— Je les veux tous.

Un Hummer arrivant en sens inverse fit soudain une violente embardée. L'énorme grille de son radiateur vint percuter de plein fouet l'aile avant gauche de la BMW. La violence de l'impact défonça la carrosserie. Elle emporta la voiture dans sa trajectoire, lui faisant faire plusieurs tonneaux.

Dans une pluie de verre, l'habitacle roula sur lui-même. Marion et Wim se sentirent soulevés puis retenus par leurs ceintures. Ils n'étaient plus que des poupées de chiffon soumises aux mouvements que leur imposait le véhicule. Les débris filaient autour d'eux, comme en suspension. La voiture vola au-dessus d'un petit fossé et retomba sur le côté, fracassant le pare-brise. Les airbags explosèrent. Wim et Marion furent projetés vers l'avant. Lorsque l'épave s'immobilisa enfin, sur le toit, la nature réimposa son calme.

56

Nayla Kassar et Luigi Pietri achevaient de s'équiper dans l'open space du Bastion. Sur le panneau d'affichage, s'étalaient toujours les visages des enfants *uno, dos, tres* et *cuatro*. Kassar et Pietri les regardaient en prélevant leurs armes dans des casiers. Et, dans leurs yeux, il y avait la même détermination à en finir avec cette affaire, mais aussi la même conviction qu'ils commettaient une erreur grossière en laissant Jeffrey Young piloter la suite des événements.

Kassar ferma les derniers boutons de sa chemise et enfila un gilet pare-balles. Tandis qu'elle ajustait le Velcro sur ses épaules pour qu'il ne soit pas trop serré, elle imaginait le visage de l'enfant *cinco* et la détresse de ses parents quand ils apprendraient la nouvelle.

Déjà équipé, Luigi plaçait des balles dans un chargeur. Kassar emboîta le sien dans son Beretta et en vérifia le fonctionnement.

— Tu es prêt ? demanda-t-elle à son collègue.

— Prêt, répondit-il en remontant le col de son blouson.

Un Puma du Raid s'était posé sur le toit du Bastion, qui faisait provisoirement office d'hélisurface. Kassar et

Luigi escortèrent Jeffrey Young jusqu'à l'hélicoptère. Entravé aux poignets et aux chevilles, le vieil homme eut bien du mal à monter dans l'habitacle. Les officiers l'assistèrent et grimpèrent à leur tour. Luigi s'installa à côté du prisonnier, la commandante, devant lui. Elle salua les cinq membres du RAID qui les accueillaient à bord, enfila ses écouteurs et fit signe au pilote. Il acquiesça et lança le moteur. Les pales se mirent en mouvement et l'appareil décolla.

Le sourire de Jeffrey Young contrastait avec la gravité de la mission. Il était tout à fait détendu, pour ne pas dire serein. Il réclama un casque à Luigi. Le capitaine se tourna vers Kassar qui approuva. L'ex-agent de la CIA le glissa sur ses oreilles et regarda par la fenêtre.

Les vues aériennes de la région parisienne cédèrent bientôt place aux paysages ruraux de la Marne. Dans ses écouteurs, la commandante entendit son prisonnier chantonner d'une voix à peine audible. Elle se retourna et le fusilla du regard.

— Quoi ? s'enquit-il.

Kassar rabattit le microphone devant ses lèvres et demanda :

— Comment peut-on chanter dans des circonstances pareilles ?

— Le negro spiritual n'est pas un chant joyeux, commandante, répondit le vieil homme. Pour les esclaves, c'était même la seule forme d'expression que le colon tolérait.

Elle le dévisagea, comme si elle essayait de lire dans ses pensées.

— Pourquoi signer ces aveux avant d'avoir terminé votre « croisade », monsieur Young ?

Il pencha la tête et la considéra comme un sujet d'étude intéressant.

— Si l'enfant *cinco* est bien au Luxembourg, poursuivit-elle, y a-t-il un enfant *seis* en train d'être exécuté en ce moment même aux Pays-Bas ?

— Vous avez peur, n'est-ce pas ? En général, c'est à ce moment-là qu'on commence à prier. Ce n'est jamais très efficace, mais c'est le seul guichet des réclamations dont nous disposions.

— Vous croyez en Dieu, monsieur Young ?

— La vraie question c'est… quel Dieu ? Quel est celui qui nous sert à quelque chose quand on l'appelle ?

Il désigna du menton la croix que Kassar portait en pendentif.

— Votre Dieu, par exemple, il est aussi inefficace qu'un service clients. Il a ses dix réponses types et aucune ne nous dépanne. Le Mal, lui, se défonce pour ses abonnés. Le problème c'est que, une fois qu'on l'a choisi comme fournisseur, le contrat nous lie corps et âme. J'ai vu des choses horribles dans mon métier, commandante. Des choses commises au nom de la démocratie qu'aucun homme ne devrait jamais voir. Hommes, femmes, enfants, massacrés sans distinction pour éradiquer une idéologie ou simplement voler des tonnes de brut. Et tout ça en brandissant les droits de l'homme ?

— Comment vous appelez quelqu'un qui arrache leur cœur à des enfants, vous ? fit Kassar, dégoûtée. Qui leur attache un collier de chien autour du cou ? Et qui les abandonne dans des lieux chargés d'histoire ?

Young s'avança sur la banquette pour mieux affronter le regard de son interlocutrice.

— Un justicier. Cela fait des siècles que les Occidentaux torturent les enfants de ceux qu'ils colonisent, en les faisant travailler à l'âge où ils sont censés jouer. Autrefois dans leurs plantations, aujourd'hui dans leurs mines. Je ne suis que leur bourreau, commandante. Ce sont eux qui les condamnent.

Kassar se tourna vers Luigi. Il était aussi déstabilisé qu'elle par les propos du vieil homme.

57

Lentement et avec difficulté, Marion ouvrit les yeux. Pendant quelques secondes, elle ne sut plus très bien où elle était. Tout se mélangeait dans sa tête : ses enfants, sa mission, l'agent Haag, l'accident… Ils avaient eu un accident. Elle voulut se lever, mais se rendit compte qu'elle était ligotée.

À une chaise.

Elle fut tentée d'appeler à l'aide, mais son cri s'étouffa dans sa gorge.

Elle était bâillonnée.

Son corps meurtri n'était plus qu'une gigantesque courbature tétanisée… Tous ses muscles lui faisaient mal et sa tête était prête à exploser.

La pièce autour d'elle ressemblait à un refuge de haute montagne. Dehors, la pluie tombait à verse. Des rafales soudaines faisaient claquer les volets. Leur crépitement se mélangeait à celui d'un feu de bois derrière elle, mais aussi à des… grognements assourdis ?

Marion rassembla toute son énergie et fit l'effort de pivoter sur sa gauche le plus loin possible. Les grognements étouffés redoublèrent et elle aperçut Wim, ligoté et bâillonné, lui aussi. Du sang avait coulé le long de son front et son bras gauche semblait salement amoché. Derrière lui, un feu brûlait dans la cheminée.

— Tu es partie sans dire au revoir, fit une voix rauque que Marion aurait reconnue entre mille.

Salazar arriva dans son dos, se pencha sur sa droite et murmura à son oreille :

— Tu pensais que je ne m'en offusquerais pas, Gloria ?

Marion répondit quelque chose d'incompréhensible sous son bâillon. Salazar le baissa sous son menton pour qu'elle puisse reformuler. Des larmes de colère pointaient dans les yeux de la prisonnière, mais elle s'interdisait de les laisser couler.

— Alors ? insista-t-il.

— Je savais que tu ne le supporterais pas, mais… j'étais sûre de moi.

— Tu n'as plus l'air très sûre de toi, maintenant.

Salazar lui offrit un de ces sourires canailles qu'elle aimait tant. Il avait toujours été d'une beauté sauvage, mais les années avaient encore accentué sa séduction. Même si sa crinière brune avait pris des reflets poivre et sel, sa silhouette était toujours athlétique. Sa peau hâlée, son regard noir et profond rappelaient ceux des Indiens Kogui dont il était issu. Les « derniers humains », comme il les appelait, pour qui Dieu était une femme.

Il détailla Marion, tout en allant se servir un verre d'aguardiente. Il le but cul sec en la fixant dans les yeux, comme on prononce un verdict. L'instant d'après, il empoigna la chaise de Wim par le dossier et la posa violemment face à Marion.

— C'est qui, lui ?

Ce face-à-face forcé permit à Marion et à Wim de découvrir leurs blessures respectives, à la suite de l'accident. Leurs visages étaient parsemés d'hématomes et de coupures.

— C'est ton nouveau coup, Gloria ?

— Non, répondit Marion. C'est mon... garde du corps. Il était censé me protéger.

Wim eut un sourire amer. Salazar le contourna pour aller se placer derrière la chaise de Marion. Sans quitter des yeux un potentiel rival, il le défia en enserrant sensuellement la taille de son ex-maîtresse.

— Garder ton corps ? C'est mon rôle, ça, *querida mia*...

— Plus maintenant, bredouilla-t-elle.

— Vraiment ?

Les mains de Salazar remontaient vers la poitrine de Marion. Ses lèvres lui effleuraient l'oreille puis le crâne. Elle était au supplice.

— Qu'est-ce que tu as fait de tes cheveux ? susurra-t-il.

— Détache-moi. J'ai passé un deal avec ton avocat et c'est de ça que je suis venue te parler.

— Tu as posé deux conditions, Gloria : que les crimes s'arrêtent et que tu traites directement avec moi. Les crimes se sont arrêtés et nous sommes face à face. J'ai rempli mes engagements. Par contre, toi...

Il lui embrassa le cou comme lui seul savait le faire. Les larmes dégringolèrent sur les joues de Marion. Sous les doigts de Salazar, elle redevenait la jeune fille vulnérable qu'elle était lorsqu'elle l'avait connu. Et le pire était que, durant toutes ces années d'exil, la peau de son amant lui avait manqué comme un membre amputé.

Salazar claqua des doigts sous ses yeux.

— Eh ! Tu reviens avec nous, *corazon* ?

Marion s'en voulut de cette perte de contrôle, d'autant que son collègue était aux premières loges.

— Si on demandait à ton… « garde du corps » ce qu'il pense de tout ça ? Hein ?

Il revint vers Wim, baissa son bâillon et l'interrogea.

— Alors, comme ça, tu gardes le corps de ma femme ?

— Je ne suis pas garde du corps, rectifia-t-il. Je travaille pour Europol. Agent spécial Haag.

— Europol ? sourit-il. Rien que ça ?

— *Mm mm*. Je suis venu vous arrêter pour meurtres avec actes de barbarie sur quatre enfants. Des crimes dont vous devrez répondre devant la Cour européenne des droits de l'homme.

Salazar éclata de rire et se tourna vers Marion.

— Il est incroyable, ton garde du corps. Un vrai Terminator. Quoique, peut-être pas si Terminator que ça…

Il appuya fortement sur la profonde blessure que Wim portait au bras gauche, ce qui le fit hurler.

— Dis-moi, agent spécial Haag, tu ne trouves pas ça normal, toi, que je veuille récupérer ce qui m'appartient ?

— Je ne t'appartiens pas, trancha Marion, la voix brisée. Il n'y avait pas de violence dans ma vie avant toi.

— Ah bon ? Et toutes ces manifs anti-ci et anti-ça auxquelles tu participais ? Elles n'étaient pas violentes ?

— Elles s'opposaient à l'injustice.

— L'injustice ? C'est justement ce que je combats depuis toujours.

— Ce que tu *combattais*, tu veux dire. Avant le train.

Vexé, il balança son verre d'alcool dans les flammes, lesquelles se ravivèrent momentanément.

— Je t'ai déjà dit cent fois que le train, c'était une commande ! hurla-t-il.

— Une commande de Boden, c'est ça ? intervint Wim.

Salazar se retourna, surpris.

— Donnez-moi des renseignements sur lui, poursuivit Wim, et je vous obtiendrai une réduction de peine.

Salazar éclata de rire encore plus fort.

— Je l'adore. Le type est ligoté à une chaise, face à un guérillero recherché par toutes les polices, et il négocie comme s'il avait la main ?

— Qui est ce Boden ? insista Wim, impassible.

— Tu ne peux rien contre lui. Il est intouchable. C'est un ancien agent de la CIA. Champion d'échecs, avec ça.

La nouvelle bouleversa Marion. L'homme qui l'avait arrachée aux griffes de Salazar, celui qui avait organisé son exfiltration de Colombie, ce gentleman délicieux qui lisait ses romans, cultivait des roses, était responsable de la mort de cent cinquante personnes ?

En apercevant la détresse sur le visage de Marion, Wim comprit que Jeffrey Young était le commanditaire de la mort de Claire. Il l'avait eu dans sa ligne de mire après le meurtre de Pavel en plein restaurant, il avait pris l'avion avec lui jusqu'à Paris, sans savoir à côté de quel monstre il était assis.

58

Le ciel était zébré d'éclairs. Le Puma du Raid approchait du point GPS que Jeffrey Young avait communiqué à la police. Le nez collé au carreau, l'ex-agent de la CIA regardait la forêt renaître momentanément dans la nuit orageuse, à chaque coup de tonnerre.

— Vous allez voir une clairière devant vous sur votre droite, indiqua le vieil homme. Ce sera là.

Le pilote actionna un projecteur fixé au ventre de l'appareil et son pinceau lumineux matérialisa un espace ouvert au cœur de la forêt.

— Vous voulez dire en bas, là ? demanda-t-il.

— Exactement.

Ballottant dans l'orage, l'hélicoptère effectua une descente franche et se posa bientôt dans l'herbe humide. Le pilote coupa les moteurs mais le souffle engendré par le rotor fit encore frissonner les feuillages pendant plusieurs minutes.

À travers ses jumelles de vision nocturne, Kassar scannait le décor alentour. Si Young avait des complices qui l'attendaient, ils ne disposaient d'aucune planque pour se cacher. Tout était à découvert.

L'ex-agent de la CIA se pencha vers la policière et lui dit :

— L'emplacement est juste là-bas, au-dessus du petit plateau. Je vous y emmène. Mais vous seulement.

Kassar et Luigi échangèrent un regard. Difficile de dire si cette exigence relevait ou non d'un plan machiavélique.

— Commandante, laissez-nous sécuriser les lieux d'abord, fit l'officier du RAID.

Kassar étudia à nouveau le paysage. Le plateau en question était à trente mètres environ et en faisait dix de haut. Il était à découvert, lui aussi.

— Il n'y a rien à sécuriser, lieutenant. Tout est visible à 360 degrés.

— J'insiste, commandante. On monte avec vous, c'est la procédure.

Elle se tourna vers Young, qui secoua la tête.

— Je veux que vous en ayez la primeur. Après, tout le monde sera bienvenu.

Kassar observa encore une fois le paysage avant de dire :

— On reste en contact radio. Si je vois quoi que ce soit d'anormal, je vous attends.

— Vous pouvez m'enlever toute cette quincaillerie ? demanda le vieil homme. Ce sera plus pratique pour marcher.

— Je vous libère les chevilles, mais pas les poignets.

— C'est très aimable à vous.

Elle déverrouilla ses entraves et rempocha les clefs.

Le porteur du bouclier et son binôme descendirent en premier pour sécuriser l'espace autour de l'hélicoptère. Ne voyant rien d'inquiétant, il fit un signe de tête à son officier.

— C'est bon, vous pouvez y aller.

Jeffrey Young descendit prudemment, tête baissée sous les pales qui tournoyaient encore. La pluie qui tombait dru rendait tout extrêmement glissant. Kassar le rejoignit à l'extérieur et ils se dirigèrent ensemble vers le plateau.

Derrière eux, les quatre autres membres du RAID se répartirent autour de l'hélicoptère, prêts à intervenir. Quant à Luigi Pietri, il se demandait ce que Young pouvait bien mijoter. *Attendez-vous à tout avec lui,* avait dit l'agent Haag à l'aéroport. *Parce que, qu'on le veuille ou non, c'est lui qui mène le bal.*

Tandis qu'ils entamaient l'ascension du petit plateau, Kassar ne parvenait toujours pas à comprendre ce qu'avait d'emblématique ce nouveau lieu de sacrifice. Les scènes de crime précédentes étaient toutes chargées d'histoire coloniale. En quoi cette forêt luxembourgeoise était-elle un symbole de l'impérialisme ?

— Qu'est-ce qui vous a fait choisir cet endroit plutôt qu'un autre, monsieur Young ?

— Vous comprendrez bientôt, répondit-il. Est-ce que vous jouez aux échecs, commandante ?

— Ça m'est arrivé mais… il y a longtemps.

— Pour gagner à coup sûr, poursuivit-il, essoufflé par la montée, il y a trois règles à respecter : sécuriser son roi, ne jamais sacrifier ses pièces gratuitement, et surtout ne pas avoir peur des phases finales.

Les voix parvenaient distinctement à l'oreillette de Luigi. La liaison radio fonctionnait parfaitement : « *Les débutants ont l'impression que, lorsque l'échiquier est presque vide, la partie est perdue.* »

La main sur son holster, Kassar scrutait le sommet du plateau tandis qu'elle y grimpait. L'ex-agent de la CIA complotait quelque chose, elle en était sûre, mais quoi ?

— Or, c'est dans ces phases finales, poursuivit-il, que les grands joueurs font la différence. Il n'y a presque plus de pièces, ils sont à découvert, ils ne peuvent plus se cacher.

— Comme vous en ce moment, c'est ça ? répliqua Kassar qui commençait à s'habituer aux métaphores de son prisonnier.

Il hocha la tête en souriant.

À quelques mètres du sommet, la commandante prit appui sur un rocher pour s'y hisser, mais son pied glissa dans la boue. Les mains menottées de Young la rattrapèrent *in extremis* avant qu'elle ne dévale la pente. Ce réflexe de ninja rappela à Kassar quel genre d'homme se cachait sous l'innocente apparence du troisième âge.

Aveuglé par les éclairs et la pluie qui tombait à verse, cette situation parut suspecte à Luigi.

— Commandante ? Tout va bien ? demanda-t-il sur le réseau radio.

Des crachotements l'empêchèrent de comprendre ce que répondait Kassar. Un crépitement plus aigu que les autres le fit grimacer. Il tapota son oreillette, mais cela ne changea rien. L'orage commençait à brouiller le signal radio. La voix de Kassar revint très brièvement :

— *... haut du plateau, mais...*

La réception s'interrompit à nouveau.

Luigi se tourna vers l'officier du Raid et ordonna :

— On y va.

En haut du plateau détrempé, Young avait repéré une formation rocheuse. À quatre pattes, il en creusait la boue à mains nues.

— Vous faites quoi, là ? s'énerva Kassar, à bout de patience.

— Donnez-moi un coup de main au lieu de rester plantée là ! Parce que avec les menottes, c'est pas évident...

— Bon, arrêtez de vous foutre de moi, maintenant ! Il est où, l'enfant ?

— Là-dessous ! s'exclama-t-il en continuant de creuser. Un éboulement a bouché l'entrée de la grotte.

Kassar poussa un soupir d'exaspération et s'agenouilla derrière lui pour lui prêter main-forte.

— Laissez-moi faire.

Mais, avant qu'elle puisse l'aider, les mains menottées extirpèrent une lame de la boue. Crantée sur un bord, tranchante de l'autre.

Le vieil homme se retourna violemment et planta le couteau dans la gorge de Kassar. Elle s'affala en arrière, le souffle coupé.

Tel un poisson hors de l'eau, la policière tenta désespérément de dire quelque chose. Mais il ne sortit de sa bouche qu'un gargouillis écarlate. Et, tandis que son sang se mêlait à l'eau de pluie, ses yeux écarquillés fixaient son adversaire. Jeffrey Young s'approcha de son visage et goûta chaque seconde de son agonie. Juste avant son dernier souffle, il murmura :

— Mat.

Puis, sans perdre une seconde supplémentaire, il récupéra le jeu de clés dans la poche de sa geôlière. Il déverrouilla ses menottes et retourna vers la cache. Ses mains farfouillèrent à nouveau dans la boue et en exhumèrent une mallette Pelicase contenant un fusil de sniper.

Luigi et les six membres du RAID approchaient en formation quand un coup de feu retentit.

La visière du chef de la colonne explosa et son corps fut projeté à trois mètres en arrière par la violence de l'impact.

Luigi n'en revenait pas. Quel genre d'homme pouvait assurer un tir de cette précision la nuit, sous des rideaux de pluie ? Et qu'était-il arrivé à Kassar ?

— Repli ! hurla le second en faisant signe à son collègue de les rejoindre.

Luigi regarda dans sa direction et vit les hommes du RAID se regrouper derrière le porteur du bouclier tactique. Le pilote de l'hélico ralluma le moteur et embraya le rotor.

Paralysé par la peur, le capitaine Pietri était debout, à découvert, incapable de maîtriser ses tremblements.

La colonne du RAID riposta avec ses HK tout en reculant vers l'appareil, seul abri possible dans ce terrain à découvert. Le plus lent à rejoindre la formation vit une balle le dépasser après avoir déchiqueté son cou.

Recouvrant ses esprits, Luigi se jeta dans les herbes hautes. De là où il se trouvait, il pouvait voir le canon du fusil qui déchargeait ses munitions, une à une. Le sommet du plateau n'était qu'à une dizaine de mètres de hauteur, mais cela suffisait pour fournir au tireur une vue dominante sur la clairière. La précision des tirs était telle qu'ils atteignaient tout ce qui dépassait du bouclier tactique, que ce soient des coudes ou des genoux. Ceux du porteur explosèrent et il s'effondra.

Dès lors, à découvert, les trois policiers restants n'eurent plus qu'une solution : courir vers l'hélico en se dispersant pour offrir une chance de survie à l'un d'entre eux. Ils sprintèrent vers l'appareil dont l'hélice tournait déjà à plein régime.

Jeffrey Young ajusta son tir. La visée nocturne de son McMillan balaya les trois fugitifs, tandis qu'il fredonnait « *Eenie, Meenie, Miny, Moe* », l'équivalent anglais de « Am Stram Gram ».

Un éclair déchira le ciel et l'un des trois rescapés s'effondra, frappé par un autre genre de foudre.

Luigi se tourna vers le tireur. Il fallait qu'il fasse quelque chose pour sauver ses camarades. Qu'il crée une diversion. Alors il se redressa et se mit à tirer vers le sniper avec son arme de service. Le son du Glock 17 était pitoyable comparé à celui du fusil longue portée des forces spéciales. Et c'est alors que Luigi reconnut le tireur. Ce n'était pas un complice. C'était l'ancien Navy Seal en personne, le vieil homme qu'ils avaient escorté jusqu'à son arme, sans le savoir.

Qu'était devenue Nayla ?

Profitant de la diversion, les deux rescapés avaient réussi à se hisser à bord de l'hélicoptère et le pilote entama le décollage.

Un nouveau projectile perça le réservoir du Puma et le kérosène en jaillit comme un geyser. Le tir suivant atteignit le bloc-moteur au-dessus de la cabine, produisant l'étincelle fatidique…

L'explosion pulvérisa l'appareil en plein vol, provoquant une telle onde de choc qu'elle fit vibrer les arbres derrière lesquels Luigi se cachait.

59

Le bruit de la détonation attira l'attention de Salazar. Il attrapa son fusil à pompe et se rua vers la fenêtre pour vérifier ce qui l'avait provoquée. Collant son nez au carreau, il distingua entre les arbres une lueur chaude qui embrasait encore un horizon chargé d'éclairs. Rassuré par ce qu'il prit pour de la foudre, il revint vers Marion.

— Alors comme ça, *corazon*, tu étais prête à me vendre à Europol malgré tout ce qu'on a partagé ?

— En raison de ce qu'on a partagé, tu veux dire.

— Gloria... ce pour quoi nous nous sommes battus est encore plus valable aujour...

— Arrête. Arrête de parler. Je ne supporte plus tes mensonges. Tu viens d'assassiner quatre enfants, Sal. En quoi est-ce « plus valable » ?

— Nos enfants à nous travaillent dans leurs mines de nickel pour qu'ils puissent vendre leurs putains de portables ! Et ils en meurent avant de savoir parler. Leurs exploitations contaminent les eaux, les forêts. Les oiseaux disparaissent et les plantes médicinales aussi. L'argent de leurs multinationales dévore les terres et les gens qui y vivent. Ils pillent leurs richesses et, en échange, ils les laissent mourir de faim. Ils leur filent des maladies mais pas les remèdes qui permettent de les soigner. Aujourd'hui, c'est à leur tour de voir mourir leurs enfants.

Elle lui coupa à nouveau la parole.

— Et ça justifie que tu détruises des familles qui ne s'en remettront pas ? Ça justifie que tu fasses accuser la femme que tu as aimée, que tu l'arraches à ses enfants ?

— Tu as déserté, Gloria. Tu connais le sort réservé aux déserteurs chez les Sans-Voix.

— Fusille-moi tout de suite, alors, ça ira plus vite. Tu crois que je ne vois pas ce que tu es devenu avec ton avocat qui pue la corruption ? Tu manges à la gamelle des narcotrafiquants, Sal. Tu n'es plus qu'un Che de pacotille qui ne défend pas les faibles, mais qui s'attaque à eux.

Les yeux de Salazar perdirent de leur superbe et Marion put y voir le venin qu'elle y avait vu maintes fois quand on s'opposait à lui.

Cherchant un exutoire à son humiliation, il actionna la pompe de son fusil et se tourna vers Wim, toujours ligoté face à Marion.

— Bon qu'est-ce qu'on fait de lui, Gloria ? Tu n'as plus besoin de garde du corps puisque je suis là.

Wim s'agita sur sa chaise. Il regarda autour de lui à la recherche d'une échappatoire tandis que ses mains tiraient sur ses liens jusqu'au sang.

— Allez, je lui laisse une chance. On va tirer sa vie à pile ou face. Qu'est-ce que tu en dis ?

Marion ne savait plus comment désamorcer la sauvagerie de Salazar. Il sortit de sa poche une pièce de 200 pesos colombiens et la présenta sous le nez de son ancienne maîtresse.

— À toi l'honneur, *corazon* : pile ou face ?

Il y eu un moment de silence durant lequel ils se défièrent du regard.

— Non, murmura-t-elle.

— Non ? Très bien. Face, il meurt, pile, il s'en sort.

Il jeta la pièce vers le plafond.

Marion et Wim se crispèrent en réalisant le sort qui se jouait.

La pièce tourna en l'air et Salazar la réceptionna au creux des mains. Il se pencha vers l'agent d'Europol, le fixa droit dans les yeux et, au moment où il allait vérifier le résultat…

… Wim lui sauta dessus, embarquant sa chaise avec lui. Le coup de tête qu'il assena fractura le nez de son bourreau. Le sang gicla. Les deux hommes s'affalèrent dans la cheminée, projetant braises et bûches enflammées tout autour d'eux. Le siège sur lequel Wim était attaché se brisa dans la chute, le libérant ainsi de ses entraves. Quant à Salazar, il perdit son fusil en tombant.

L'arme glissa sur le plancher et s'arrêta aux pieds de Marion.

Les rideaux prirent feu et les flammes se propagèrent très vite.

Terrifiée, Marion fit basculer sa chaise en arrière et poussa la table de ses pieds pour s'éjecter le plus loin possible du brasier.

Salazar avait pris le dessus sur son adversaire. D'autant que le bras déchiré de Wim était un vrai handicap. Voilà maintenant qu'il le frappait à coups de tisonnier. Violent et sauvage, il se jeta sur lui si brutalement qu'ils passèrent tous les deux par la fenêtre.

Au sol, Marion regardait le fusil sans pouvoir l'attraper. Ses mains étaient attachées dans son dos. Autour d'elle, les flammes se répandaient partout, brûlant les meubles, rongeant les murs et les tapis.

Son dossier prit feu. Elle hurla sous la morsure des flammes. Mais, si la douleur était insupportable, les liens qui la maintenaient cédèrent. Elle roula sur le côté, attrapa le fusil et se redressa, le dos en feu. Elle se débarrassa de son blouson et à travers les volutes de fumée, elle se rendit compte que Wim et Salazar n'étaient plus là.

À l'extérieur du chalet en flammes, Wim était à terre sous la pluie, le visage en sang. Debout au-dessus de lui, tisonnier en main, Salazar s'apprêtait à l'achever quand Marion hurla derrière lui :

— Non, Sal !

Il se tourna vers elle et vit qu'elle pointait le fusil à pompe sur lui.

— Tu tiens tant que ça à ce type ? s'étonna-t-il.

Les mains de Marion tremblaient, mais son arme restait braquée sur Salazar.

— Lâche ce tisonnier, supplia-t-elle, les larmes aux yeux. Je ne peux pas te laisser faire ça.

C'était Gloria que Salazar avait face à lui. Et, en la redécouvrant, sauvage et guerrière, il ne put s'empêcher de sourire.

Le coup de feu qui suivit projeta Salazar dans la boue, tel un animal à l'abattage.

Paralysée par cette vision, Marion examina son arme avec suspicion.

Elle n'avait pas tiré.

— Tu en fais toujours trop Marion… Le refuge en flammes, carrément !

Elle connaissait cette voix. Elle se retourna vers la silhouette qui sortait de la forêt toute proche. L'ex-agent de la CIA faisait à nouveau son âge, dans ses habits détrempés. Et son McMillan qui fumait encore détonnait fortement.

— Pourquoi tu as fait ça, Jeff ?

Le vieil homme s'arrêta face à son amie, sans la menacer de son fusil.

— Donne-moi ton arme, Marion, dit-il en tendant la main. C'est fini, maintenant.

— Tu viens de priver quatre enfants et leurs familles de la justice qu'ils espéraient, répondit-elle.

— Je n'ai fait que mon travail. Et pour une fois qu'il peut servir une noble cause…

— La cause de qui ?

— Je suis quelqu'un de fidèle, tu le sais.

— Quoi, tu travailles encore pour eux ? Pourquoi ?

— Je ne m'intéresse plus aux « pourquoi », Marion. Je pense plus en termes de « qui ? », « où ? » et surtout « combien ? ».

Young se rendit compte que l'agent d'Europol bougeait encore.

— Maintenant, tu m'excuses, ma belle, mais je dois terminer mon travail, dit-il en se dirigeant vers Wim.

Il leva son arme pour l'achever…

Une première balle déchira l'épaule du vieil homme, lui faisant lâcher son fusil. Sa main noueuse inspecta sa blessure comme pour s'en convaincre. Dépité, il se tourna vers sa protégée qui le braquait, les larmes aux yeux.

La deuxième balle le propulsa à terre.

Et Marion resta là, debout, devant le refuge en flammes, entre les corps de Young, de Wim et la dépouille de Salazar.

Des sirènes de pompier résonnèrent quelque part. Des gyrophares éclaboussèrent l'horizon.

Et Marion s'agenouilla au chevet de Wim.

Et lui prit la main.

Épilogue

HIA Bégin
Saint-Mandé

Ils avaient été transportés dans un hôpital militaire plutôt que dans une structure civile, de manière à éviter les sollicitations de la presse. Marion avait été soignée pour ses brûlures au dos et ses hématomes, mais elle refusait d'intégrer sa chambre tant que Wim Haag n'était pas sorti du bloc opératoire. Assise dans le couloir, elle envoyait un texto à Vincent sur un portable qu'on lui avait prêté.

Quand le chirurgien vint enfin la trouver et lui détailla les nombreuses lésions dont Wim souffrait, elle n'arrivait pas à croire qu'il ait pu affronter Salazar dans cet état.

— Son bras gauche était ouvert jusqu'à l'os. Et son humérus, fracturé, ainsi que la clavicule. Nous les avons réduites en réalignant les fragments osseux. Reste que votre ami a perdu beaucoup de sang.

« Votre ami »… L'ironie dramatique la fit presque sourire. Il parlait de l'homme qui l'avait poursuivie sans relâche. Qu'aurait pensé Hugo de ce retournement ? Javert devenu l'ami de Jean Valjean ?

— Je peux le voir ?

— Il est en salle de réveil. Vous devriez manger quelque chose, madame Scriba. Les cafés ne sont pas encore ouverts, mais l'équipe de nuit va se faire livrer.

— Non, c'est gentil mais… je n'ai pas faim, je n'ai pas sommeil… je n'ai pas, en fait.

Ils partagèrent un sourire complice.

— On a vu l'annonce aux infos comme quoi vous étiez disculpée. Mes collègues m'ont chargé de vous dire… tout le monde ici est très heureux que ce cauchemar se termine pour vous.

— Merci, ça me touche beaucoup.

Le chirurgien s'éloigna. À peine avait-il fait quelques pas que Marion l'interpella.

— Docteur ? Et pour Jeffrey Young, comment ça se passe ?

— Pour qui ?

— Jeffrey Young, le vieux monsieur qui était avec nous quand nous sommes arrivés.

— Je suis désolé, mais nous n'avons pris en charge que deux patients : vous et M. Haag.

La nouvelle la déstabilisa.

Installée au chevet de Wim, Marion l'observait, si fragile à présent, si vulnérable… Son bras et son épaule gauches étaient prisonniers de plâtre, d'attelle et de broches. Son front était bandé. Mais, en dehors de la transfusion en cours et des lunettes à oxygène, le matériel médical n'était pas invasif. De nouvelles cicatrices étaient venues accompagner celle qu'il portait au visage, souvenir indélébile de l'attentat. Comment cet homme avait-il pu survivre à l'absence de celle qu'il aimait pendant tant d'années ? Comment avaient fait les proches des cent cinquante autres victimes du train ? N'auraient-ils pas été tentés, eux aussi, de s'en prendre physiquement aux responsables de leur souffrance pour essayer d'en cautériser les plaies ? La vraie justice n'était-elle pas la réciprocité du crime et de la peine ? Celle que prévoyait une des lois les plus anciennes, la loi du talion ? Blessure pour blessure. Meurtrissure pour meurtrissure. Quitte à échouer aux portes de la vengeance ?

Où était passé Jeffrey ? Pourquoi n'était-il pas hospitalisé avec eux ?

Le bruit de quelqu'un qui toquait à la porte arracha Marion à ses pensées. C'était Catherine Reynaert. Elle posa un œil compassionnel sur Wim, toujours inconscient, et murmura :

— C'est un dur à cuire, hein ? Tu sais que c'est un ancien enfant des rues ? Un petit caïd ? On ne dirait pas comme ça, il a une telle classe ! Famille d'accueil, aucun diplôme, mais… un instinct de chasseur hors du commun…

Marion se tourna vers lui et hocha la tête.

— Je veux bien le croire.

— Je peux te parler deux minutes ?

— Bien sûr.

Elle se leva et suivit la présidente d'Europol dans le couloir.

— Comment ça va, toi ?

— Comme Eurydice à la sortie des Enfers.

Reynaert sourit et sortit de sa poche un petit sachet qu'elle lui tendit.

— C'est quoi ?

— Regarde.

Elle l'ouvrit et fit glisser ce qu'il contenait dans sa main, une montre et une alliance : les effets personnels qu'on lui avait retirés à la maison d'arrêt de Versailles et qu'elle n'avait pas pu récupérer à la suite de son évasion. Marion empocha la montre et, sur le point de remettre l'alliance à son doigt, hésita et y renonça.

— Merci, murmura-t-elle.

En bonne politique, Reynaert avait établi le contact avant d'aborder la vraie raison de sa présence.

— Tu as réfléchi à ce dont on a parlé l'autre jour ?

— Pas besoin de réfléchir pour savoir que je ne changerai pas d'avis.

— Tu ne seras plus sur le terrain, Marion. Ça n'interférera plus sur ta vie de famille. Tu choisiras tes missions, ton équipe.

— Je ne suis plus cette personne, Catherine, je te l'ai dit.

Les deux femmes se dévisagèrent en silence.

— Où est Jeffrey ? s'enquit Marion. Dis-moi qu'il est mis en examen.

Reynaert prit un temps avant de répondre.

— Il a été transféré à l'Hôpital américain.

— Sur ordre de qui ?

— De son ambassade. Il est sous sa protection à présent. Que veux-tu, ma belle ? C'est le jeu. Prends soin de toi.

Reynaert s'éloigna dans le couloir en laissant derrière elle une Marion désabusée. « Le jeu »... Elle ne voulait plus en entendre parler de ce jeu. Du reste, y avait-elle vraiment joué ? Elle avait quitté la jungle il y a douze ans pour en retrouver une autre bien plus impitoyable encore. Et une chose était sûre à présent. Elle ne la fréquenterait plus jamais.

Elle s'appuya avec lassitude contre la baie vitrée du couloir et contempla le soleil qui commençait à se lever. Avec lui renaissait l'espoir d'une vie normale, une vie où elle ferait des choses ordinaires avec ses enfants : les amener à l'école, aller au cinéma, rapporter des hamburgers à la maison, jouer à des jeux vidéo, leur raconter des histoires avant qu'ils s'endorment, des histoires qui se terminent bien.

C'est alors qu'elle aperçut la voiture de Vincent sur le parking et ses enfants qui en sortaient tout excités. Elle décrocha de la fenêtre et se précipita vers les ascenseurs.

Elle accéda au rez-de-chaussée en même temps qu'eux.

— Maman ! Maman ! hurlèrent Nathan, Timéo et Lola, en se précipitant vers Marion. Elle les prit contre elle et les serra fort en pleurant.

— Tu nous as tellement manqué, maman ! fit Nathan, toujours porte-parole du groupe.

— Vous aussi, vous m'avez manqué, les gars.

En levant ses yeux noyés de larmes, Marion aperçut Vincent qui les contemplait, comme seul un père de famille peut contempler les siens.

Composition et mise en pages
Belle Page

Achevé d'imprimer sur Roto-Page en décembre 2023
par l'Imprimerie Floch à Mayenne
pour le compte des éditions Calmann-Lévy
21, rue du Montparnasse 75006 Paris

PAPIER CERTIFIÉ

CALMANN LÉVY s'engage pour l'environnement en réduisant l'empreinte carbone de ses livres.
Celle de cet exemplaire est de :
700 g éq. CO_2
Rendez-vous sur
www.calmann-levy-durable.fr

N° d'éditeur : 5847020/01
N° d'imprimeur : 103717
Dépôt légal : janvier 2024
Imprimé en France